JN150570

新 潮 文 庫

深読みシェイクスピア

松 岡 和 子 著

新 潮 社 版

10513

目次

聞き手　小森 収

深読みシェイクスピア

はじめに

人前で話したり質問に答えたりすることの効用は、未整理だった考えが整理整頓《せいとん》できることが第一だろうが、話しているうちに何かにインスパイアされて、思いもかけなかった道が目の前に開けることがある。逆に、ちゃんと理解していなかったこと、知識が不十分なことなどを思い知らされる場合もある。それはそれで有り難いことだから、知識や理解度の不足を補うために、さあ勉強。それを踏まえてまた次の一歩を踏み出す。

『深読みシェイクスピア』はインタヴュアーとのそんなやり取りを経て徐々に形を成していった。聞き手の小森収さんは、一九八四年から十二年間、週刊の伝説的演劇ニューズレター『初日通信』を編集・執筆・発行した名編集者だ。

第一回のインタヴュー——私たちは「セッション」と呼んでいた——は二〇〇八年六月。同年五月に『恋の骨折り損』の拙訳が出版されたので、まずシェイクスピア初期のこの喜劇について語り合った。それから大まかに言ってふた月に一回というペースで足かけ三年。最後に取り上げたのは『ヘンリー六世』だが、その後も補足のセッションを何回か持ち、二〇一〇年夏までに回した録音テープは四〇時間を超えただろうか。

私がシェイクスピア劇の翻訳を初めて手掛けたのは一九九三年で、ちくま文庫から全集としての出版が始まったのは九六年、二三本（二〇一六年現在は三二本）が刊行されている。『深読み』セッションの三年の間にも、蜷川《にながわ》幸雄演出による「彩の国さいたま芸術劇場シェイクスピア・シリーズ」のための翻訳とその出版が入った。そうなるとどうしてもセッションの時点での直近の作品についてしゃべりたくなる。そういう事情もあって、「これははずせない」という作品（『ハムレット』や『ロミオとジュリエット』）に加え、日本ではあまり知名度が高くない作品も入ることになった。そのおかげと言おうか、結果としてシェイクスピア劇の全ジャンル（悲劇・喜劇・歴史劇・ロマンス劇）を、そして処女作から晩年の劇までをカヴァーすることができた。

芝居の稽古場《けいこば》は発見の場でもある。俳優たちにとってばかりでなく、翻訳者にとってもそうなのだ。彼らの疑問質問に答えているうちに、書斎での作業では気づかなかったことに目を開かれる。その例が本書にはいっぱい詰まっているはずだ。舞台が稽古場で仕上がっていくように、戯曲の翻訳もまた日々の稽古に立ち会うことによって完成する。この本は、そんな「現場」への招待という一面をそなえている。

書斎や稽古場で悪戦苦闘したり心を躍らせたりしながらシェイクスピア劇を読み解くこと、その醍醐味《だいごみ》と楽しさを読者も共にしていただければ嬉《うれ》しいかぎりです。

松岡　和子

第一章　ポローニアスを鏡として――『ハムレット』

『ハムレット』（一六〇〇－〇一）あらすじ

デンマーク王子**ハムレット**は、父王の訃《ふ》報《ほう》をきいて留学先から帰国する。新たな王は母**ガートルード**の再婚相手、叔父**クローディアス**。新王即位と結婚の祝賀の晩、ハムレットの眼前に父の亡霊が現れ、その死がクローディアスの手になることを告げ、復讐《ふくしゅう》せよと命じる。ハムレットは狂気を装《よそお》い、叔父が復讐相手であることの確証を得ようと策を練る。一方、クローディアスは宰相**ポローニアス**の知恵を借りて王子の狂気の原因を探ろうとする。双方の策略が渦巻くなか、**オフィーリア**は父ポローニアスの指示にしたがって王宮の大廊下でハムレットを待ち受け、贈り物を返すが、「尼寺に行け」とハムレットになじられ、衝撃を受ける。父の死の真相に確信を抱いたハムレットは寝室で母親を強く責め立て、それを盗み聞きしていたポローニアスを刺殺。父ポローニアスの死を聞いて、フランスから戻ってきた**レアティーズ**は、傷心の果てに発狂した妹の水死を知り、ハムレットを仇《かたき》と定め、クローディアスの後《うし》ろ楯《だて》を得て、ふたりの剣による試合が始まる。だが、その裏でハムレットを殺すために用意された毒は、ハムレットばかりか、人々を次々と非《ひ》業《ごう》の死に追いやり、死《し》屍《し》累々《るいるい》のうちに悲劇は終わる。

オフィーリアはノーブルか？

――オフィーリアが彼女らしくない言葉を使う。自分の言葉というよりも、むしろ父親である宰相ポローニアスの文体がオフィーリアの台詞《せりふ》には感じられると、以前エッセイにお書きになっていましたね。それは具体的に言うと、どういうところなのでしょうか？

『ハムレット』の三幕一場、いわゆる「尼寺の場」のオフィーリアの台詞に、the noble mind という言葉が出てきます。ノーブルな心、ノーブルな精神の持ち主。ここはハムレットとの対話ですが、文脈からすると、明らかにオフィーリア自身のことを言っている。訳していて違和感を覚えたのが始まりでした。つまり、王子ハムレットを前にして、自分のことを noble と言うなんて、いくら貴族の娘でも気位が高すぎる、控えめなオフィーリアらしくないな、どうしてだろうと感じたわけです。だけど、翻訳者の私が勝手にオフィーリアらしい言葉遣いに変えるわけにもいかないので、「品位を尊ぶ者」と訳しました。それにしても彼女はなぜ、自分のことをnobleと言うのか？　この小さな疑問は私のなかでずっと尾をひいていたのですが、あるとき氷解して、もっと大きな発見へとつながっていきました。

私の疑問をいともあっさり解いてくれたのは、松たか子さん。一九九八年に蜷川幸雄演出による『ハムレット』（初演は一九九五年）がロンドンで再演されたときのことです。バービカン劇場での公演を数日後に控えたある日、ハムレット役の真田《さなだ》広之さん、オフィーリア役の松さんたちと一緒にシェイクスピアの生地ストラットフォード・アポン・エイヴォンへ行きました。名所を巡りながら、お二人といろいろお話しできた。忘れもしない、シェイクスピアの妻アン・ハサウェイの実家の庭でくつろいでいたとき、このnoble mindについての私の疑問を松さんにぶつけてみたの。そうしたら彼女の答えが、「私、それ、親に言わされていると思ってやってます」！　それをそばで聞いていた真田さんが間髪を入れずに、「僕はそれを聞いて、裏に親父《おやじ》がいるなって感じるんで、ふっと気持ちが冷めて、『ははあ！　お前は貞淑か？』って出るんです」。私はもう血の引く思いがした。「あーーー、そうだったのか」って。私は「オフィーリアらしくない」ということまでは分かったけれど、「じゃあ、誰らしいのか」とまでは考えが及ばなかった。松さんがすごいのは、ここの言葉遣いが「ポローニアスらしい」と看破したことですね。恐れ入って、帰国してからじっくり『ハムレット』を読み直してみた。するとたしかにこの「尼寺の場」は、お前はハムレット様に対してこういうふうにしゃべりなさいと、あらかじめ父親のポローニアスに言われていたものだから、オフィーリアらしくない言葉遣いになっているのだ、そうに違いないと思えてきた。だとしたら、そもそもポローニアスの言葉遣い、ポローニアスの文体とはどういうものなのか？　今度はそれを考え始めました。この作品はオフィーリアの父ポローニアスに注目すると、より深く読めるような気がするのです。

――たしかにオフィーリアは控えめで、父親にたいしてはいたって従順な娘ですね。この父娘が初めて登場する一幕三場では、ハムレットとの仲について「どうなってるんだ？　本当のことを言いなさい」とポローニアスが命じると、オフィーリアは「近頃は、優しい言葉でくりかえし愛を／打ち明けてくださいます」と素直に応じます。

その一幕三場のラストでは「ハムレット殿下と口をきくようなふらちな真似《まね》はするな。／分かったな、命令だぞ。さあ、来なさい」と言われ、「お言いつけに従います、お父さま」と答える。そんなオフィーリアが、自分のことをnobleと言うのは、どう考えても彼女らしくない。彼女のふだんの言葉遣いとは思えないわけです。

——では、ポローニアスの言葉遣いとは、一体どんなものなのでしょうか？

ポローニアスの文体、あるいは彼のメンタリティ、それがよく表れているのは、二幕一場の従者レナルドーとのやりとりです。息子のレアティーズがフランスへ行っていて、金を届けるついでに、遊学先での息子の様子をレナルドーに探らせる。その探り方を、ポローニアスはあれこれ指示するわけです。「まず、パリにはどんなデンマーク人がいるかを調べろ。／それから、誰が、どこで、どんなふうに暮らし、／誰とつき合い、金遣いはどうかをな。そうやって／少しずつ遠回しに訊《き》いて」いって、とりあえず息子の知り合いを見つけろと段取りを教える。そればかりか、相手がこう答えたらこう言え、こうは言うなと、まるで想定問答集みたいな台詞までいちいちつけている。自分の考えた「台詞」を従者に吹き込むわけです。シェイクスピアがなぜこんな場面をわざわざ作ったのか、私はそれまで、その意味がよく分からなかった。また実際、ここは、舞台上演ではカットされることが多い。

——そうですね。たしかにあまり見ませんね。

でしょう？　この場面に続いて、つまりレナルドーが退場するとすぐ、オフィーリアがポローニアスの許《もと》に駆け込んできて、「お父さま、お父さま、恐くてたまらない」

と訴える。「部屋で縫物をしていると／ハムレットさまが、上着の胸をはだけ（中略）お顔は真っ青、両膝《ひざ》をがくがくさせ／まるで地獄の恐ろしさを告げるため」にやって来たようだったと、その狂気と見紛《みまが》うような様子を知らせる。ここは、『ハムレット』という作品のプロットの展開上、明らかに大事な場面。それに比べて、直前のポローニアスとレナルドーの場面は、一見重要ではない。だけど、ポローニアスが、人に細かく指示を出し、単に命令するだけでなく、いちいち台詞までつけるような人物だということを、実はしっかり観客に印象づけているんですね。そうすると、オフィーリアに対しても、当然、ポローニアスは同じように自分の言葉を押しつけようとするだろう、と察しがつく。

ポローニアスの文体

前置きが長くなりましたが、ここで三幕一場の the noble mind という言葉が出てくる前後の台詞を、ざっと見ていただきましょうか。

――その前に少し補足しておくと、この「尼寺の場」におけるハムレットとオフィーリアの出会いは、オフィーリアが自ら望んだものではなく、また偶然でもなくて、そもそもポローニアスによって仕組まれたものでした。デンマーク国王だった父が死に、それから二ヶ月も経《た》たないうちに叔父クローディアスが母ガートルードと結婚して王位に就いた。ハムレットは父の葬儀と母の婚礼に出るために留学先から帰国し、父王の亡霊に出会って以来、様子がおかしくなっています。人前で奇矯な言辞を弄《ろう》したり、王宮の大廊下を「何時間も歩いて」いたり。その狂気じみた振舞はオフィーリアへの恋わずらいのせいなのか、それとも本当に気が狂ったのか、叔父も母も気が気ではない。そこでポローニアスは娘を大廊下に立たせ、ハムレットの様子を物陰から、クローディアスと二人で「公明正大なスパイとして」探ろうとする。案の定ハムレットは To be, or not to be... というあの台詞を呟《つぶや》きながら廊下に現れ、オフィーリアと出会い、そこで次のような対話が始まります（下線・傍線筆者）。

OPHELIA　My lord, I have remembrances of yours
　That I have longed long to redeliver.
　I pray you now receive them.
HAMLET　　　　　　No, not I.

I never gave you aught.
OPHELIA　My honour'd lord, you know right well you did,
And with them words of so sweet breath compos'd
As made the things more rich. Their perfume lost,
Take these again; for to the noble mind
Rich gifts wax poor when givers prove unkind.
There, my lord.
HAMLET　Ha, ha! Are you honest?
OPHELIA　My lord?
HAMLET　Are you fair?
OPHELIA　What means your lordship?
HAMLET　That if you be honest and fair, your honesty should admit no discourse to your beauty.

オフィーリア　殿下、頂戴《ちょうだい》した品々、
いつかお返ししなければと思っておりました。

どうかお納めください。
ハムレット　いや、駄目だ。
何もやった憶《おぼ》えはない。
オフィーリア　殿下、よく憶えておいでのはず。
優しいお言葉も添えてくださって
頂いた品が一層有難く思えましたのに。その香りも失せました。
お返しいたします。品位を尊ぶ者にとっては
どんな高価な贈物も、贈り手の真心がなくなればみすぼらしくなってしまいます。
さあ、どうぞ。
ハムレット　ははあ！　お前は貞淑か？
オフィーリア　え？
ハムレット　お前はきれいか？
オフィーリア　なぜそんなことを？
ハムレット　お前が貞淑で美しいなら、貞淑と美しさは親しくつき合わせないほうがいい。

ポローニアスはオフィーリアを大廊下に立たせるとき、祈禱書《きとうしょ》を読んでいろ、そうすれば独りでいても不自然に見えないからと演出をこらします。二幕一場の従者レナルドーのときのように具体的に台詞を指示する場面は描かれていません。しかし、このオフィーリアの台詞をよく読むと、そこにポローニアスの文体が幾つも顔をのぞかせていることが分かります。

まず、注目していただきたいのが、ダジャレ。引用した台詞の二行目の longed（〜したいと思っていた）と long（長いこと）です。long という同じ語を、品詞（片や動詞、片や副詞）と意味を変えて使っているでしょう。これは文字通り、親父ギャグ。同じ語を品詞と意味を変えて言うのはポローニアスの得意わざです。例を挙げましょうか。いま小森さんが引用なさった一幕三場のオフィーリアの台詞、「近頃は、優しい言葉でくりかえし愛を／打ち明けてくださいます」のなかの「優しい言葉」の原文は tenders という名詞ですが、ここでポローニアスはこの tender を「評価する」とか「差し出す、与える」という意味の動詞として使い、ダジャレを言っているのです。「もっと自分を大事にして高値で売るんだ。（中略）バカ安で売れれば、バカを見るのはこのわしだ」と訳しましたが、原文は Tender yourself more dearly/ Or（中略）you'll tender me a fool.

次に、堅苦しい言葉遣い。同じ行の redeliver です。この言葉の意味は return（返却する）と同じですが、私が調べたかぎりでは、シェイクスピアはあれだけ膨大な台詞を書いていながら、redeliver という語を、全作品のなかでたった三回しか使っていない。このオフィーリアの台詞以外のひとつは『ハムレット』の後半、五幕二場で、廷臣オズリックの台詞に出てくる。レアティーズとの剣の試合を受けるとハムレットが言うと、Shall I redeliver you so?（そのようにお伝えしてよろしゅうございますか？）と返す。もっとも redeliver となっているのは第一・二つ折り本《ファースト・フォリオ》（一六二三年に刊行された世界初のシェイクスピア全集）で、多くの版は deliver と校訂しているから、ここはカウントに入らないかもしれない。もうひとつは『尺には尺を』で、公爵《こうしゃく》代理のアンジェロが redeliver our authorities（余の権限を返却する）というふうに使う。とても非日常的な堅い言葉です。到底オフィーリアがふだん使っている言葉とは思えない。たしかに王子様に面とむかってプレゼントを突き返すのだから、緊張もあるだろうし、ふだんよりは改まるだろうけれど、それにしても技巧的だし、若い女の子の使う言葉ではない。

それから、命令文。引用の三行目の I pray you now receive them. です。ここは I pray you

『ハムレット』（蜷川幸雄演出、1998、銀座セゾン劇場）。「尼寺の場」で、ハムレット（真田広之）にプレゼントを突き返すオフィーリア（松たか子）。

（お願いです）と始まりますが、その後は王子様にたいして receive them と命令文を使っている。内気なオフィーリアらしくない。さらに深読みをすると、九行目に出てくる noble mind の mind が次の行の unkind と脚韻を踏んでいて、いかにも誰かさんがあらかじめ作っておいた言葉のような感じがする。この場面のオフィーリアの台詞は、そういう怪しさで満ち満ちている（笑）。noble mind の直前の Take these again. も命令文です。

——芝居の前半、つまりここまでのオフィーリアの台詞には、命令文は少ないのですか？

お兄さんのレアティーズにしか言っていません。一方、四幕で気が狂ってからは、王クローディアスにむかっても、王妃ガートルードに対しても命令文を使う。哀しいですね。狂って初めて自分の意志をはっきり出す。シェイクスピア劇の女性はたいてい強い。だけど、唯一《ゆいいつ》の例外がオフィーリア。ハムレットがいちばん彼女を必要としているときに、彼を見捨てたのも弱さの故《ゆえ》で、翻訳家としての私から見たオフィーリアの弱さの源は、彼女が自分の言葉を持っていなかったということです。彼女の台詞にはIという主語が極端に少ない。父親から「自分は赤ん坊だと心得ろ」と言われ、父親も娘を赤ん坊同然と思っているから、それこそ手とり足とり指示する。指示された結果、この三幕一場で彼女は大廊下に立ち、ハムレットに面とむかい、それまでとは打って変わって、Iという主語と命令文で意志を——ただし父のいわば操り人形として——はっきり表明している。親父ギャグ、堅い言葉や技巧的な言い回し、そしてIという主語と命令文。ポローニアスによってあらかじめ用意され、吹き込まれていたであろう言葉の特徴が、こうしてオフィーリアの台詞のなかに集約的に現れてきた直後に、ここは言葉の劇として非常に秀逸だと思いますが、ハムレットがAre you honest？と切り返す。

——そこが、日本語訳のむずかしいところですね。松岡訳は「お前は貞淑か？」ですが、原文のhonestだと、そこに「正直」という意味が重なってくることで衝撃がある。

正直（笑）そうなんです。ここには「お前に二心はないか、貞淑か？」という意味合いと、「お前は本心からそう言っているのか、正直か？」という意味合いが重ね合わされています。でも、後者の「それはお前自身の言葉なのか？」という含意を前面に打ち出して honest を「正直」と訳すと、引用の最後、ハムレットの台詞に fair（きれい、美しい）との対照で honest が使われている、その明確な意味上のコントラストがぼやけてしまうんですよ。というのも、ハムレットは「お前が貞淑で美しいなら、貞淑と美しさは親しくつき合わせないほうがいい」と言うわけだけれど、これは、美しい女は必ず男を裏切る、だから貞淑ではない、ということですから。先行訳を見ても、たとえば坪内逍遥《しょうよう》訳は「和女《そもじ》は貞女か？」、小田島雄志訳は「おまえは貞淑か？」となっている。honest という言葉が女性を形容するときには「貞淑」という意味の場合が多いんですね。一方、男を形容するときは「正直」のことが多い。『オセロー』のイアゴーがしょっちゅう honest Iago と呼ばれるように。ともあれ、松たか子さんに、the noble mind のところは「父親に言わされている」と教えられたときには、ホントにもう……血が逆流するって、あるのね。あれは私の翻訳家人生における最大の衝撃のうちのひとつだったと同時に、役者に対する敬意が頂点に達した瞬間です。

そこから、『ハムレット』という作品を以前より深く読めるようにもなりましたし。少なくともthe noble mindをオフィーリアらしい言葉遣いに変えて訳さなくてよかったと、つくづく思いました。

——ところで、いま気づいたんですが、ハムレットのAre you honest? ですけど、福田恆存《つねあり》訳では「は、はあ！　では、オフィーリア、お前は、嘘《うそ》のつけぬ女か？」となっています。「貞淑」より「正直」の含意を重視したということなのでしょうが、その前に（敵方の一計をおもいだし）という、松岡訳にはないト書きがついている。これはどういうことでしょう。

そのト書きはたぶん、ドーヴァー・ウィルスンだと思います。一九三〇年代から五〇年代くらいにかけては、ドーヴァー・ウィルスンの校訂・注釈による第二ケンブリッジ版シェイクスピア全集というテクストが全盛だった。現在はアーデン版（アーデン・シェイクスピア・シリーズ）の評価が高く、私も翻訳の底本にしています。ジョン・ドーヴァー・ウィルスンは『「ハムレット」で何が起こるか（*What happens in HAMLET*）』（一九三五）という本も書いていて、これはいま読んでもおもしろい。現代における『ハムレット』論の原点ともいうべき著作です。これに真っ向から異をとなえる人や、部分的に異をとなえる人は沢山いますけれども、影響力のとても大きかった学者です。でも彼の功罪は、原作には書かれていないト書きをいっぱい入れたこと。自分が細かく読んで、裏の裏まで解釈し、研究したものだから、その成果をト書きに入れちゃった。それが原文の理解を助けるというメリットがある一方、校訂者の主観を入れすぎたというデメリットも大きい。

——このト書きの「敵方」というのは、当然、ハムレットの父を暗殺したクローディアスのことですよね。ハムレットは父の死に疑念を抱き、その真相を探るべく、狂気じみた挙動不審を自ら演じていたわけですし。

当然そうなりますね。あ、でも、そうか……そんなト書きを入れたということは、ドーヴァー・ウィルスンにして、気づいてないんだ。いや、要するに、ハムレットはオフィーリアの言葉にどこか不純でうさん臭いものを直感的に嗅《か》ぎあてたわけだけれど、ドーヴァー・ウィルスンは、その怪しさの源は「敵方」にあると読んだんですね。オフィーリアの台詞そのものに、ポローニアスの文体、父親の一計が仕組まれていること、つまりこの台詞自体に「ハムレットがポローニアスとクローディアスの企《たくら》みに気づく」というト書きが暗に書き込まれていると私は思うんですが。ちょっとお待ちいただけますか、念のために確かめてみます（と、ドーヴァー・ウィルスン編注の『ハムレット』と『「ハムレット」で何が起こるか』を持ってきて読む）。なるほどね、この場に先立つ二幕二場で、ポローニアスは王に「大廊下」で「娘を放して」みて、自分たち二人は壁掛けの後ろに隠れてハムレットの様子を窺《うかが》おうと持ちかけますね。ドーヴァー・ウィルスンは、ハムレットがその相談を小耳にはさむという解釈をして、ト書きを入れている。王が「どうやって確かめるのだ?」と訊く直前です。福田訳ではこうなっています、「このとき、ハムレットが正面の戸口から大廊下にはいってくる。だらしのない着こなしで、歩きながら本を読んでいる。室内の話し声を耳にし、ふと立ちどまり、そばのカーテンの蔭《かげ》に身を隠す」。こうなるともう校訂じゃなくて演出ですね。ウィルスンの解釈だと、「尼寺の場」のハムレットは、罠《わな》が仕掛けられてるのを予《あらかじ》め知っていることになる。

——福田訳に戻ると、「心の正しい女」ですね、the noble mind は。

そう、福田さんは、オフィーリアらしい言葉にしていますよね。おもしろいのは、noble mind という言葉を同じ三幕一場で使っているんですよ、オフィーリアが。さっきの引用場面の四〇行ほど後で、ハムレットが「尼寺へ行ってしまえ」と捨て台詞をのこして退場した直後に、「ああ、気高いご気性が壊れてしまった!」と彼女が言うときの「気高いご気性」が、まさに noble mind です。これはハムレットのことを言っている。だから、オフィーリアが自分の心から、自分の言葉として noble mind と言うときは、自分ではなくて、ハムレットのことなの。

——ということは、翻訳の理想を考えると、ふたつの noble mind は同じ日本語で訳すのが望ましいわけですか?

そう、本当はね。

——そうか……。しかも、最初はポローニアスに言わされたような文脈になっていて、次はオフィーリアが心から言うような文脈だと分かるようにしなくてはいけない。

それが翻訳の段階で出来れば最高ですけどね、さっきの honest と同じで、とてもむずかしい。同じ言葉が違うコンテクストで使われていることを、役者には分かって演じてもらいたいから、情報としてぜひ補足しておきたいという気持ちはあって、そうするとやっぱり脚注をつけるしか手はないのかなあ。それとも「気高い気性の持ち主にとっては／どんな高価な贈り物も……」と訳すべきなのか。『ハムレット』って恐ろしい芝居ですよ。まだまだ宿題がある。noble mind に端を発した一連の発見は、私が日本人の翻訳者だからそんなふうに考えただけなのかしらと思って、ハムレットを演じたこともあるイギリスの俳優マイケル・マローニーに尋ねてみたんです。蜷川さんは一九九九年にRSC（ロイヤル・シェイクスピア・カンパニー）と彩の国さいたま芸術劇場との共同制作による『リア王』を演出しましたが、マイケル・マローニーはエドガー役で出演していた。その楽屋で訊いたんです。すると、「あーっ、そうだよ」と叫んで、なんと、この場面のオフィーリアの台詞をアタマから言い始めたの。相手役の台詞を！　彼がハムレットをやってから何年も経っていたのに。そしてたしかにこれは、ポローニアスの文体だよね」って。この発見のためだけにでも、「ああ、もう一回ハムレットをやりたいとまで言っていた。

ダジャレと言い間違い

オフィーリアらしくない longed long の親父ギャグというところから、ポローニアスのダジャレ好きに目がいくと、今度は他にもダジャレ好きが『ハムレット』にはいるのではないかと気になりだしました。読み返してみると、いました。ハムレットと墓掘りです。一般にシェイクスピア劇のなかで、ダジャレを言う人物はそんなに身分が高くない。それから、反権威・反権力の人が多い。『リア王』の道化とか、『ヘンリー四世』や『ウィンザーの陽気な女房たち』のフォルスタッフとか、『十二夜』のサー・トービーもそう。では、そもそもダジャレって何だろうと考えてみると、意味という権威を揺るがす発語行為だと思い至った。権威というよりは秩序かな。墓掘りは、低い身分という条件に当てはまりますが、ハムレットは一国の王子という最高の身分。だから、例外中の例外と言えるかもしれませんが、クローディアスから「次に王位を継ぐのはお前だ」と言われても当面は権力の座からははずされている。反権威になる資格は十分です。そもそも劇中の最初の台詞、A little more than kin, and less than kind.（血のつながりは濃くなったが、心のつながりは薄まった）からして more と less という正反対の比較級と kin（血縁者）と kind（肉親としての自然な情で結ばれた一族）という縁語で言葉遊びをしていますし、次の I am too much in the sun.（七光を浴び過ぎて有難迷惑）では sun（太陽）に同音異義の son（息子）を懸けて、my son と呼びかける王に対し厭味《いやみ》たっぷりの洒落《しゃれ》を言っている。ポローニアスの場合は、自分より身分が上の人にも下の人にもダジャレを言っています。王と王妃に対しては、あんたらのことなんか実は何とも思っていないよというような、対等だということの表明になっているし、下に対しては、おちゃらけてみせることで自分の権威を隠そうとしている。そんなふうにして、先代の王にも仕えただろう宰相が先代を殺したいまの王にも仕えている。よほどの策士ではないかと思うんですよ。そんな彼のキャラクターが、上に向かっても下に向かっても傍若無人にダジャレを連発したり言葉遊びをするというセンスに現れているのではないか。実は、私が、「上にも下にもダジャレを言うポローニアス」という人物像を意識したのは、実際の舞台を観《み》たときなの。二〇〇四年にロンドンで、蜷川さんがイギリス人のキャストで演出した。主演のマイケル・マローニーにとっては二度目のハムレットです。そのときのポローニアスが、縁なし眼鏡をかけて、すごいテクノクラートふう。それでダジャレを言う。これは単なるダジャレ好きが、思いつくままに言ってるんじゃないと、強く印象づけられた。

――『ハムレット』でポローニアスを重視するというのは、僕も興味のある方向ですね。というのは、一九八九年にイギリスのロイヤル・ナショナル・シアターが来日公演をしたときに、ハムレット役の役者がドタキャンをした。舞台を観てみると、やはり代役はダメで、ポローニアスがひとりだけ巧《うま》い。「悲劇、喜劇、歴史劇……」ってあるでしょう。二幕二場の、宮廷にやって来た旅役者一座の十八番の演《だ》し物を、ポローニアスがハムレットに説明するところ。あそこで笑うんですよ、ネイティヴらしき観客が。ポローニアスをやった役者は、そのカンパニーでは群を抜いて上手で、不思議な『ハムレット』を観たなと思ったことを覚えています。

あのくだり、私はアーデン第二版の編注者ハロルド・ジェンキンズの解釈を採っていますけど、順列組合せで羅列してますよね。「悲劇、喜劇、歴史劇、牧歌劇、牧歌劇的喜劇、歴史劇的牧歌劇、悲劇的歴史劇、悲劇的喜劇的歴史劇的牧歌劇」って。それで、最後も、もっと何か言おうとしたんだけど、あわわ、出てこないや……次々組み合わせていったけど、その先を言おうとしたら、おっとっと……と。で、締めのscene individable, or poem unlimitedというふうにごまかした。そういう解釈です。このフレーズを、説明を入れながら直訳すると「アリストテレスの三一致の法則に則《のっと》った、場面が一つの劇、あるいはそういう法則に縛られない詩劇」になりますけど、「何でもありの何とも言えない劇」と訳した。

——おっとっと、というその感覚は分かりますね。組合せには限りがあるはずなのに、その後を考えてない。そこは、いま、すごくポローニアスらしいと思いました。悲劇、喜劇、歴史劇の組合せで、ある程度まではいける。ところが、それはある程度までだから、言い続けている間にその先を見つけなきゃいけない。そして、たぶん、頭のいい人だから、普通はしゃべりながら考えて、解決法を見つけては問題をさばいていく。例の二幕一場で、従者レナルドーにあれこれ台詞を指示するところも、そうじゃないかな。だけど、「悲劇、喜劇」の場面は、見つける前に組合せのタネが切れちゃった。

私が翻訳するときにいつも心がけているのは、あたかもその登場人物が身近な生きた人間であるかのように、なぜこの人はここでこんなことを言うんだろうと、いわば下から、というか、人物のなかに入って考える。と同時に一方で、シェイクスピアはなぜ、ここでこの人物にこういう台詞を与えたかも考える。こちらは、いわば上からその人物を見る視点。その両方を、いつも忘れないようにしています。とくに、壁にぶつかって、言葉がうまく解釈できないとき。で、いまは上からの視点で見て、ポローニアスがダジャレ好きで羅列癖のある人間だということの意味合いを考えたとき、それは明らかに、そういう人間であるほうがお芝居はおもしろくなる。自分のなかにいっぱいクリシェを持っている。それはお決まりの思考パターンだけれども、それを組み合わせることでオリジナルにもなるし、一方でそれはまたお決まりだから、ひとつひとつはみんなよく知っていて、誰にも受け止められやすい。

――たしかに、ダジャレは言葉の持つある秩序を壊すことかもしれませんが、しかしそれは逆に、秩序感覚のある人にしかできない。無秩序な人には無理ですよ。『から騒ぎ』の訳者あとがきは脇役《わきやく》のドグベリーを中心に書いたのですが、ドグベリーは言い間違いの大家。ダジャレは意図的・意識的に、権威や秩序を言葉のレベルで揺るがすんだけど、マラプロピズム（おかしな言い間違い）は、無意識なんですよ。でも、言い間違いだから、明らかに権威と秩序は脅《おびや》かされる。言い間違うキャラクターというのは他にもいっぱいいいるのね。『ロミオとジュリエット』の乳母とか、『ウィンザーの陽気な女房たち』のクイックリー夫人とか。で、古今東西、ダジャレを書く劇作家はたくさんいるけれども、言い間違いをこれほど書いた人はシェイクスピア以外にいない。少なくとも、私は知らない。言い間違いを訳すのって、じつにじつに大変なんです。

これは原文にも翻訳にも言えることだけれど、まず観客がその言葉を聞いた瞬間に、言い間違いと、本来の正しい言い回しとを同時に理解できるようにしておかないといけない。次に、言い間違うことによって、話がとんでもない方向へ脱線してゆくおかしさも出さねばならない。このふたつの条件を満たせたら上出来。今回の私のヒット(笑)は、ドグベリーさんが悪巧《わるだく》みをやったボラキオたちを捕まえて、Let them be opinioned.って言うんです。正しくはpinioned(はがいじめにする)。そこを、「縛れ! ははがいじめだ」って訳したの。私が、これでいけるなと思ったのは、上演台本を作るとき、制作担当の人が返事をよこして「ははがいじめは羽交い絞めの間違いではありませんか」と言って来た。

——訳者の思う壺《つぼ》だった(笑)。

そうなの。ありがとう。あなたは、この訳でいいと折り紙をつけてくださいました。だって、言葉の正誤を瞬時に理解してくれたわけだから。あとね、『ウィンザーの陽気な女房たち』に、スレンダーっていうお馬鹿《ばか》なキャラクターが出てくるでしょう？彼はアン・ペイジさんとの縁談で舞い上がって I am freely dissolved, and dissolutely. と言う。この dissolved と dissolutely がそれぞれ resolved と resolutely の言い間違い。訳は「僕、一念勃起《ぼっき》しました、頑固として」。これはね、偉い先生が、訳書を贈ったお礼状で「あそこは、よく出来ました」と言ってくださった（笑）。こんなふうにうまくいくときばかりではなくて、自分でも、「寒い」と思いながら訳したのもいっぱいありますけど、『から騒ぎ』はとくに大変。ボラキオだけでも言い間違いが三〇もあるんですから。

フロイトではないけれど、興味深いのは、彼らがどういうところで言い間違いをするか。それを考えると、言い間違いの心理的背景が透けて見えてくる。たとえば、それほど教養のない人が自分より身分や教養の高い人の前に出て、いいところを見せようと背伸びをすると言い間違う。逆に、自分より下の者に面と向かったときも、自分の権威をひけらかそうとすると言い間違いが生じる。ドグベリーは、その両方ですね。乳母やクイックリーさんは、目下の者に対してはリラックスするから間違わない。おもしろいのは、『ヴェニスの商人』のランスロット・ゴボーの親子。親子だけでしゃべってるときは、ランスロットは全然言い間違いをしない。だけど、ふたりがバサーニオを前にして、息子の就職活動をするところでは、親子して言い間違う。そもそも何がシェイクスピア喜劇におけるアクションと笑いの源かと考えてみると、勘違いや間違いなのね。その最大のものは、自分に対する勘違い。たとえば自惚《うぬぼ》れとか。その典型が、『十二夜』のマルヴォーリオや『ウィンザーの陽気な女房たち』のフォルスタッフ。シェイクスピアはそういう深層心理的な勘違いから、ごく表層的な人違いや言葉の勘違いまで、手を替え品を替え、好んで書いています。勘違い・間違いの最小単位を言い間違いだとみなせば、言い間違いの台詞をあれだけ量産したのも、当然といえば当然なのだけれど。

――言い間違いを書く劇作家が少ない。たしかにその通りだと思いますが、舞台を観ていて思うのは、言い間違いは実際問題としてはおもしろくなりにくいし、安っぽく見えてしまうことが多い。

言い間違いというのは、必ずしも、どっと笑いをとらなくてもいいと思うの。「変なの」とか、「あ、こいつ間違ったぞ」とか、「おや、いま何かと何かがねじれた」とか、そういう感覚を観客に喚起できさえすれば。

――ギャグというよりは、コミカルな性格描写なんですね。

比較する青年ハムレット

――『ハムレット』は、シェイクスピア劇の通例どおり、五幕構成です。場の数で言うと、全部でちょうど二〇場。この作品はポローニアスに注目すると、より深く読めるのではないかというお話が最初にありましたけれど、たしかに彼の出番は意外と多い。もっとも、劇の中盤でハムレットに刺し殺されてしまいますから、登場するのは前半に限られるわけですが。

ポローニアスが登場する場面は、数え方にもよりますけど、全部で八つです。最初の登場場面は一幕三場で、息子のレアティーズがフランスに出発するときにお説教をして、娘のオフィーリアにはハムレットとつき合うなと言って、やっぱりお説教する。次は二幕一場で、パリで暮らす息子の行状を調べろと従者レナルドーにあれこれ指示して、その直後にオフィーリアが「お父さま、恐くてたまらない」とやって来ると、彼女の話を聞いて詰問《きつもん》をする。指示したり詰問したり、この二幕一場は、ポローニアスらしさが最もよく出ているところ。三番目の登場場面は二幕二場で、オフィーリアとハムレットの仲について王クローディアスと王妃ガートルードに報告する。ここは自分より上位の人間に相対しているわけですが、その報告の口ぶりは畏《かしこ》まったものではない。ダジャレは言うし、恐れを知らない。

――それに、回りくどいですよね。

そう。そこもポイントなので、後で触れましょう。王と王妃への報告を終えると、ポローニアスはいったん退場しますが、同じ二幕二場で今度は旅役者たちを連れて再び姿を見せる。これを四番目の登場場面として数えると、五番目は三幕一場の「尼寺の場」の前後で、六番目は三幕二場の旅役者たちによる劇中劇の前後。そして三幕三場ではハムレットが母ガートルードの寝室に向かうことをクローディアスに伝え、三幕四場のいわゆる「寝室の場」では、ハムレットが母を責め立てる様子を壁掛けの蔭からうかがっていたところ、クローディアスが潜んでいると勘違いしたハムレットによって、壁掛けごしに刺し殺されてしまう。

これらの場面を振り返ってポローニアスの台詞を点検してみると、自分より目下の者、つまり息子や娘や従者に対したときは、命令文が多い。指示を出すのが大好き。というか、それがもう身についてしまっている。一幕三場でハムレットとはつき合うなとオフィーリアに警告するときには、お得意のダジャレも出てきます。それから、譬《たと》える、なぞらえる。次の二幕一場でレナルドーに指示を出すところで明確になるのが、すでにお話ししたように、まるで演出家のように台詞をつけるという性格。また、彼の言葉遣いで特徴的なのは、脱線ですね。これだけ能弁でありながら、あるいは能弁であるがゆえに、変なところへ脱線しちゃう。それともう一つ、くり返しが多い。これはシェイクスピアが高齢のキャラクターを登場させたときに、けっこう使う手なんですね。『リア王』のグロスターとか。老人をそういうふうに観察していたんでしょうね。

——ポローニアスは五〇代でしょうかね？

五〇代、あるいは還暦前後という感じでしょうね。その当時としては、わりと老人。そのせいかどうか、この人は、よく念を押す。たとえば、markという言葉。markはもともと「目で確認する」ということですけど、視聴覚両方で使います。ですから、聞いてますか、お聞きですか、よろしいですか、などと文脈によって訳し分けました。こういうのは、話の流れからすると、あえて訳さない方がするする行くのかもしれないけれど、ポローニアスのキャラクターを表すには、こういう小さなところも大事だなと思って。それと、おもしろいのは、さっき話に出た、二幕二場における回りくどさ。ハムレットは気が狂っていると、王と王妃に言いに行くわけですけど、「何ゆえ昼は昼、夜は夜、時は時であるかを詮索《せんさく》するのは／夜、昼、時の空費にほかならず」なんて、回りくどいことこの上ない。そのくせ「簡潔こそは知恵の魂、／冗漫はいわば手足、うわべの飾りでありますゆえ」なんて言ってる。こうした回りくどさは、もちろん、血となり肉となってポローニアスの性格そのものをすでに形作っているわけだけど、同時に、意図的な策略でもあると思う。あえて冗漫な物言いをして、いったい何が言いたいのかなという気持ちを相手に抱かせて、でも最後に言いたいことはYour noble son is mad. と、文型としても単純な形で、ハムレットの様子を直截《ちょくせつ》に伝えている。

最初にお話しした noble mind のこともそうですけど、ポローニアスの文体やキャラクターに注目して、ポローニアスを鏡として『ハムレット』を読み直すと、他の登場人物の特徴が、より鮮明に浮かび上がってくるような気がする。たとえば、この人は高位高官で権力を握っている。王様から王妃様から自分の娘から、みんな、意のままに動かしている。そういう人物が、ダジャレ好きで回りくどく話を脱線させている。つまり、同時に笑われる存在、道化でもある。これは、ハムレットという登場人物が、ヒーローでありながら、悪役でもあって道化でもあるということと対応していると思う。それから、ポローニアスはよく誘導的な質問をします。「私をなんとおぼしめす?」だとか「これまで私がきっぱり『こうだ』と申し上げて／そうでなかったことが一度でもございましたか?」とか。ハムレットが質問屋だということは、シェイクスピアの全登場人物のなかで、疑問符のついた台詞のパーセンテージが高いということをデータとしても摑《つか》んでいますけど――ハムレットの全台詞中、疑問符で終わる文は二五%以上です――、ポローニアスは、こういう形の質問をすることによって、身分の高い人間を説得するとき、あたかも相手が自分でそう考えたかのように思わせる。それに、羅列の多さはキャラクターとして道化的な一面を際立《きわだ》たせている。

――ハムレットはたしかに質問好きですが、一方でいくつも独白をしますよね。あの独白というのは、そもそも斬新《ざんしん》なものなんですか?

いや、あの時代の演劇、特に悲劇においては、約束事ですね。一五八一年に古代ローマの文人セネカの悲劇の英訳が出て、イギリス演劇に大きな影響を及ぼしましたが、独白もその一つだとジョナサン・ベイトは『時代の魂（*Soul of the Age*）』（二〇〇九）のなかで言っています。

――必ず入る?

ない方が少ないかな。ただ、あれだけたくさん入るのは、シェイクスピアの作品のなかでも珍しい。それも長い。独白を見ていると、ハムレットの自己評価の低さがよく分かる。俺はなんてダメなんだ、ばかり。にもかかわらず、三幕一場で大廊下に登場したときの、あの有名な第三独白では、自分のことはまったく語っていない。それこそ、Ｉという主語が出てこないんです。独白の最後になってようやく、「美しいオフィーリア！　森の妖精《ようせい》、／僕の罪の赦《ゆる》しもその祈りにこめてくれ」と言うところで、my sin と自分が出てくる。To be, or not to be に始まるこの三五行に及ぶ独白は、オフィーリアがそこにいると気づくまでは、we とか he を使って、もっぱら人生一般、人間全般について語っています。「人生のしがらみを振り捨てても／死という眠りのなかでどんな夢を見るか分からない」とか、「こうして意識の働きが我々すべてを臆病《おくびょう》にする」とか。独白では、そうした一般論をえんえんと語るか、ダメな俺のことを語るか（笑）。

——なるほど。でも第三独白における一般論は、それに託して実は自分のことを語っているようにも取れますよね。ともあれハムレットの内面は非常に複雑なわけですけど、松岡さんは、かねてからハムレットという人物の特徴として「比較する」ということを挙げてらっしゃいます。そこをもう少し詳しくお願いできますか？

To be, or not to be という誰もが知っているあの台詞が、まず、比較ですね。ハムレットは比較する青年です。ハムレット自身、比較される二つの対象の間に立つのだけれども、かといって、自分はそこで安定していられない。そもそも、比較っていうのは、非常に知的な行為だと思うんです。AをBと比較することで、A片方しか見ていないときよりも、物事がより鮮明に見える。たとえば、一幕二場には有名な seem（見せかけ）と is（実体）の比較がある。そして三幕四場の「寝室の場」では、母親のガートルードに前の夫といまの夫を比較するように誘導していきますね。両者の肖像画まで突きつけて。そうすると、お母さんは「目を心の奥に向け」ざるを得なくなって、本当に自分のしたことを理解する。だから、比較する、あるいは人に比較を迫るという、ハムレットの思考や行動のパターンは、彼が知的な人間であることの証明だと思う。それがひとつ。

もうひとつが、比較というものは、ひとたび、比較されるABどちらかの側に自分を置いてしまった場合は、とても危険な行為になりうる。なぜなら、比較は評価に関わってくるから。自分と誰かを比較して、自分はダメな奴《やつ》だと思い込んでしまうことがある。繰り返しますが、ハムレットの自己評価はとても低い。「尼寺の場」でオフィーリアは、「ああ、気高いご気性が壊れてしまった！」に続いてこう言います、「宮廷人、武人、学者の、目、口、剣／この国の希望ともバラの花とも仰がれ、／流行の鑑《かがみ》、礼節の規範、／あらゆる人の注目の的でいらしたのに」と。この台詞は、デンマーク国民がハムレットに高い評価を与えている証拠だとみなしていい。

ところが彼の自己評価は低い。それは自分と誰かを比較した結果です。たとえば、二幕二場の旅役者がひとくさり芝居をやってみせたあとの独白では、「たかが絵そらごとなのに、かりそめの情熱に打ち込み、／全身全霊をおのれの想像力の働きにゆだねる」役者と比べて、自分のことを、ぐずでのろまで「大事を果たそうともせず手をこまねき、／何も言えない」と叱咤《しった》する。この「大事」というのは、父を殺した叔父への復讐ですね。四幕四場では、ノルウェー王子のフォーティンブラスが「明日をも知れぬ命を／運命と死と危険にさらしている。／しかも卵の殻ほどの問題のため」にであるのに比べて、自分は「父を殺され、母を汚され、／沸き立つはずの理性と血を／ぐっすりと眠らせている」と責めている。親友のホレイショーとも（三幕二場）、レアティーズとも（五幕二場）自分を比較し、相手を褒めています。ハムレットに限らず、誰においても、他者と自分との比較は危険だと、これは心理療法家の河合隼雄《はやお》さんから教えられた。

——ポローニアスというのは比較をするんですか？

ポローニアスはしませんね。比較をするのはクローディアス。しかも、比較される一方の側に自分を置く。だから、反省が出てくる。そんなに頻繁にじゃありませんよ。だけど、たとえばポローニアスの一計を受け入れ、オフィーリアを大廊下に立たせて、おとりとして使おうとする三幕一場の独白。クローディアスはすごくねじくれた文体を使っていて、ここ、役者さんがかわいそうなんですよ。意味が分かりにくいから。「厚化粧の娼婦《しょうふ》の地の顔は／塗りたくった紅白粉《おしろい》に比べてはるかに醜いが」と、まず比較をしておいて、それから「俺のしたことが飾りたてた言葉より醜いのはそれ以上だ」と、一段上のレベルで比較している。それで、後者の比較の方が前者の比較よりももっと醜さの度合いが上だという、二段構えの比較になっている。分かりにくいけれど、明らかに自分のしたことは醜いと認め、反省しています。

——ポローニアスは自己評価が高いですね。

高いです。唯一比較をするのが、二幕一場の、自分たち年寄りの取り越し苦労と若者の無分別。これが唯一比較らしいものなんだけど、原文では we や our を使って、年寄り一般にしているんです。しかも、比べた結果、自分たちが劣ってるわけじゃなくて、同等なんですね（笑）。ただ、たしかに反省は入るんですよ。でも、ここだけですよ。

——ハムレットは独白で、つまり、ひとりでしゃべりながら考えていて、ポローニアスは人にしゃべりながら考えてる？

ポローニアスには傍白はあるけれど、独白はありませんね。ハムレットには、回数の上でも量の上でも、ものすごい独白がある。なのに、これだけ多弁なポローニアスには、独白がない。

――ポローニアスには、人生上の問題はなくて課題の解決だけがある。哲学が必要ないというか……能吏ってそうしたものでしょうけど。

哲学はないけど、年寄りの人生訓みたいなものはある（笑）。それと、この芝居のなかで、芝居好きなのは、ハムレットとポローニアスなのね。三幕二場で旅役者たちの芝居が始まる前に、「大学時代芝居をやったことがあるそうだな？」「はい、殿下、しかもいい役者だと評判になりました」「何の役をやったんだ？」「ジュリアス・シーザーをやりまして」という二人のやりとりなんて、別に要らないわけじゃない。でも、この作品のなかでは、芝居、演じる、役者ということは、プロットの上でも、ハムレットの狂気めいた行動を理解する上でも大事でしょう。そこで、ハムレットからもっとも遠い、性格的に似ても似つかない人物であるポローニアスに、実は自分も芝居をやってたということまで言わせている。これは単純な遊びかもしれない。シェイクスピアの劇団で、ポローニアスを演じた役者は、『ハムレット』の直前に書かれた『ジユリアス・シーザー』でシーザーを演じたと言われていますから。楽屋落ちです。けれど、それだけではない。ふたりの重要な登場人物を、単に対比させるだけではなく、さりげなく共通項を入れることでも描いている。そして、比較という観点から、このふたりを比較すると、まさに対照的な人物だということがよく分かります。ハムレットは比較する。ポローニアスはしない。比較というのは揺れだから、ポローニアスみたいに「こうだ」とか「こうしろ」とか言い切っている人は、揺れないですよね。くり返しや羅列や堂々巡りは、たしかに目先は変わるかもしれないけれども、元はひとつでいろいろ言い換えているだけだから、人間としてまったく揺れがない。

——ポローニアスは、例の二幕二場で、悲劇、喜劇、歴史劇を比較しているわけではない。並べ替えて、入れ替えているだけ。だけど、ハムレットは自分の人生が、悲劇だろうか喜劇だろうかと、真剣に考えかねないわけですね。

第二章　処女作はいかに書かれたか──『ヘンリー六世』三部作

『ヘンリー六世』三部作（一五八九－九二）あらすじ

百年戦争の渦中、ヘンリー五世が崩御し、息子の**ヘンリー六世**が即位する。フランスには**ジャンヌ・ダルク**が現れて巻き返しが始まり、イングランドも名将**トールボット**を中心に迎え撃つ。だが、イングランドでは、のちに薔薇《ばら》戦争へと発展するヨーク家とランカスター家の対立が芽生えていた。ヘンリーにはアルマニャック伯の娘との縁談が整っていたが、**サフォーク**伯は自分が魅了されたアンジュー公の娘**マーガレット**をヘンリーの王妃にしてしまう。（第一部）

ヘンリーとマーガレットの婚礼を快く思わない貴族も多い。摂政《せっしょう》**グロスター**公はその急先鋒《きゅうせんぽう》。王室は分裂を始め、ヘンリーを戴《いただ》く紅薔薇派と**ヨーク**公が率いる白薔薇派は内紛への道を辿《たど》る。権力闘争の果てにグロスターはサフォークに暗殺され、そのサフォークも追放され惨殺《ざんさつ》される。**ジャック・ケイド**の叛乱《はんらん》が起き、イングランドは戦乱に疲弊していく。（第二部）

ヨーク公の長男**エドワード**が、弟の**ジョージ**と**リチャード**の助力を得てヘンリーから王位を奪い、エドワード四世として即位。フランス王の義妹との縁談で、その権力は磐石《ばんじゃく》かと思われたが、**グレイ夫人**を見初め王妃にしてしまう。その後に待っていたのは骨肉相食《あいは》む裏切りの連続だった。ヘンリーは一時王冠を奪回するが、最後にはリチャードの手で暗殺される。（第三部）

なぜ、歴史劇だったのか？

『ヘンリー六世』は、シェイクスピア（一五六四～一六一六）の処女作にして、三部作の大作です。翻訳は一年以上かかる大仕事になりました。この三部作の第一部はヘンリー五世（一三八七～一四二二）の葬儀から始まります。時は英仏のいわゆる百年戦争（一三三七～一四五三）のまっただなか、生後九ヶ月で即位したヘンリー六世（一四二一～七二）の青年時代にあたる。第一部には、薔薇《ばら》戦争のきっかけとしてシェイクスピアが創作したロンドンのテンプル法学院の場もありますが、主にイングランド対フランスの戦いが描かれ、ジャンヌ・ダルクも登場し、パリやオルレアンなどフランスを舞台にした場面のほうが多い。対して、第二部と第三部の舞台はもっぱらイングランドで――フランスのシーンは第三部・三幕三場だけです――ヘンリー六世の結婚式から始まり、いわゆる薔薇戦争（一四五五～八五）、つまりヨーク家とランカスター家による王位争いを軸にしたイングランドの内戦が描かれて、暗殺・背信・謀略が相継ぎ、ランカスター家のヘンリー六世がヨーク家のリチャード三世に殺されるところで幕が下ります。

――リチャードがヘンリーを殺す前後の長台詞《ながぜりふ》は、作家がのって書いていますね。今にも『リチャード三世』が始まりそうでしょう？　すぐ続きが観《み》たくなりますよね。実際、二〇〇八年にストラットフォードで観た『リチャード三世』のオープニング・シーンは、前日に観た『ヘンリー六世』のラスト・シーンのイメージそのままでした。『ヘンリー六世』については、最初に第二部と第三部が二部作として書かれ、すごく評判になったので、そのあとで第一部が書かれて三部作になったというのが定説です。というのも、この三部作がまとまって一六二三年に第一《ファースト》フォリオ（二つ折り本の全集）に収められる前に、二部と三部が分冊で出版されているのです。第二部がクオート（四つ折り本）のかたちで最初に出たのは一五九四年で、タイトルは『ヨーク、ランカスター両名家間の闘争　第一部（*The First Part of the Contention betwixt the two Famous Houses of York and Lancaster*）』となっている。この作品が三部作のうちで最初に書かれたとする説の有力な決め手は、タイトル中の「第一部（the first part）」というフレーズです。第三部はその続編として一五九五年にオクテーヴォ（八つ折り本）で出ました。タイトルは『ヨーク公爵《こうしゃく》リチャードの真の悲劇（*The True Tragedy of Richard Duke of York*）』。で、『ヘンリー六世・第一部』は分冊では出ておらず、初めて活字になったのは第一フォリオです。

――基本的な質問になりますが、ヘンリー六世や薔薇戦争を題材にしたお芝居というのは、シェイクスピアの同時代に、他にもあるんですか？

歴史物が珍しいわけではないけれど、当代までのイングランドに直接関わる歴史を書いたものというのは……。シェイクスピアが英国史劇を書くまでは、あっても年に一本か二本ですね。すぐ思い浮かぶのはクリストファー・マーロウの『エドワード二世』くらいですが、これだって創作年代は一五九一年から九三年とされているから、『ヘンリー六世』以後かもしれない。あ、そう言えば、作者不詳の『ヘンリー五世の名高い勝利（*The Famous Victories of Henry V*）』がありますね。一五八八年以前の作品で、エリザベス一世の庇護《ひご》を受けた女王一座が上演したそうです。プロの劇団で上演

ヘンリー六世

された最初の英国史劇と言われている。

——『ヘンリー六世』の執筆時期は？

一五八九年から九二年あたりとされています。劇中の時間は、一四二二年のヘンリー五世の葬儀から始まって、ヘンリー六世が殺される一四七一年までだから、ちょうど五〇年間のイングランド王朝史。日本だと室町時代で、足利義満はすでに亡《な》く、室町幕府は最盛期を過ぎていて、将軍空位の時期を経て、応仁の乱に至るあたりです。また、シェイクスピアが執筆した時代から見ると、一七〇年前から一二〇年前までの自国の歴史ということになります。

——すると、いまの私たちの感覚だと、幕末のすこし前から明治の半ばあたりまで。

でも、実はそれだけじゃない。シェイクスピアはさらに、それに続く時代についても『リチャード三世』と『ヘンリー八世』を書いている。後者は当代のエリザベス女王（在位一五五八〜一六〇三）のお父さんの話です。正確には、シェイクスピアが『ヘンリー八世』を書いたとき、エリザベス女王はもう死んでいましたけど。

——幕末から書いていって、最後は第二次大戦が終わるまでをカヴァーした感じですか。よく、そんなに近い時代を書けましたね。

当時は検閲がすごく厳しかったはずなのにね。上演台本も全部見せなきゃいけなかった。

――それは、どこに見せるんですか？

宮廷祝典局長（Master of Revels）です。一五七九年から一六〇九年までエドマンド・ティルニーという人がこの官職に就いていました。宮廷祝典局（Revels Office）は宮内大臣（Lord Chamberlain）直属の機関で、もともとは宮廷での余興や催事の管理が仕事でしたが、ティルニーの代になってからは、催事の企画・実行だけでなく、すべての戯曲を上演前に検閲して、修正を加えたり削除する権限を持つようになりました。トム・ストッパードが脚本を担当したアメリカ映画『恋におちたシェイクスピア』にもティルニーは出てきて、サイモン・カロウが演じています。イギリスでの検閲は二〇世紀になっても残ってました。一九六〇年代末だったかな、廃止されたのは。シェイクスピアの場合は、現体制というか現王朝を最終的には肯定し賞揚するようにお話が流れていくから、劇の最後までいけばこれでＯＫでしょ、とは言えただろうけど……。あ、それと、歴史劇以外の作品では、これは外国のお話ですっていう逃げ道がある。イタリア（『ロミオとジュリエット』）とか、デンマーク（『ハムレット』）とか、ウィーン（『尺には尺を』）とか、ギリシャ（『アテネのタイモン』）とか、おそらく観客のほとんどが行ったことのない場所を舞台に使ったのは、検閲逃れのための周到な工夫でもあったのではないかと、私は睨《にら》んでいますけどね。これは、二〇世紀にソ連や東中欧のガチガチの共産圏で、『ハムレット』や『マクベス』が上演されて、これはあくまでシェイクスピアですから、と言いながら体制批判のメッセージを盛り込もうとしていた姿勢にも、一脈通じるところがあると思う。

――シェイクスピアが劇作家としてデビューしようとしたとき、なぜ最初に歴史劇というジャンルを選んだのでしょう？

『ヘンリー六世』の前に、クリストファー・マーロウの『タンバレン大王』一部（一五八七）、二部（一五八八）というのが、これはティムール帝国のお話だけど、大当たりした。で、二部構成というのが、おいしいかもしれないと（笑）。現に、アルフレッド・ハーベッジの著した『イギリス演劇年代記（*Annals of English Drama*）』（一九六四）を見ると、『タンバレン大王』第二部と同じ年に、これは作者不詳ですが、ジョン王を主題にした二部作の芝居が書かれている。シェイクスピアが当時の人気劇作家マーロウを意識していたのは、間違いない。

――推測だとしても、ショウビジネスとしては、いかにもありそうな発想ですね。

ただ、実際にやるとなると、大変よ。膨大な資料を読んで、取捨選択して、それをまた構成し直して……当時はあまり時間もかけられなかったと思うけれど、現代の劇作家がこれをやろうとしたら、まず、一、二年がかりでしょうか。

――『ヘンリー六世』の第二部・第四幕で描かれるジャック・ケイドの叛乱というのは、実際にあったことなんですね。書かれ方が冗談みたいになっているので、てっきり完全なフィクションかと思いましたが……。

史実です。シェイクスピアは毛織物関連の職人だったケイドを無学文盲みたいに描いているけれど、実際は読み書きもできて、立派な人だったみたい。王の使者としてケイドに面会したカンタベリー大司教やバッキンガム公爵の目に映ったケイドは、「話ぶりは沈着、論法は賢明、心は傲岸《ごうがん》、意見は断固としていた」と、ラファエル・ホリンシェッドの『イングランド、スコットランド、アイルランドの年代記』（一五七七）に書かれています。四幕四場でヘンリー六世は「暴徒たちの陳情書」を持って登場するでしょう。あの陳情書にしても、劇中ではどんなものか分からないけれど、実はちょっとびっくりするくらい立派な内容。主にケント州の貧しい民衆の窮状を訴えて、その改善を要求しているんですが、国外にも目を向けていて、国王ヘンリーのフランスの領土が奪われたり、在仏の貴族たちが謀反《むほん》によって殺されたことにも触れ、誰によってどんなふうになされたかを審問し、謀反人が有罪だと分かれば、法に従って処刑すべきだ、なんていうことも書いてある。立派なグロスター公爵を殺した者を罰せよ、とか。

——それは何語で？

英語で書かれている。

——そういう歴史資料を、シェイクスピアも参照できたのですか？

できました。というのも、十六世紀に出版された歴史書というか年代記、つまりエドワード・ホールの『ランカスター、ヨーク両名家の和合』（一五四八）や、ホリンシェッドの『イングランド、スコットランド、アイルランドの年代記』といった本に載っていたから。ジェフリー・ブローという学者が、シェイクスピアの全作品の材源《ソース》をひとりで集めて、それをまとめている。凄《すご》い仕事です。*Narrative and Dramatic Sources of Shakespeare*（一九五七〜七二）という七巻本で、そのうち『ヘンリー六世』『リチャード三世』『リチャード二世』だけで一冊になっている。（本を持ってくる）このNarrative Sourcesというのが散文の、つまり戯曲以外の材源で、年代記はそちらに分類されています。もちろん、これはシェイクスピアが使った箇所だけの抜粋ですが、シェイクスピアのどの作品の何幕何場で使われたか、シェイクスピアが参照した年代記の刊本は何年版かということまで調べ抜いている。たとえばホリンシェッドの年代記は、初版の十年後の一五八七年に出た増補第二版を使ったということまで、これで分かる。

――ということは、古書ではなくて、当時の新刊を使っている？

そうですね、新刊。当時、本はセント・ポール寺院などの境内で売られてた。『ヘンリー六世』第三部の四つ折り本や八つ折り本の表紙には、「コーンウォールの聖ペテロ教会の境内にある店で売る」ってことまで印刷してあります。

――イギリスにおける印刷物の普及は、実質的には十六世紀のことですよね。

『ヘンリー六世』にも出てきます。ジャック・ケイドが第二部の四幕七場で、イングランドに「圧制をしいた元財務大臣」のセイ卿《きょう》に面と向かって「貴様は……」と痛罵《つうば》するときに、「印刷」をはやらせたことを卿の悪行のひとつに数えている。とはいえこれはアナクロニズム、つまり厳密な時代考証の下では起こりえない。イギリスで活版印刷が普及したのは、おっしゃるとおり、ヘンリー六世の時代よりもっと後のこと、ウィリアム・キャクストンがウェストミンスター修道院のなかに印刷所を設けたのは一四七六年ですから。

――出版も演劇も、当時の最先端メディアだったわけですか？

そうですね。イギリスで初めて演劇専門の劇場で演劇が上演された時期と、シェイクスピアの生涯とは、重なっています。ケイドはセイ卿に向かって「貴様は、ラテン語文法学校なんか作って我が国の若いもんを堕落させた謀反人だ。まだあるぞ、俺たちのご先祖は本なんてもんは持たず、ものを勘定するにも刻み目つけた棒切れですませてたんだ、しかるに貴様は印刷なんぞをはやらせ、国王の王冠と権威に逆らい紙漉《かみす》き工房なるもんを建てやがった。それにだな……」と、まくしたてる。だから、紙そのものが新しい産業だったのかな。それ以前は羊皮紙でしょう。言葉を紙に印刷する。やっぱり、紙媒体の力は大きかったと思うんですよ。本なんかは高価だったはずですが。

青年シェイクスピアの作劇術

――『ヘンリー六世』には、作劇上どんな特徴があるのでしょう。シェイクスピアはこの処女作を書くにあたって当時出版されていた年代記を使ったということでしたが、それらの材源に依拠しながら、実際どのように歴史劇を創《つく》りあげていったのか？

まず念のために補足しておくと、この作品には年代記以外にも、種本や材源がありますす。ギリシャ神話や聖書はもちろんのこと、ウェルギリウスの『アエネーイス』やオウィディウスの『変身物語』といった、当時ある程度の教育を受けた人たちは知っていた古代ローマの作品が随所で踏まえられている。ただ、『ヘンリー六世』を書くにあたって主要な材源となったのが、ホールとホリンシェッドの年代記だったことは言うまでもありません。

これは最初期の作品だから、シェイクスピアの完全な単独作ではなくて先輩作家たちとの共作だろうという説もあり、処女作は『ヴェローナの二紳士』という説も一部にはあるのですが、同じ劇団の役者仲間たちが一六二三年に編集・刊行した全集、第一フォリオに三部とも入ったのだから、シェイクスピアの責任で書かれたと考えていいと思う。ということは、それまで役者をやっていたまだ二〇代の青年が、いきなりこういう大作を書いた。それだけでもただごとではない。『ヘンリー六世』を訳すにあたっては、いつにもまして、シェイクスピアが参考にした材源にあたってみました。自分なりに歴史年表も作った。それで、あらためて驚いたんです。歴史上の出来事をごく散文的に羅列しただけのような素材を、すごく立体的に組み立てて、料理している。そしてそのために、材源には出てこない架空の人物を要所要所に配置している。架空の場面だって、まるごと創る。あるいは、時代的には出会うはずのない人間を出会わせる。そういうフィクショナルな、劇的な操作が非常に巧みですね。

——出会うはずのない人間が出会うというのは、たとえば？

王妃マーガレット

エリナー・コバム

第一部だと、フランスの乙女ジャンヌ・ダルクとイングランド軍の名将トールボット卿ですね。三幕二場では「何をするつもり、白髭《しろひげ》のおじいさん?」「フランスの汚《けが》らわしい悪魔、悪意に凝り固まった魔女」と言い合い、四幕七場では足元に横たわったトールボットの死体をジャンヌが見下ろして「腐臭を放ち、ハエが卵を産みつけている」と語るわけだけど、史実ではトールボットの戦死より二〇年以上も前にジャンヌは処刑されている。それから何といっても、これは第二部になりますけど、グロスター公爵夫人であるエリナー・コバムと王妃マーガレットとの、ロンドンの王宮における対決がある。史実では、フランスのアンジュー公爵家のお姫様マーガレットがヘンリー六世に嫁いでイングランドにやって来るより前に、エリナー・コバムは大逆罪で裁判にかけられてマン島に追放されているんですね。それを劇中ではあえて出会わせて、女同士の火花の散るような場面を創った。第二部・一幕三場でマーガレットがわざと扇を落とし、エリナーに向かって、まるで侍女か小間使いに命じるかのように「その扇を取って。そこの女」と言う。そのうえ

『ヘンリー六世』（蜷川幸雄演出、2010、彩の国さいたま芸術劇場）。第二部・一幕三場で、王妃マーガレット（右／大竹しのぶ）とエリナー・コバム（立石涼子）が火花を散らす。　撮影・渡部孝弘

「え、取れないの？」と、エリナーの耳元をboxする。ボクシングのボックス。だから、平手で叩《たた》くんじゃない。拳《こぶし》で殴る。叩くだとslapでしょう。

――その直後に「あら、ごめんあそばせ、あなたでしたの？」と、しらじらしく言う。

そう、あそこです。凄《すさ》まじい空とぼけ。女優にとっては見せ場のひとつですね。二〇一〇年にさいたま芸術劇場で上演された蜷川演出版（松岡訳、河合祥一郎構成）では、エリナー役の立石涼子さんがマーガレット役の大竹しのぶさんに「手加減しないで」と言ったらしくて、ここは迫

力満点の緊迫した場面になりました。さすがに box ではなくて、バシッと平手打ちでしたけど。このように架空の場面や出会いを要所に据えてドラマを立ち上げてゆくところが『ヘンリー六世』における作劇術の第一の特徴だとしたら、第二の特徴として挙げたいのは、歴史上の人物をめぐるステレオタイプというか、当時の観客が抱いていた固定観念の利用ですね。リチャード三世は悪い王様であるとか、ジャンヌ・ダルクは魔女であるとか、王妃マーガレットはかかあ天下のとんでもないフランス女で、彼女と情を通じてヘンリー六世を滅ぼそうとしたサフォーク侯爵（のちに、公爵）は酷《ひど》い裏切り者だとか……。こうしたいわば固定的な人物像・悪玉像をきちんと踏まえて書かれているから、当時の観客も歴史劇の世界にすんなり入っていけたのではないか。また、これはちょっと脇道《わきみち》に逸《そ》れるかもしれないけど、摂政《せっしょう》のグロスター公爵。この人、劇中では国王ヘンリーの忠臣という側面が強調されているけれど、でも、若いころは女性関係が盛んだったらしいのね。他人《ひと》の奥さんを奪って妻にしたかとおもえば、今度はその妻の女官に手を付けて、また妻にした。それがエリナー・コバム。だから、ヘンリー六世がマーガレットに一目惚《ひとめぼ》れして、婚約中だったアルマニャック伯爵の娘から乗り替えてしまう第一部の五幕五場で、「昔の若いあなたの立場で判断なされば、私がこんなに慌《あわただ》しく我を通すのも許していただけよう」とグロスターに言う。あそこなんか、当時の観客はくすくす笑ったんじゃないかな。

だけど、そんなふうに悪く思われていた人物たちを、そういう固定観念をたっぷり利用しつつシェイクスピアはどこかで救っているのね。反感が共感にひっくり返る場面を創っている。これが第三の特徴。たとえば王妃マーガレットとサフォーク公爵のことでいうと、こんなに国が疲弊してしまったのは、温厚篤実《とくじつ》な国王ヘンリー六世を振り回したマーガレットのせいだと皆が思っているし、ヘンリーの叔父グロスター公爵の暗殺を殺し屋に命じたのはサフォークだと第二部・三幕二場の冒頭で分かっているのに、それに続く王妃とサフォークの別れの場面には心を揺さぶられる。それから、話は前後するけど、第二部・二幕四場でエリナー・コバムがマン島に追放される直前、ロンドンの市中を裸足で引き回されて、夫のグロスター公爵と別れていくでしょう。あの場面なんて、それこそ見てきたように書いているけれど、完全なフィクションなんですよ。そういうふうに、悪玉をただ悪玉とは書かない。また、そうすることで、観客の登場人物に対する反発と共感をともに操作するという術を、処女作にしてマスターしている。その術が最大限に生かされているのが『リチャード三世』でしょう。まあ、ヘンリーの大叔父で、のちに枢機卿《すうききょう》となるウィンチェスターだけは、最後までどうしようもない悪の権化《ごんげ》として死んでいきますけど。この芝居は女の登場人物が少なくて、カップルも多くはないんですが、カップルや夫婦が出てくると、男はだいたい女でしくじってますね。

――嫁を迎えに行っている間に、他の女と結婚しちゃうのが、二回出てきますものね。第一部のヘンリー六世と、第三部のエドワード四世と。

グロスターの結婚にしても、あれはさすがにないんじゃないの、と下々《しもじも》まで思っていたらしくて、エリナー・コバムは非常に評判が悪い。悪いんだけれども、シェイクスピアは彼女の夫との別れの場面（第二部・二幕四場）では、素晴らしい台詞で救っている。

ああ、ハンフリー、この恥辱のくびきには耐えられません。
あなた、私がこの先世間に目を向け、
日の光を楽しむ人々をうらやましがるとお思いですか？
いいえ、これからは暗闇《くらやみ》が私の光、夜が私の昼、
昔の栄耀《えいよう》栄華の思い出は私の地獄です。

マーガレットとサフォークにしても、当時、イングランドを疲弊させた元凶という

固定観念が行き渡っていたと思うんだけど、あの生木を裂かれるような別れの場面（第二部・三幕二場）で、それが昇華されてしまう。イングランドからは魔女とされていたジャンヌ・ダルクにしても、滅びていく彼女に感情移入できるように書かれている。ジャンヌがイングランドのヨーク軍に捕えられる直前の第一部・五幕三場。そういうネガティヴな人物を描く面白さ、そして観客の正負の感情を大きく揺さぶることの醍醐味《だいごみ》、そんなことにこの新進作家は早くも気づいてる。第二部の三幕二場、マーガレットの「ああ、お願いだからやめて」で始まるところなんて、力を入れて書いているのが分かります。

――彼女はことあるごとに、不倫相手のサフォークや夫のヘンリー六世をなじるけれど、それらとはとても対照的な場面ですね。

そう。なじるほうで凄いのは、今の場面の少し前で「ええい、意気地なしの女、気弱なくず！／自分の敵を呪《のろ》う根性もないのか？」と言っている、サフォークに対して。これはちょっと、ギクッとしましたね。つまり、シェイクスピアは、マーガレットというひとりの女のなかに、同じ男に対して「意気地なしの女」と痛罵する一面と「ああ、お願いだからやめて」と懇願する一面と、そのふたつの間の激しい振幅を見ている。こういうところに、訳していて、心が動くんですね。「気弱なくず！」と言われて、サフォークが激烈な呪いの言葉を連射すると、「もうやめて」と。ここのやり取りが素敵なんですよ。

サフォーク 呪えと言った口の下から今度はやめろですか?
ああ、私が追放されたこの大地にかけて、
冬のさなかでもひと晩中呪っていられる、
たとえ、寒風が吹きすさび、草一本生えぬ
山の頂《いただき》に一糸まとわぬ姿で立っていても、
しかもそれを、束《つか》の間《ま》に過ぎる気晴らしと思っていられる。
王妃 ああ、お願いだからやめて。ね、手を出して、
そこに嘆きにあふれる涙の露をおきましょう、
(サフォークの手にキスする)
これは私の悲しみの記念碑、洗い流されるといけないから、
降る雨に濡《ぬ》らさせないで。
ああ、この口づけがあなたの手に跡をつければいいのに、
そうすれば、あなたがそれを見るたびに、あなたのために

一千回もため息をつくこの唇を思い出してもらえる。

この場面の稽古《けいこ》のとき、蜷川さんはマーガレット役の大竹しのぶさんとサフォーク役の池内博之さんにいみじくも「ここはロミオとジュリエットだぞ」とおっしゃったんだけど、たしかに、マーガレットの「行って、何も言わないで、いますぐ行って！／ああ、まだ行かないで」なんて、まさにバルコニー・シーンのジュリエットですよね。

――『ヘンリー六世』には、文体上の特徴は何かありますか？

個々の人物に文体を付与するというのではなくて、歴史劇の文体っていうのかな。王侯たち、職人ジャック・ケイドと民衆、そういった階層で分けた文体はあるけれど。それ以外は、掛け合いの台詞を対句のようにしたり、韻を踏んだり……。

――たしかにアーティフィシャルですね。親を殺した子と、子を殺した親がシンメトリカルに出てきたりして、単純な史実の再現とは到底思えない。

文体に関して言うと、これはちくま文庫版の全集の脚注にもできるだけ書いておいたのですが、『ヘンリー六世』に出てくる表現で、後年のシェイクスピア作品にも出てくるものが幾つかあります。たとえば She's beautiful, and therefore to be wooed:/She's a woman, therefore to be won.（彼女は美しい、だから言い寄らずにいられない、／彼女は女だ、だから落とせぬはずはない）。第一部の五幕三場でサフォークがフランスに行って、まだヘンリー六世に嫁ぐ前のマーガレットに一目惚れするところです。これは『タイタス・アンドロニカス』にも『リチャード三世』にも、言い回しは微妙に違うけれど、同じような表現が出てくる。『タイタス』では二幕一場、ディミートリアスがラヴィニアについてこう言う、She is a woman, therefore may be woo'd;/She is a woman, therefore may be won.（あれは女だ、だから口説いたっていい、／あれは女だ、だから落とせる）。また、『リチャード三世』では、一幕二場、リチャードがレイディ・アンを口説き落としたあとで、こう言う、Was ever woman in this humour woo'd?/Was ever woman in this humour won?（こんな気分のときに口説かれた女がいるか？／こんな気分のときに口説き落とされた女がいるか？）。処女作でやってみて、気に入ったものだから、また使っちゃおうと（笑）。そういうのはありますね。

——そのほかに、訳していて、気づいたことは？

この芝居には呪いが多い。とくに第二部と第三部。薔薇戦争の当事者たちは、敵同士でも血筋の根っこはいっしょだから、それだけに近親憎悪《ぞうお》がつのるのかもしれない。とにかく、ある地位から追い落とされるとか、無《む》惨《ざん》な死を前にしてとか、さまざまな状況でいろんな人が呪うんだけど、ただひとり、ヘンリーだけが呪わない。妻からは「それでも男ですか？」となじられ、廷臣たちには見くびられ、何度も王位から追い落とされ、こんなに受身でこんなにアクションを起こさない主人公が、登場人物のなかで一番呪ってもかまわないような運命の人が、一言も呪わない。それで私が思い出したのは、以前、河合隼雄さんとの共著『快読シェイクスピア』（新潮文庫、増補版はちくま文庫）のなかで、『リチャード三世』について話し合ってマーガレットの呪いを取り上げたときのことなの。マーガレットは、彼女の敵対者たちをひとりずつ、ダーッと呪っていって、その呪いのとおり、みんな無惨な最期《さいご》をとげていくでしょう。そのとき、河合さんが「怨念《おんねん》と呪いは違います。女性の場合は、深い怨念を持ちながらも自分では晴らせない。自らの手で相手を殺せませんから。祈りとか言葉しか武器がない」とおっしゃったので、「そうか、呪いは無力な人のすること、弱者の武器」だと気づかされたんです。強者、勝者、権力者は呪う必要はないわけですよ。呪いたい相手がいれば、権力や財力を含む力を揮《ふる》って直接間接にやっつけられるから。逆に言うと、呪う者は弱者である。呪わない者は弱者ではない。そうであるならば、どこまでも呪わないヘンリーは弱者ではない。どこまで落ちて、どんな無惨な目にあっても、彼は弱者ではなかった。祈りはするけどね。「ああ、すべてを裁きたもう神よ、私の想念を抑え込んでください」とか。

——ぱっと考えて、ヘンリー以外の人が祈るというのは、思いつかないですね。

時の流れを歴史として眺める

これは拙著『「もの」で読む 入門シェイクスピア』(ちくま文庫)にも書いたのですが、シェイクスピアの時代には The War of the Roses (薔薇戦争)という言葉は、まだなかったんです。初出は十九世紀に入ってからで、ウォルター・スコットが『ガイアスタインのアン』という小説のなかで「白薔薇と紅薔薇の戦争」という言葉を使った。それだって、シェイクスピアの『ヘンリー六世』がなかったら、思いついたかどうか。第一部の二幕四場、つまりあのテンプル法学院の場で、リチャード・プランタジネット(白薔薇のヨーク家)とサマセット伯爵(紅薔薇のランカスター家)が法的な問題で対立して、どちらの言い分が正しいかを取り巻きに尋ね、尋ねられたほうはひとりひとり、庭園に咲いていた紅白の薔薇のどちらを摘むかでそれに答える。「今日の争いはいつの日か血を呼ぶことになるだろう」というプランタジネットの台詞が、のちのちの薔薇戦争を暗示して、法学院の場は終わる。この有名なエピソードは、完全なフィクションですからね。もちろん、ヨークの徽章《きしょう》が白薔薇だったのは事実です。紅薔薇はいくつかあるランカスター家の紋章の一つ。ヘンリー四世と五世はこれを使ったけれど、ヘンリー六世は使わなかったそうです。白薔薇を摘んで紅薔薇を摘んで……というテンプル法学院のエピソードはシェイクスピアの完全な創作です。少なくとも、年代記その他の史料には出てこない。

——じゃあ、命名されてなかったわけですね、この一連のあれは（笑）。こういう場合、どう言ってたんだろう。「あの戦い」とか？

しかも、テンプル法学院の場の要《かなめ》であるはずの両家の対立の理由は、はっきり書かれていない。法律の解釈でモメたというだけで、どんな法律のどんな解釈だったのか、まるっきり分からない。

——第一部は二部、三部に比べて、少し異質ですね。戦いの場面も第一部に多い。

第一部は、やっぱり、ジャンヌ・ダルクを書きたかったんでしょうね。シェイクスピアの全戯曲中に占める英国史劇の割合は非常に高い。同時代の作家で、自国の歴史を舞台に乗せたのは、マーロウの『エドワード二世』が有名で、それ以外にも何人かはいるけれども、それぞれ一作とか二作とか。シェイクスピアにはヘンリー六世以前の時代を書いたものもある。史実として古い順に並べると、『ジョン王』『エドワード三世』『リチャード二世』『ヘンリー四世』二部作、『ヘンリー五世』と六本あるから、これに『ヘンリー六世』三部作と『リチャード三世』と『ヘンリー八世』を加えると、全部で十一作もある。

シェイクスピア以前にも以後にも英国史劇をこんなに量産した作家はいません。なぜか、という問いは当然出てくるでしょうが、私にはとてもその問いに答えられる力はない。ただね、『ヘンリー八世』は別として、他の十本が十本とも初期というか一五九〇年代に書かれていることを考えると、そして、私が『ヘンリー六世』三部作を一気に訳しているときに味わったあの、何と言ったらいいか、ひと場ごとにまったく違った景色が現れるあの興奮を振り返ってみると……要するに、少なくとも『ヘンリー六世』三部作には、悲劇も喜劇も、胸を焦《こ》がすような恋愛劇も、政治劇も、チャンバラも、ぜんぶ入っているんですよ。あとでお話ししたいんですが、シェイクスピア喜劇の大きな特徴と言える機知合戦、wit combat のはしりも第三部に書かれている。シェイクスピアは、処女作と言えるこの三部作を書くことによって、そういった劇のジャンル個々の醍醐味を早くも味わったのではないか。それがやがて、悲劇、喜劇、ローマ史劇といったふうに、個々のジャンルを分離独立させてゆく。歴史劇の背景はすべて戦争ですよね。戦争という大きな対立の極みを背景にすると、人間の諸相がくっきりと浮かび上がるということも感得したんだと思います。

――そもそも、百年戦争という言葉も十九世紀に出来たもので、当時はそう呼ばれていない。

そうですね。パテーの戦いとかルーアンの戦いとか、個々の戦いに名前があっただけで。

――それを、百年戦争と呼ぶことで、ひとかたまりの戦《いくさ》と見たわけですよね。逆に言うと、シェイクスピアの時代に、歴史という概念が、現代と同じようなものとしてあったのかどうか。百年戦争にしても、なんか、しょっちゅうフランスに攻めて行ってるぞくらいの感覚で……あるいは、攻めているという感覚さえあったかどうか、分からないじゃないですか。あそこはもともと自分たちの領土だと思っていたから。それと、トレヴェリアンが『イギリス史』（みすず書房）のなかで書いていて、なるほどと思ったのは、ヘンリー六世を殺して王位を簒奪《さんだつ》したリチャード三世が一四八五年に死んだときに、英国民は、ああ、これで薔薇戦争が終わったとは、誰も思わなかったというんですね。もちろん、薔薇戦争という言葉はなかったにせよ、これで当分は主導権がまたランカスター家に戻る、それくらいにしか思わなかったと。でもまたいずれヨーク家に戻るかもしれないと思うのが人情で、それはたしかにそのとおりですよね。史実としての薔薇戦争は一四八五年で終わったとしても、あそこが終わりだとは、当時の人たちには分からないだろうと。

そうよね。それまでも、両家の政略結婚や裏切りはいくらでもあったわけだから。

——僕らは、過去の出来事を、歴史というひとつの出来上がったものとして見てしまうので、つい錯覚に陥るわけですが、でも、当事者というか同時代の人はそうではない。一方、シェイクスピアの『ヘンリー六世』は、イングランド王朝の血みどろの交替劇、くるくると転変する時の流れを、ひとまとまりの歴史として眺めた。自国の過去の出来事を一定の距離を置いて見直すという、その種の歴史意識のはしりだったのかもしれませんね。

英語とフランス語の諸問題

——エイザ・ブリッグズの『イングランド社会史』（筑摩書房）を拾い読みしていて、ちょっとドキッとしたんですが、ヘンリー四世（一三六七〜一四一三）が一三九九年に即位したところで「英語を母語とする新国王ヘンリー四世が誕生」と書かれていました。ということは、それまでの国王たちは皆、フランス語をしゃべっていたのでしょうか。エドワード三世（一三一二〜七七）はフランス語を日常しゃべっていた。フランスで育ってますしね。

ヘンリー五世は英語ですね。彼は私信を秘書に書かせるのではなくて、すべて自分で書いていて、それは当時の王様としては例外的だったようです。英語といえば、『ヘンリー五世』におもしろい場面がありますね。ヘンリー五世のお妃《きさき》がフランスから来るときに、英語を勉強するところ。私たちはつい、そういうこともあったのかくらいにしか思わないけれど、でも実は、フランスのお姫様が、しかもシャルル六世の王女カトリーヌが——これも英語読みでキャサリンとなっていますが——イングランドの王室に嫁ぐにあたって英語を勉強するということ自体、イングランド国民のプライドをくすぐったんじゃないのかな。あそこは、いつもウケる場面なの。手のことをハンドじゃなくてアンドとか言って、とても可愛《かわい》いんです。

——フランス語ふうに、hが落ちるんだ（笑）。

そういう、可愛い場面がある。『ヘンリー五世』というのは国威発揚のお芝居で、現代でもイングランドが危機に陥ると『ヘンリー五世』が上演されるという、もっともらしい説があるくらいで……。

——言葉には、その人の生まれた場所の問題もありますよね。

ヘンリー六世はウィンザーだけど、あとはどこだろう？　ヘンリー五世はウェールズのモンマス生まれですね。いま私は『リチャード二世』を訳しはじめたんだけど……ジョン・オヴ・ゴーント（一三四〇〜九九）っているでしょう。あのゴーントはガンのことなのね、いまのベルギーのあたりかな。ガントとかヘントとか、いろんな読み方があるけれど、それが英語読みになるとゴーント。彼は黒太子（エドワード・ザ・ブラック・プリンス）の弟なんですが、ガンで生まれている。たしかに、この当時の上流階級の人々というのは、ヨーロッパのいろんなところで生まれてますからね。とくに、そのあたりの同世代は、オヴ＋地名という名前の人が多い。

——関係者が多いと、場所で区別したくなりますよね。水戸光圀《みつくに》みたいなもんでしょう？　それに、このころのイギリスの人たちは、百年戦争をやっているわけだから、フランスにいることも多いわけですよね。もっとも、単にフランスで生まれるというのと、フランス語で育つというのは、別問題でしょうけど。

そのことについては私も、これは盲点だったな、と思ったことがあるの。邦訳の刊行が最近始まった『オックスフォード　ブリテン諸島の歴史』（慶應義塾大学出版会）というシリーズの第五巻が十四・十五世紀で、参考にと目を通したら、とても役にたちました。さっき言った、ヘンリー五世が英語でものを書いていたというのも、この本で知ったんです。そこで気づかされたのは、そもそもイギリス王室はフランスから来た征服者だから、そこではフランス語が優勢な言語だったこと。言われてみればその通りで、日本人にはとりわけ盲点よね。

——なるほど。それはうっかりしますね。

征服王ウィリアム（一〇二七〜八七）とか、ヘンリー二世（一一三三〜八九）とか言ってるけれど、彼らは今でいえばフランス人で、ウィリアムはノルマンディーのギヨームだし、中世イングランドのプランタジネット王朝の始祖とされるヘンリー二世も、アンリ・ド・プランタジュネというれっきとしたフランス人。プランタジュネというのはエニシダのことで、アンリの父であるアンジュー伯ジェフリー——これもフランス読みをすればジュフロワ——がエニシダの小枝を帽子に飾っていたことにちなむ呼び名です。だから、その末裔《まつえい》たちがフランス語をしゃべるのはある意味で当たり前だし、イングランド王にはなっているけれど、実際は血筋からいっても、自分はフランスで王位についてもいい人間だという頭がある。だから当然のように、堂々とフランスの王権をも主張する。本気で王位につけると思っていたかどうかは怪しいところもあるけれど、主張して条件闘争には持ち込む。だけど、イギリス側から歴史を書くときに、ノルマンディーのギヨームとは書けない。William the Conquerorと書くと、イングランドからどこかへ出かけて行って征服してきた感じになるけど（笑）、実際は、イングランドを征服したわけでしょ。王様の名前も代々英語読みしているから、私なんかも、ついのせられてしまっていて、ヘンリー二世とヘンリー七世では名前も同じだし、単に遠いご先祖さまだと思ってしまう。遠いご先祖さまなのは間違いないんだけど、だからと言って、文化的な背景が一から十まで同じとはかぎらない。その大前提を疑わずに、ちょっと恥ずかしながら、いままで来てしまっていた。

　最近たまたま、平幹二朗さんがヘンリー二世を演じた舞台『冬のライオン』（作／ジェームズ・ゴールドマン）の紹介記事を書いたんだけど、ヘンリー二世はアンリだし、王妃エリナーはエレアノール・ダキテーヌ、そのふたりの息子リチャード獅子《しし》心王《しんおう》はリシャール・クール・ド・リオンなわけじゃない。劇の舞台となるシノンだってフランスだし、登場人物の名前を英語からフランス語に自動変換する癖がつくと、お芝居の色合いがこれまでとはガラッと変わって見えてきた。『ヘンリー六世』に話を戻すと、第二部でジャック・ケイドが、職人仲間の叛徒たちに向かって、セイ卿のことを「やつはフランス語をしゃべる」と言う。そう書いてあるから、そう訳すだけだったけど、これはただならぬひと言だなと、今となっては思いますね。だって、かつては王侯貴族がフランス語をしゃべるのは当たり前だったのが、この時代には敵性語だってことでしょう。少なくともケイドたちにとっては。

――僕の方も、直接『ヘンリー六世』に関連しそうな資料があったので、ちょっと紹介します。エドマンド・キングという人の書いた『中世のイギリス』（慶應義塾大学出版会）という本です。一四四五年にヘンリー六世とマーガレットの結婚式がありますね。その直後に、フランスから使節団が来て、ヘンリーに拝《はい》謁《えつ》する。そのフランス側の使節の日記が残っているらしくて、それによると、ヘンリーは「聖ヨハネありがとう」と二度くり返した以外はフランス語を話さず、あとはサフォークを通じて、使節団と話したというんです。この著者が指摘するのは、ヘンリー六世はフランスの王権は自分にあると主張していながらフランス語がしゃべれず、サフォークの通訳を介してしか会話が出来なかったという、その歴史的政治的な意味なんですが、しかし同時にそのことから、こんな推測もできるのではないか。フランス語が普通にしゃべられていて、依然として優勢な言語であったイギリスの貴族階級では、英語しかしゃべれないヘンリーは孤立していたかもしれないし、もっと興味深いのは、英語が達者でないマーガレットと親密になれるのは、フランス語のできない夫のヘンリーよりも、むしろ、フランス語のできるサフォークだったろうということですね。マーガレットとサフォークが恋愛関係にあったというのが、史実なのかシェイクスピアの創作なのかは不明だとしても。

それ、面白い推理ね。マーガレットとサフォークの恋愛関係ですが、さっき言ったジェフリー・ブローによれば、ホールの年代記にある二つのフレーズ、「王妃は全面的に公爵を愛していた（The Queen, which entierly loved the Duke）」と「王妃の寵臣《ちょうしん》サフォーク公爵ウィリアム（the Queenes dearlynge, William Duke of Suffolke）」、そして彼女がサフォークを救おうと努力したこと、これらをシェイクスピアがふくらませた。ただし、王子エドワードの父親がヘンリー六世ではないという噂《うわさ》はあったようです。それにしても、元フランス王女のヘンリー五世王妃キャサリン（＝カトリーヌ）の息子であるヘンリー六世が、まったくと言っていいほどフランス語がしゃべれなかったというのは皮肉ですね。

――ここで一度整理しておくと、ヘンリー四世は母語がフランス語ではなく英語だった。次のヘンリー五世になると日常の私信も英語で書いていた。そして、ヘンリー六世にいたっては、フランス語は通訳が必要だった。それと、もうひとつ注意しておきたいのは、このころのフランスがまだ完全なひとつの国家とはいえない状態だったことで、イングランドはヴァロワ家ではなく、おもにブルゴーニュ家と結ぶんですよね。

そうです。『ヘンリー六世』では、ジャンヌ・ダルクの存在を際立《きわだ》たせるために、百年戦争におけるフランス統合の役割を彼女に担《にな》わせているけれど、当時のフランスの国情はそんなに単純なものではない。

――第三部で、エドワード四世（ヨーク家）が、結婚相手に決まっていたルイ十一世の義妹から、グレイ夫人（ヨーク派の貴族の未亡人）に乗り替えるじゃないですか。「私はあなたと寝たい」なんて単刀直入に口説いたりして。あそこの背景には、ルイ十一世のヴァロワ家と結ぶか、それともブルゴーニュ家と結ぶかで、エドワードとウォリック（ヨーク派の伯爵、のちにランカスター派に寝返る）との間の、政治・外交戦略上の対立があるんですね。

そうそう。イングランドのヨーク家とフランスのブルゴーニュ家には姻戚《いんせき》関係がある。エドワードの妹がブルゴーニュのシャルル突進公に嫁いでいた。第三部の二幕六場でエドワード四世がヘンリー六世から王位をいったん奪い、四幕六場でヘンリーが復位すると――このへん、劇中でも史実でも、ヨーク軍とランカスター軍との戦いの優劣によって情勢がめまぐるしく変わります――身の危険を感じたエドワードが、海を渡ってブルゴーニュに逃げたという話が四幕六場に出てくる。史実では弟のリチャード（のちの三世）とふたりで庇護を受けるんですよ。

――（『オックスフォード　ブリテン諸島の歴史』を見ながら）しかし、ここまでフランス語が用いられていたとは知りませんでした。勉強になります。……あ、そもそも、ブリテンのなかで言語がひとつになっていないんですね。

もう三〇年近く前のことだけれど、イギリスのBBCがシェイクスピアの三七本の戯曲をテレビドラマ化し、それを「NHKシェークスピア劇場」として放映したときに『恋の骨折り損』の解説を依頼されたんだけど、そのとき、この喜劇では言葉そのものがテーマになっていると、私は書きました。シェイクスピアの時代は大航海時代で、文物がイングランドにどっと押し寄せてきて、翻訳も盛んになるし、それを消化するのに、造語をしたり、死語を復活させたり、古い言葉を装《よそお》いを新たに使ったり、ラテン語や外国語起源の言葉を英語化して使うとか、もちろん、もっとも重要なのは、ジェームズ一世のときの聖書の英訳（一六一一）だろうといったことを。そこで書いたことは、間違いではないし、私も知識として持っていたのだけど、そのことの重大さを当時は十分認識してはいなかった。

今にして思うに、そうした潮流のもとにあったのは、きっと、当時のイギリスが多言語だったということなんでしょうね。今は一口に英語と言ってしまいますが、かつては幾つもの言葉が使われていた。『オックスフォード　ブリテン諸島の歴史』第五巻の「序論」の「ことば」の項にはこうあります、「一四世紀と一五世紀にブリテン諸島を旅する人は、口語と文語をあわせると少くとも半ダースのことばと遭遇することになった。英語、コンウォール語、ラテン語、フランス語、ウェールズ語、アイルランドのゲール語、スコットランドのゲール語である。これらのことばのほとんどが、さらにいくつかの方言に分かれていた」。シェイクスピアの戯曲は英語で書かれ、それを王侯貴族から一般庶民までが、劇場に集まって観《み》て聴いて楽しんでいた。そして、人気の戯曲は四つ折り本や八つ折り本のかたちで出版され、読まれていた。英語というものを通じて、イングランドの誇りと自覚が芽生えた。そして、ヘンリー六世が生きた時代を、『ヘンリー六世』という英語で書かれた史劇によって、歴史として知るということが、そこに大きな影響を与えたのではないか。そういう意味で、シェイクスピア戯曲という島が浮かぶその周囲の海が見えた気がしました。なぜ、シェイクスピアが国民作家としてこれだけ人気を博したか。このひとりの天才が誕生してくるためめに、どんな言語的な土壌があったのか。その源というのかな。そういうものに気づけたことが、私には有意義でした。

——先ほど、機知合戦（wit combat）のはしりが『ヘンリー六世』にあるとおっしゃいましたが、それはどこですか？

第三部・三幕二場、王位に就いたばかりのエドワード四世が、亡くなった夫の領地を復活させてほしいと嘆願にきたグレイ夫人に一目惚れして口説くシーンです。シェイクスピア劇には男女がお互いに言葉の矢玉を投げ合う場面がいろいろなヴァリエーションで出てきます。『じゃじゃ馬馴《な》らし』のキャタリーナとペトルーチオが初めて会う場面はその極みです。このときの二人の台詞はほとんど対句になっている。『から騒ぎ』のビアトリスとベネディックもそうです。こういうやり取りがウィット・コンバットと呼ばれているのですが、エドワード四世とグレイ夫人のシーンを訳したおかげで、息とリズムを合わせ丁々発止とウィットで闘う男女は、最初どれほど敵対していようが必ず結ばれるというセオリーを発見しました。そんなのが「発見」であるものか、シェイクスピア喜劇ばかりでなく十七世紀の王政復古劇（Restoration Comedies）でも、機知合戦をする男女が結ばれるのは喜劇の王道、常識でしょう、と言われるかもしれません。ところがシェイクスピアの場合、これは喜劇に限らない。いい例が英国史劇『リチャード三世』の一幕二場、のちのリチャード三世、グロスター公爵リチャードとレイディ・アンのいわゆる「求愛の場（wooing scene）」です。

レイディ・アンにとってリチャードは、自分の舅《しゅうと》（ヘンリー六世）と夫（皇太子エドワード）を殺した仇敵《きゅうてき》。だけど、「求愛の場」での二人のやりとりは、ほとんどが二行連句のように対になっている。結果、二人は結婚することになる。このセオリーを発見（？）したのは、さいたま芸術劇場での『ヘンリー六世』の稽古のとき、しかももう舞台稽古に入ったころでした。グレイ夫人役は草刈民代さん、エドワード役は長谷川博己さん。ある日、楽屋で草刈さんから質問されたのです、「あそこでグレイ夫人は口説き落とされる。そこのところがどうももう一つ腑《ふ》に落ちない、どう考えればいいんでしょう」と。要するに、どの時点でエドワードを好きになると考えたらいいのかという問いかけだったわけです。私は、「内容はああ言えばこう言うで反発しているけれど、二人のリズムというか、息は合っているのよ。こういうふうなカップルって結局は結ばれる。だからリズムを合わせること、つまり呼吸を合わせることがすごく大事なの」と言い、そう言いながら自分で「あ、そう言えばそうだ、そうだ！」と思い至った。対話の中身でどれだけ反発し、どんなに憎まれ口を叩き合っていても、呼吸が合ってるとやがて二人は結ばれる。それは喜劇に限らない。シェイクスピアは、あたかも言語的相性の良さが男女間の引力になると言っているかのよう。キャタリーナとペトルーチオの場合がその極みですし、ロミオとジュリエットも、これは「コンバット」ではありませんが、二人が初めて会って交わすやり取りがソネット形式になっている。このことからも明らかなように、二人の言語的相性はぴたりと合っています。

エドワード四世とグレイ夫人のやり取りの一部を引用しましょう。

王エドワード　だがもう、私の気持ちに察しがついてもいいだろう。

グレイ夫人　お察し申し上げるとおりだとすれば、陛下のお望みをかなえることは、私の気持ちが許しません。

王エドワード　単刀直入に言おう、私はあなたと寝たい。

グレイ夫人　単刀直入に申します、私はむしろ監獄で寝たい。

王エドワード　ならば夫の領地はあきらめることだ。

グレイ夫人　ならば私の操《みさお》を夫の遺産にいたします、操を失くしてまで領地を買い戻す気はございません。

王エドワード　そうやって自分の子供たちを辛《つら》い目に遭わせるのだな。

グレイ夫人　そうやって陛下は子供たちと私を辛い目に遭わせておいでです。

（中略）

グレイ夫人　私の息子たちが父上とお呼びすれば、陛下はさぞご不快でしょう。
王エドワード　私の娘たちが母上と呼べば、あんたはさぞ愉快だろう。

もちろん機知合戦は男同士のあいだでも交わされます。でも男女間で、ああ言えばこう言うという言葉の闘いが展開されると、その男女は必ず結ばれる。そもそも「ウィット・コンバット」というタームはいつごろ生まれたんだろう、シェイクスピア以前にもこういうやり取りをする男女は登場していたのか、ひょっとしてシェイクスピア劇が最初ではなかろうか――いま私はそう考えています。というのはね、テリー・ホジソン著の『西洋演劇用語辞典』（研究社）というのがありまして、「機知」の項を見ると、「劇の形で機知を分析することは、シェイクスピアの喜劇にまでさかのぼる」とあるんです。機知合戦をする男女を初めて舞台に登場させたのがシェイクスピアだとしたら、その男女の第一号は王エドワードとグレイ夫人。処女作には、やがて太い幹となり大きく枝を伸ばす樹木へと成長する様々な要素が胚珠のかたちで入っている、というようなことがよく言われますが、先ほども言ったように、『ヘンリー六世』という史劇には喜劇も悲劇もぜんぶ入っている。機知合戦もその要素の一つだと言えるのではないか。これもすでに申し上げましたが、機知合戦はシェイクスピア自身の喜劇はおろか、十七世紀の王政復古劇、とりわけ風習喜劇（Comedy of Manners）と呼ばれるジャンルには不可欠の要素だし、その流れは十九世紀末から二〇世紀のオスカー・ワイルドやバーナード・ショウからノエル・カワードの喜劇にまで引き継がれています。ですから、その重要さは量り知れない。『ヘンリー六世』三部作は実に恐るべき処女作です。

第三章　シェイクスピアで一番感動的な台詞——『リア王』

『リア王』（一六〇五－〇六）あらすじ

ブリテンの老王**リア**は、三人の娘たちに国を分配しようと考えていた。長女の**ゴネリル**と次女の**リーガン**は父への心にもない愛を表明して領土を手にするが、愛が深すぎて何も言えない三女の**コーディリア**は父の怒りを買って勘当されてしまう。それを諫《いさ》めた忠臣**ケント**伯爵《はくしゃく》も追放の身に。姉娘二人は手のひらをかえすように老いた父を冷たくあしらい、リアは娘たちと大喧嘩《おおげんか》のすえ、**道化**とともに嵐《あらし》の荒野をさまよい精神に失調をきたす。一方、リアの重臣**グロスター**伯爵は庶子**エドマンド**の奸計《かんけい》により、嫡子《ちゃくし》**エドガー**に裏切られたと思い込む。リアの権威が失墜すると、ゴネリルの夫**オールバニー**公爵とリーガンの夫**コーンウォール**公爵が反目しあう。フランス王妃となっていたコーディリアは、リアを救うためにフランス軍を率い、海峡を渡ってドーヴァーに進駐。グロスター伯はフランスのスパイと疑われ、リーガンとコーンウォール公爵から拷《ごう》問《もん》を受けて両目をえぐられる。狂気のリアは盲目のグロスターとドーヴァーの近くで出会い、また、コーディリアとの再会を果たす。父娘はたがいの真情を理解しあうが、その歓《よろこ》びも束《つか》の間《ま》、二人はブリテン軍の捕虜となり、エドマンドの指令によってコーディリアは絞殺され、その遺《い》骸《がい》を抱いたリアは悲しみのあまり失神し、絶命する。葬送の曲が流れる。

「ここ」と「この世」

——松岡訳『リア王』の初演は一九九八年の一月でした。演出は鵜山仁《うやまひとし》、主演は山崎努。これは新国立劇場の開場記念公演でもあったわけですが、山崎努はこの舞台が出来上がっていく過程を克明に記録し、のちに『俳優のノート』（文春文庫）という著作にまとめていて、そこには「松岡和子さんの素晴しい翻訳が上ってきたのは、稽古開始の五ヶ月前、第一稿にして既に決定稿」と書かれています。

いえいえ、決定稿ではありません。戯曲の翻訳というのは書斎での作業だけでは絶対に決定稿は出来ない。稽古場《けいこば》に日参して、演出家や役者に接して、彼らとのやりとりのなかで決定稿が出来上っていくという側面が必ずある。ことに山崎さんは言葉に関してとても厳しく、この『リア王』の準備段階でも稽古に入ってからも原文と翻訳をチェックしていらっしゃいましたから、すごく助けられたし、稽古場で得たことがいくつもありました。

——たとえばどんなことがあったのでしょう。

私にとって一番大きかったのは、四幕六場。リアがかつての臣下、グロスター伯爵《はくしゃく》とドーヴァー海峡の断崖《だんがい》近くで再会したときの台詞《せりふ》です。

俺の不幸を泣いてくれるなら、この目をやろう。
お前のことはよく知っている。お前の名はグロスター。
忍耐だ。我々は泣きながらここへやってきた。
知っているな、生まれて初めて空気を吸うと、
おぎゃあおぎゃあと泣くものだ。いいことを教えよう。よく聴け。

問題は三行目の「我々は泣きながらここへやってきた We came crying hither.」の hither です。hither は here とか to this place という意味の古語ですから、「ここ」と訳して何の問題もないように思えるのですが、しかしその直後に「生まれて初めて空気を吸うと、／おぎゃあおぎゃあと泣くものだ」という台詞がある。つまり、リアが hither

『リア王』(鵜山仁演出、1998、新国立劇場)。四幕六場で感動的な再会を果たしたリア(右/山﨑努)とグロスター(滝田裕介)。 撮影・出井健一郎

と言ったとき、それは物理的な「ここ」という場所のことではなくて、もっと広い意味で「この世」を意味している。だから、最初は「この世」と訳していた。でも、そう訳すと、リアの台詞が台無しになってしまうんですよ。なぜなら、この場面におけるリアはもう専制君主の座を退き、娘たちには裏切られ、落魄《らくはく》したただの哀れな、しかも狂った老人としてドーヴァーにやってくる。一方、グロスターも息子に裏切られ、両目をえぐられ、盲目の老人としてそこにやってくる。で、片方の老人が「我々は泣きながらここへやってきた」と言うと、それを聞いた観客は、二人がひどい仕打ちに遭ってそれこそ血の涙を流すようにしてドーヴァーにやってきたという、劇の進行上の「ここ」、「この場所」というものをまず意識する。そしてその直後に初めて、「泣きながら」というのは「おぎゃあおぎゃあと泣く」産声《うぶごえ》のことだと分かる。物理的な「ここ」と、ひとが生きていく「この世」とが強烈にダブルイメージされる。そこが肝心かなめの仕掛けなのに、わずか一、二行のこととはいえ、「我々は泣きながらこの世にやってきた」と先回りして訳すと、この台詞の妙味が消えてしまう。だから hither は「この世」ではなく「ここ」でなければならない。

——山﨑努と鵜山仁に手渡した第一稿ではまだ「この世」になっていたのですか?

はい。第一稿を提出したのが九七年の七月で、十二月にちくま文庫で本にしたときも「この世」のままでした。それではまずいと気づいたのが、私の記憶だと十二月にもう稽古が始まってからの、最初の読みあわせの頃だった。山﨑さんがその台詞を声に出しているときに、私が「あ、違う！　ここは」って言ったらしい。

——突然？

山﨑努の顔を見ていたら、なぜか突然ひらめいた。

——それは山﨑努、びっくりしたと思うな。俺の台詞廻しが違うのかって（笑）。

だから、ほんとに「ごめんなさい！」っていう感じでしたね。そして、その場で、理由を説明したうえで「この世に」を「ここへ」に直した。文庫本を直したのは二刷から。

——この場合は、役者からなにか直接的な疑問が出たからというよりも、むしろその現場の、稽古場の空気みたいなものが……

そうなんでしょうね。とぼとぼと歩いてきた二人のおじいちゃん、荒涼としたドーヴァーの地、リアを演じる山﨑努のあの顔……そういうイメージが全部いっしょになって、翻訳者にも伝染してきたんでしょうね。それともうひとつ、あのとき私が思ったのは、「我々は泣きながらこの世にやってきた」なら名台詞どころか金言にだってなりそうだけれど、「ここへ」じゃ金言にはならないということ、残念だけど。でも、シェイクスピアは金言を書きたかったわけではなくて、あくまで、二人の老人が悲惨な目に遭っているという芝居を書いた。私たちは泣きながら生まれてくる、この世というのはそれくらい残酷なものだという人生哲学をぶちたかったわけではなくて、そういう一般論をダブルイメージさせながらも、やはりリアという老人をめぐる悲劇を書いた。そこを忘れてはいけない。意味がスムーズに通じて、しかも決め台詞になりそうだからといって、「この世」と先回りして訳してはいけない。たとえて言えば、山登りをするときにはえっちらおっちら歩いていくべきで、ヘリコプターでいきなり七合目まで先に上がってはダメ。ヘリコプター禁止。これは私、『リア王』の稽古場で悟った。以後、翻訳者としての私にとって、大きな教訓になりましたね。

この台詞では、上演台本を作る段階でもう一つ重要な変更がありました。三行目の「忍耐だ」です。原文では Thou must be patient. 第一稿では「耐えねばならぬ」としていたのですが、山﨑さんが「忍耐だ」のほうがいいのではないかと提案してくださった。二幕四場で姉娘二人から供回りの騎士を減らされ、リーガンに「一人だって必要かしら?」と言われたあとの「ああ、必要を言うな」で始まる台詞に「神々よ、忍耐をお与えください。私に必要なのは忍耐だ!」につながるから、というのがその理由。

ここの原文に使われているのは形容詞 patient ではなく、patience という名詞で、You

heavens, give me that patience, patience I need! となっていますが、たしかに関連があると納得して変えました。

シェイクスピアで一番感動的な台詞

――この作品ではふたつの親子関係が描かれています。ひとつはリア王とその三人娘（ゴネリル、リーガン、コーディリア）、もうひとつはグロスターと二人の息子（エドガー、エドマンド）。どちらの父親も実の子供に裏切られ、一人は気が狂い、もう一人は拷問《ごうもん》で目を失う。この芝居は主要登場人物のほとんどが死んでしまいますし、『ハムレット』や『マクベス』や『オセロー』とは違って老人が主人公であるだけに、四大悲劇のなかでもっとも痛ましいと思います。しかし、松岡さんはかねてから、たとえば一九九三年の著書『すべての季節のシェイクスピア』（筑摩書房）のなかで、「『リア王』は歓《よろこ》ばしい悲劇なのだ」という見方を打ち出しています。この歓ばしさとは具体的に何なのか、できれば言葉の問題として伺いたいのですが。

まず、いきなりヘリコプターで四幕六場まで飛んでしまうと（笑）、そこには、シェイクスピアが書いた全作品・全台詞のなかで私にとって一番感動的だと思える言葉があるんです。

お前のことはよく知っている。お前の名はグロスター。
I know thee well enough; thy name is Gloucester.

さっき引用したリアの台詞の二行目です。thee は現代英語なら you に、thou は your になります。いわゆる名台詞ではまったくない。誰でも書けそうな、中学生でも分かるこの台詞がなぜ感動的かというと……人がなにごとかを知る。たとえばあなたが何者か、自分は何者かを知る。あるいはこんな不幸なことがどうして起きてしまったかを理解する。認識することによって一歩先にというか、これまでよりちょっと上に行ける、そして行けることによってそのぶんだけ幸福になれるっていうのかな、そんなことをつくづく感じさせてくれるから。『リア王』という作品は、「知らなかった」ことによって生じた悲劇であり、「知る」ことによって幸福な、つまり「歓ばしい悲劇」になっている。これは「人を知る」劇なんですよ。

――「知らなかったことによって生じた悲劇」とは、どういうことですか？

さっき、リアが「実の子供に裏切られ」とおっしゃいましたよね。たしかにその通りなんですが、でもそれは裏返すと、リアが三人の娘たちのことを知らなかった、ちゃんと理解していなかったからでもあるわけです。劇の冒頭で、もう八〇の坂を越えた老王リアが「地図を持て。いいか、私は王国を三つに分けた」「親を思う気持ちが最も深い者に／最も大きな贈り物を授けよう」と三人の娘たちに宣言して、いまならさしずめ生前贈与、つまり国譲りのセレモニーが始まる。そこで長女のゴネリルが「私のお父様への愛は言葉に尽くせません。……これほど子が父を愛し、父が子に愛されたことはない」と言い、次女のリーガンも同様の言葉を口にするのに、三女のコーディリアは父への思いが深すぎて何も言えず、癇性《かんしょう》のリアの不興を買って勘当されてしまう。それを諫《いさ》めた忠臣ケント伯爵まで、リアは追放する。『リア王』の悲劇はまずここから始まるわけです。

——たしかに、二人の姉は美辞麗句を並べ立ててちゃっかり領土をせしめた後は、老いた父にひどく冷たくあたるようになります。娘たちの家を順繰りに泊まりあるいてのんびり暮らすという、リアが思い描いていた老後の生活設計はたちまち打ち砕かれる。リアは早くに妻をなくしていますし、お付きの者といえば「道化」と「紳士」くらいしか残っておらず、やがて正気を失って嵐《あらし》のなか夜の荒野に飛び出していって、いわば壮大な徘徊《はいかい》老人みたいなことになってしまう。

元はと言えば、リアが言葉のうわべだけを受け取り、ゴネリルとリーガンの不実、コーディリアの真情を知らなかったからです。一幕一場で何も知らなかったリアと、四幕六場で「よく知っている」と語るリア。『リア王』という物語は、この振幅のなかで展開されると言ってもいい。

――四幕六場の台詞は昔から大好きだったんですか?

いえ、この台詞に決定的なくらい深い感動をおぼえたのは、じつは映画でした。もう三〇年くらい前ですかねえ、ピーター・ブルックが監督したイギリス映画『リア王』(一九七一年、日本では劇場未公開)をヴィデオで観《み》たんです。ブルックはご存じのとおり、二〇世紀後半の演劇界をリードした演出家の一人ですが、映画も何本か監督している。ペーター・ヴァイスの前衛劇『マラー/サド』の映画化とか、ジャンヌ・モロー主演の『雨のしのび逢《あ》い』とか。『リア王』では、リアとグロスターが再会する場面は、海と白い砂浜だけがどこまでも広がる、ブルックお得意の「何もない空間」のなかで撮られていた。二人の老人の画面いっぱいのクローズアップと、まぶしい光につつまれた海辺の俯瞰《ふかん》とが効果的に切り替わる。広大な砂浜にぽつんとしゃがみこんだ二人の姿が、辛《つら》く長い道行きの果てに「ここ」で出会った小さな二つの点のように見える。やや離れたところからエドガーが二人を見ている。俯瞰になると、彼も一つの点。それだけでも感動的なのに、リアに扮《ふん》したポール・スコフィールドがまたいいんですよ。抑揚のないしわがれ声で I know thee well enough; thy name is Gloucester. と言う。そう言われた盲目のグロスターがすすり泣くと、彼の肩に腕を回して、優しくそっと揺する。それを観ながら、涙があふれて止まりませんでした。そして、この場面こそ『リア王』のクライマックスなのだと確信しました。

――そのときに、「知る」という言葉の重要性にも気づいたんですか？

そこまではまだ認識していませんでしたね。自分でこの作品を訳し終えたあとで、蜷川幸雄演出、サー・ナイジェル・ホーソン主演で、ＲＳＣとさいたま芸術劇場が共同制作した『リア王』（一九九九）の稽古中に、もしかしたら『リア王』のキーワードは「知る（know）」ではないかという勘がはたらいた。もっと言うと「誰かを知る」、つまり目的語に人がくる「know＋人」という文型が鍵《かぎ》ではないかと思って、調べてみたんです。シェイクスピアは「知る」という単語をどこでどんなふうに使っているか？　こういうときは『シェイクスピア・コンコーダンス』を引くにかぎる。

――コンコーダンスというのは、つまり語彙《ごい》集のこと？

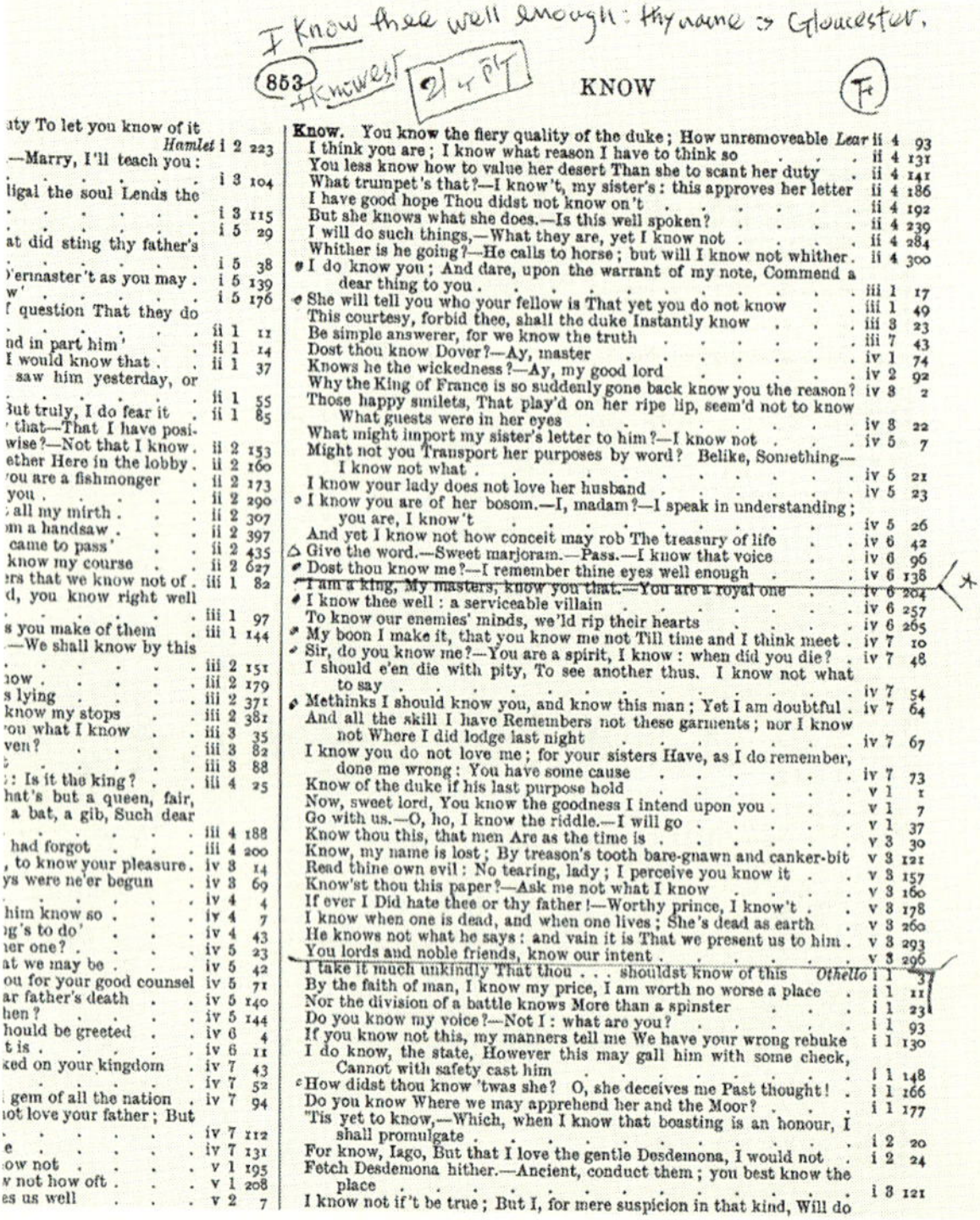

I know thee well enough: thy name is Gloucester.

853 KNOW

ıty To let you know of it *Hamlet* i 2 223
—Marry, I'll teach you: . . . i 3 104
ligal the soul Lends the . . . i 3 115
. . . i 5 29
at did sting thy father's . . . i 5 38
'ermaster't as you may . i 5 139
w' . . . i 5 176
f question That they do . . . ii 1 11
nd in part him' . . ii 1 14
I would know that . . ii 1 37
saw him yesterday, or . . . ii 1 55
But truly, I do fear it . ii 1 85
' that—That I have posi-
wise?—Not that I know . ii 2 153
ether Here in the lobby . ii 2 160
'ou are a fishmonger . ii 2 173
you . . . ii 2 290
; all my mirth . . . ii 2 307
m a handsaw . . . ii 2 397
came to pass' . . ii 2 435
know my course . . ii 2 627
ers that we know not of . iii 1 82
d, you know right well . . . iii 1 97
s you make of them . iii 1 144
—We shall know by this . . . iii 2 151
ıow . . . iii 2 179
s lying . . . iii 2 371
know my stops . . iii 2 381
'ou what I know . . iii 3 35
ven? . . . iii 3 82
. . . iii 3 88
: Is it the king? . . iii 4 25
hat's but a queen, fair,
a bat, a gib, Such dear . . . iii 4 188
had forgot . . . iii 4 200
, to know your pleasure . iv 3 14
ys were ne'er begun . iv 3 69
. . . iv 4 4
him know so . . . iv 4 7
ıg's to do' . . . iv 4 43
ıer one? . . . iv 5 23
at we may be . . . iv 5 42
ou for your good counsel iv 5 71
ar father's death . . iv 5 140
hen? . . . iv 5 144
hould be greeted . . iv 6 4
t is . . . iv 6 11
ked on your kingdom . iv 7 43
. . . iv 7 52
gem of all the nation . iv 7 94
ıot love your father; But . . . iv 7 112
e . . . iv 7 131
ow not . . . v 1 195
v not how oft . . . v 1 208
es us well . . . v 2 7

Know. You know the fiery quality of the duke; How unremoveable *Lear* ii 4 93
I think you are; I know what reason I have to think so . ii 4 131
You less know how to value her desert Than she to scant her duty . ii 4 141
What trumpet's that?—I know't, my sister's: this approves her letter ii 4 186
I have good hope Thou didst not know on't . . . ii 4 192
But she knows what she does.—Is this well spoken? . . . ii 4 239
I will do such things,—What they are, yet I know not . . . ii 4 284
Whither is he going?—He calls to horse; but will I know not whither . ii 4 300
I do know you; And dare, upon the warrant of my note, Commend a dear thing to you . . . iii 1 17
She will tell you who your fellow is That yet you do not know . . iii 1 49
This courtesy, forbid thee, shall the duke Instantly know . . iii 3 23
Be simple answerer, for we know the truth . . . iii 7 43
Dost thou know Dover?—Ay, master . . . iv 1 74
Knows he the wickedness?—Ay, my good lord . . . iv 2 92
Why the King of France is so suddenly gone back know you the reason? iv 3 2
Those happy smilets, That play'd on her ripe lip, seem'd not to know What guests were in her eyes . . . iv 3 22
What might import my sister's letter to him?—I know not . . . iv 5 7
Might not you Transport her purposes by word? Belike, Something—I know not what . . . iv 5 21
I know your lady does not love her husband . . . iv 5 23
I know you are of her bosom.—I, madam?—I speak in understanding; you are, I know't . . . iv 5 26
And yet I know not how conceit may rob The treasury of life . . iv 6 42
Give the word.—Sweet marjoram.—Pass.—I know that voice . . iv 6 96
Dost thou know me?—I remember thine eyes well enough . . . iv 6 138
~~I am a king, My masters, know you that.—You are a royal one . . . iv 6 204~~
I know thee well: a serviceable villain . . . iv 6 257
To know our enemies' minds, we'ld rip their hearts . . . iv 6 265
My boon I make it, that you know me not Till time and I think meet . iv 7 10
Sir, do you know me?—You are a spirit, I know: when did you die? . iv 7 48
I should e'en die with pity, To see another thus. I know not what to say . . . iv 7 54
Methinks I should know you, and know this man; Yet I am doubtful . iv 7 64
And all the skill I have Remembers not these garments; nor I know not Where I did lodge last night . . . iv 7 67
I know you do not love me; for your sisters Have, as I do remember, done me wrong: You have some cause . . . iv 7 73
Know of the duke if his last purpose hold . . . v 1 1
Now, sweet lord, You know the goodness I intend upon you . . . v 1 7
Go with us.—O, ho, I know the riddle.—I will go . . . v 1 37
Know thou this, that men Are as the time is . . . v 3 30
Know, my name is lost; By treason's tooth bare-gnawn and canker-bit v 3 121
Read thine own evil: No tearing, lady; I perceive you know it . . v 3 157
Know'st thou this paper?—Ask me not what I know . . v 3 160
If ever I Did hate thee or thy father!—Worthy prince, I know't . . v 3 178
I know when one is dead, and when one lives; She's dead as earth . v 3 260
He knows not what he says: and vain it is That we present us to him . v 3 293
You lords and noble friends, know our intent . . . v 3 296
I take it much unkindly That thou . . . shouldst know of this *Othello* i 1 3
By the faith of man, I know my price, I am worth no worse a place . i 1 11
Nor the division of a battle knows More than a spinster . . . i 1 23
Do you know my voice?—Not I: what are you? . . . i 1 93
If you know not this, my manners tell me We have your wrong rebuke i 1 130
I do know, the state, However this may gall him with some check, Cannot with safety cast him . . . i 1 148
How didst thou know 'twas she? O, she deceives me Past thought! . i 1 166
Do you know Where we may apprehend her and the Moor? . . . i 1 177
'Tis yet to know,—Which, when I know that boasting is an honour, I shall promulgate . . . i 2 20
For know, Iago, But that I love the gentle Desdemona, I would not . i 2 24
Fetch Desdemona hither.—Ancient, conduct them; you best know the place . . . i 3 121
I know not if't be true; But I, for mere suspicion in that kind, Will do

ジョン・バートレット編『シェイクスピア・コンコーダンス』の853頁には、左欄下から右欄上にかけて、『リア王』のknowの用例が列挙されている。余白に見えるのは同書の脱落を記した著者による書き込み。

そうです。シェイクスピアの全戯曲の主要語彙集。たとえばloveならloveの項を引くと、『ハムレット』の何幕何場の何行目、『ロミオとジュリエット』のどこそこで使われているというふうに、その台詞が抜き出されてダーッと網羅されている。これはそもそも、私の大学院時代の恩師だった小津次郎先生が、「僕はね、閑《ひま》でぼうっとしてるときは、なんとなくシェイクスピア・コンコーダンスを見るんだよ」とおっしゃってたのね。それで私も先生にならって、シェイクスピアの言葉に関して疑問やアイディアが浮かんだときは、まずコンコーダンスにあたってみる癖がついたんです。ちょっと持ってきましょうか（と言って書斎から持ってくる）。

――これはいつ頃の本なんですか？

『シェイクスピア・コンコーダンス』には何種類かあって、私が若い頃から愛用しているのは、このジョン・バートレットという学者が編纂《へんさん》したものなんだけど、初版は一八九四年です。

――すると当然コンピュータなんかないわけで、これ全部、手仕事で調べ上げたわけですね。

気の遠くなるような仕事です。もっとも、手仕事だから脱落もありますけど。これが脱《ぬ》けてる、あれが落ちてるとかいって、それは後代の研究者たちが補足して改訂版などで訂正していく。このコンコーダンスでは、戯曲はAaronからZwaggeredまで、詩はAbateからZealousまでがａｂｃ順に見出し語になっています。で、knowを引いてみた。結果は、大当たり！　シェイクスピアの全戯曲のなかで、「know＋人」という文型が使われている箇所は、『リア王』が一番多かった。全部で二〇箇所。ところが、私にとって一番感動的なあの台詞は脱けてたの（笑）。だから、少なくとも二一箇所。

——『リア王』は「人を知る」劇である。それが数量的に裏付けられた！

さらにおもしろいのは、「know＋人」をひとつひとつ丹念に読み直していくと、それだけでもこの劇の構造というか、大きな流れが辿《たど》れるんですよ。

認識の劇

——では、一合目から登っていきましょうか。『リア王』のなかで、「know＋人」という文型がどこでどのように使われているか、主だった箇所をさらってみたいと思います。

劇が始まってすぐ、一幕一場の二三行目と二九行目に早くもそれが出てきます（以下、行数はアーデン第三版による）。グロスター伯爵とその庶子エドマンドが、リア王の宮殿の大広間でケント伯爵と出会い、グロスターがエドマンドに「こちらを存じ上げているか、エドマンド？（Do you know this noble gentleman, Edmund?）」と訊《き》く。これが「know＋人」の初出です。エドマンドが「いえ、父上」と答え、それからケントが初対面のエドマンドにむかってI must love you, and sue to know you better. と言います。sue は beg（請《こ》い願う）とほぼ同じ意味で、ここは社交的な挨拶《あいさつ》ですから、「こちらこそよろしくお見知りおきを」と意訳しましたが、直訳すると「私はあなたを愛さねばならない、そしてあなたのことをもっとよく知りたい」。シェイクスピアがどこまで意識してこう書いたかは分からないし、これは私のそれこそ「深読み」かもしれないけれども、『リア王』を「人を知る」劇、つまり認識の劇として見ていくときには、ケントの言葉はいかにも象徴的な響きを持っているように思えます。じっさい、私たち観客は劇の進行につれ、エドマンドがどんなに非道な人物であるかを、よく知ることになる。

一幕一場には、他にもっと印象的な「知る」があります。例の国譲りのセレモニーが終わり、たっぷり領土をもらった二人の姉と、何ももらえなかった末娘とが別れていく場面。そこでコーディリアが、お姉さんたちにむかって「お二人のことは分かっていますI know you what you are.）」と言う。直訳すると、「私はあなたたちが何であるかを知っている」。つまり、「正体を知っている」という感じですね。これも、私たち観客が劇の進行につれ、リアにむかって美辞麗句ばかり並べていたゴネリルとリーガンの胸のうちをいずれ知ることになる、そのプロセスを予告するようなひと言になっている。

さらに印象的なのは、コーディリアが去ったあと、姉たちが二人きりになる場面の「知る」。リアについてあれこれ語りあうなかで、リーガンが、お父様は「昔からご自分のことは少しもお分かりじゃなかった（He hath ever but slenderly known himself.）」と言う。hath は has の古い形で、時制は hath known で現在完了形。この台詞で興味深いのは、「人を知る」というその「人」のなかには他者だけでなく、「自分自身」のことも含まれるということです。

――すでに一幕一場において、「人を知る」「人のことが分かる」という、その主要なパターンが出《で》揃《そろ》っているわけですね。初対面の相手、家族、そして自分自身。

ここでは、「人を知る」という文型が繰り返されるたびに、知る対象がより本質的なものになっていく。「知る」という行為がより深刻なものになっていく。なんだかラヴェルの『ボレロ』みたいに、同じ旋律がだんだんクレッシェンドしていくような感覚に誘われます。そして一幕四場になると、ゴネリルの執事にさえぞんざいに扱われるようになってしまったリアが、「俺を知っている者はいないのか？（Does any here know me?）」と言って、「誰か教えてくれ、俺は誰だ？」ときくと、道化がただひと言「リアの影」と、あのよく知られた答えを返す。

——なるほど。いや、『リア王』は「人を知る」劇だと言われたときに、シェイクスピアにある程度親しんできた読者や観客がまず頭に浮かべるとしたら、たしかに一幕四場のそのあたりだろうなと思って……。

ここは大事な場面です。リアの権威の失墜と自己不安の感情が描かれますから。

——一幕一場で三つほどさりげなく種を蒔《ま》いておいて、ここでまた一段と「知る」が強調されたうえで、物語は展開されていくわけですね。

二幕に移ると、今度は一幕より小粒の「知る」がいくつも出てきます。たとえば二幕二場。乞食《こじき》に変装してひそかにリアに仕えているケント伯爵と、ゴネリルの執事オズワルドがグロスター伯の城の外で出会い、ささいなことから口喧嘩《くちげんか》になる。直訳すると、相手を乞食と思い込んだオズワルドが「どうしてあんたは私にこんな扱いをするんだ。私はあんたを知らないよ」と言い、ケントは「こんちくしょう、俺はお前を知ってるぞ」と答え、「じゃあ、どうして私のことを知ってるんだ」と聞かれると、お前は二日前に王様に失礼なことをしたじゃないかとやり返す。ケントにしてみれば、「お前の正体なら知ってるぞ」と言いたいわけです。

——あ、それは一幕一場のコーディリアと同じですね。

『リア王』のなかで、「know＋人」という文型は主役級の人物が口にすることが多いのだけど、こうした脇役《わきやく》同士のやりとりにも、相似形のようにして出てくるところがおもしろい。これはシェイクスピアの作劇術の一つの特徴です。劇の大きな流れはもちろん主役級の人物が担《にな》うわけですが、主人公の行動の規範や心情のあり方を、脇役や端役《はやく》がなぞるように繰り返すことがけっこうあるんですよ。一番顕著なのは『コリオレイナス』かな。ローマに忠誠を尽くすべきか否《いな》かでコリオレイナスは究極の選択をつねに迫られますが、一方で名もない市民たちもローマを変革すべきか否かで悩んでいる様子が描かれる。シェイクスピアが好んで用いたそういう劇の作り方の一つのパターンが、『リア王』の「知る」にも窺《うかが》える。

作劇術に関してはもう一つ、「知る」ということが、物語を展開させていく推進装置の役目をはたしているように私は思いました。たとえばコーディリアは姉たちの正体を知っている、知っているからこそ、その相手に敵対する行動にむかっていきますよね。逆に、相手を知っていることが信頼の源になるようなケースが、これは三幕一場に出てきます。嵐の荒野でケントがリアお付きの紳士と出くわし、「あなたのことはよく存じ上げている。(Sir, I do know you.)／そこを見込んで、ひとつ大事なことを／お頼みしたい」と言う。ここではすでにコーディリアはフランス王の妃《きさき》になっていて、ブリテン国内ではリアの権威が失墜し、ゴネリルの夫オールバニー公爵とリーガンの夫コーンウォール公爵が反目しあい、フランス軍はその隙《すき》に乗じてドーヴァーまで進軍してきています。そこでケントは紳士に、至急ドーヴァーに向かい、リアの窮状をコーディリアに伝えるよう頼むわけです。相手を知っているからこそ頼む。敵対するにせよ連帯するにせよ、この劇では相手のことをよく知っていることが、あるいはその裏返しでよく知らなかったことが、次の動きにむかう大切なモメントになっている。実際、紳士はのちにドーヴァーのフランス軍の陣営でコーディリアに会い、リアは四幕七場で末娘と再会をはたすことになります。

――その四幕に移りましょう。四幕六場には松岡さんが一番感動的だという台詞「お前のことはよく知っている」があるわけですが、そのすこし前にも記憶に残るknowがありますよね。残念ながら、これは「know＋人」ではなくて、「know＋声」なのですが。

グロスターが「あの声には聞き覚えがある（I know that voice.）」と言うところですね。素敵な台詞です。

――リアとグロスターはドーヴァーで行き会うのですが、正気と狂気のあいだをふらふらしているリアも、視力を失っているグロスターも、すぐには相手のことが分からない。リアなどは相手が忠臣ではなく、当初はにっくきゴネリルだと思ってしまう。そんなリアがぶつぶつ言っているのを耳にしたグロスターが、声で相手を認知する。

そのうえで、グロスターがリアに「わたくしがお分かりですか？　(Dost thou know me?)」と言う。それに答えて、リアが「お前のことはよく知っている。お前の名はグロスター」と言う。

——え、そうなんですか？

じつは、そうなの。グロスターが「知ってますか？」と問うのが四幕六場の一三一行目で、リアが「知ってるよ」と答えるのが一七三行目。その間の四〇行あまりは、もっぱらリアが、幻視と妄想にとりつかれながらしゃべってる。「あそこで裁判官がこそ泥に毒づいている」とか、「田舎巡査め、その汚い手を控えろ！／なぜその淫売《いんばい》を鞭《むち》打つのだ？」とか。そして、野外なのに突然「靴を脱がせてくれ」と言い出した直後に、一瞬正気にもどるんですよ。そこで「俺の不幸を泣いてくれるなら、この目をやろう。／お前のことはよく知っている。お前の名はグロスター」。問いと答えがずいぶん離れているから、気づきにくいかもしれないけれど。

——いやあ、それは僕、はじめて知りました。でも、たしかに、「know＋人」にあらかじめ着目していたら、一目瞭然《りょうぜん》なのかもしれない。グロスターの問いにリアが即答するよりも、わけのわからないことをしゃべり散らしてから、「お前のことはよく知っている」と答えたほうが、凄《すご》みが出そうですね。

そのへんの技巧は見事です。シェイクスピアはこの再会場面を作りたくて『リア王』を書いたのではないかとさえ思えてしまう。とはいえ、このクライマックスの後にも、「知る」の山場があります。二人の主人公が断ち切られていた絆《きずな》を結びなおす象徴的な場面で、まさにここぞというときに、シェイクスピアは切り札の「know＋人」を出してきます。四幕七場。リアが、勘当していたコーディリアと再会を果たす。そばには忠臣ケントも付き添っている。そこでコーディリアはリアにむかって、グロスターと同じように「私がお分かりですか？（Sir, do you know me?）」とたずねる。狂気のリアは「聖霊だ、分かっている。どこで死んだ？」と答え、やがてまた正気にもどって「あなたも、この男も、知っているような気がする（Methinks I should know you and know this man.）」と言う。そして末娘と忠臣を認知して、父と娘はたがいの真情を、この劇ではじめて理解しあう。リアにしてみれば、苛酷《かこく》な試練を経てはじめて、かつての自分自身の過《あやま》ちを知る。「know＋人」という文型が使われる、ここが最後の箇所です。

——五幕にはもう「人を知る」は出てこない。たしかに五幕は三場構成で短くて、ばたばた人が殺されていきますしね。夫を亡《な》くしたリーガンとまだ夫のいるゴネリルの仲が凄いことになっていて、あっという間に四、五人死んでしまう。

この劇の一番の悪党エドマンドは、ゴネリルともリーガンとも情を通じています。この三角関係がもとで、ゴネリルはリーガンを毒殺し、その後で自殺する。エドマンドはオールバニーに捕えられて死ぬ。一方、リアとコーディリアはブリテン軍の捕虜になっていて、コーディリアは生前のエドマンドの指令によって絞殺され、その遺骸《いがい》を抱いたリアは「なぜお前は息をしない？　もう戻っては来ない、／二度と、二度と、二度と、二度と、二度と！」と叫んだすえに失神し、絶命する。そこに葬送の曲が流れて、劇は幕を下ろします。

ですから、これは結果だけを見ると、ほんとうに残酷な劇なんですよ。たとえば一幕二場で、グロスターが庶子エドマンドの奸計《かんけい》によって、嫡子《ちゃくし》エドガーに裏切られたと思い込み、世も末だと嘆いて「愛情は冷め、友情は壊れ、兄弟は反目する（中略）そして、親子の絆にはひびが入る（中略）良い時代は過ぎ去った。陰謀、不実、反逆、ありとあらゆる破滅のもとの無秩序が我々の心を乱し、墓場までついてくる」という長台詞を口にしますけれど、その通りのことが『リア王』では起こる。リアは財産を手にした二人の娘から冷酷にあしらわれると、二幕四場で「人でなしの鬼婆《おにばばあ》、／貴様ら二人に復讐《ふくしゅう》してやる」と言い残して外に飛び出していって、三幕の嵐の場からは気が狂ってしまうし、グロスターは再びエドマンドの奸計によってフランス軍のスパイと疑われ、三幕七場でリーガンとその夫に拷問されて両目をえぐられてしまう。

――次から次と、悲惨なことばかりが続きます。

でも、この「でも」は声を大にして言いたいのですが、それだけではない。もしそれだけなら、もし四幕のあの二つの出会いがなかったなら、私たちはこれほど胸を打たれはしないと思います。『リア王』を認識の劇として捉《とら》えると、一幕で娘たちのことなど何も知らなかったリアが、二幕でその実像を知って衝撃を受け、三幕では気が狂い、四幕でときおり正気に戻った際に相手のことを「知っている」と語る、そうした劇の大きな一筋の流れがくっきりと見えてきます。五幕で主人公たちが死んだ後で振り返ってみても、リアとグロスターの再会、リアとコーディリアの再会が劇の頂点だったと思える。暗くて痛ましくて不幸なことばかり続いた芝居であるだけに、あの二つの再会がいっそう歓ばしく感じられる。ちなみに、再会と言えば、シェイクスピアが生き別れになっていた肉親を再会させているのは、『リア王』を除けば喜劇（『間違いの喜劇』『十二夜』）とロマンス劇（『ペリクリーズ』『シンベリン』『冬物語』）だけなのです。その点でも悲劇『リア王』は独特で、歓ばしさがある。「知る」に戻りますと、単に情緒的なことだけじゃなくて、どんな悲惨なことがあっても人がなにかを知る、認識するということは、それは幸福な出来事ではないか。以前に「『リア王』は歓ばしい悲劇なのだ」と書いたときには、そこまで考えを詰めてはいなかったのですが、歓びの源は「知る」ことではないか、それが「know＋人」という頻出する文型のうちに鮮明に示されているのではないか。いまはそんなふうに考えています。

嵐の場

――最後にすこし、「嵐の場」と呼ばれる有名な三幕二場について伺いたいと思います。あの場のリアの言葉はやたらにスケールが大きいというか、雄々しく荒々しいというか、訳文で読んでもちょっと黙示録的な調子さえ感じられるわけですが、翻訳上、他の場面にくらべて特に強く意識したことはなかったのでしょうか？

それはもちろん、ありました。どうすれば日本語であの台詞の力強さを伝えられるのか。リアは荒野をさまよいながら、嵐を相手にしゃべる。

風よ、吹け、貴様の頬が裂けるまで！　吹け！　吹き荒れろ！
豪雨よ、竜巻よ、ほとばしれ！
そびえる塔を水没させ、風見の鶏《とり》を飲み込め！
稲妻よ、電光石火の硫黄の火、
柏の大木をつんざく落雷の先触れよ、

嵐の場はこういう台詞で始まります。これはもう嵐を相手どころか、この世のすべての悪天候、ひいては宇宙を向こうにまわして言葉を連射しているようなところがあるわけです。なよなよした言葉はなじまない。いわゆるやまとことばではなく、漢語由来の日本語をどうしても使いたくなるし、また使ったほうがいいと思いました。事はそう単純には行かないけれど、傾向としてはそうなりますね。たとえば三行目は「沈めさせ」、五行目は「雷」でも構わないのですが、やっぱり「水没させ」「落雷」にしたくなる。訓読みより音読みの言葉を選びたい。ときには四行目「電光石火」のような四字熟語も使いたい。それと、言い切るときは、ア音で終わるほうが強いという気がした。「です」や「である」よりも「だ」のほうが音としても力強い。あとは、濁音ですね。訳語候補に清音と濁音の二つがあるなら、濁音のほうを使いたいとか、翻訳者としてそんなことまで意識したのは『リア王』の嵐の場が初めての体験でした。

――逆に言うと、翻訳家としてつねづね意識しているのは、どんな点でしょう。

私の場合は、小説より戯曲、シェイクスピア以外でも英米の戯曲を訳すことが多いわけですけど、いつも気をつけてきたのは三点ですね。第一に、原文の意味やイメージを日本人のメンタリティと思考回路にスムーズに接続させること。第二に、じっさいに声に出したときに役者が言いやすいかどうか。第三に、その言葉を聞いたときになんの滞りもなく観客の耳に届くかどうか。これ以外というか以上というか、そこまで考えるようになったのは、シェイクスピアの個人全訳の仕事が始まってから、とりわけ『リア王』、なかでも嵐の場を訳してからですね。日本語の特徴に関して、以前より敏感になったように思います。

――一人称代名詞はどうでしょう。リアの場合は「俺」ですが、これは「私」や「僕」ではなくて、もう自然に「俺」を選んだわけですか?

一人称に限らず人称代名詞＝主語をいちいち訳さないことは多い。それを前提にしたうえで言うと、これは私のなかでの大まかな区別ですけど、リアにかぎらずシェイクスピアの他の作品においても、男の登場人物が非常にプライヴェートな状況のなかでしゃべるとき、それと独白するときには「俺」にします。逆に、リアがフランス王と相対しているような、オフィシャルな場面では「私」。シェイクスピアの時代には「君主の複数（royal plural または royal 'we'）」と呼ばれる一人称があり、王位がくるくる代わるにつれて「君主の we」を使う人物も代わる英国史劇『ヘンリー六世』では、そのあたりを翻訳でも明確にするために「余」と言わせました。リアも国譲りの場などではこの we を使いますが、王位継承問題そのものが主軸ではないので、訳語は「私」。

——でも、娘たちの前では「俺」になる。

そうですね。

——松岡さん、パソコンの前で訳すわけですよね。

はい。

——そのとき、台詞を声に出すこともあるんですか?

あります、あります。しょっちゅうです。ぶつぶつ言ってます。さすがに大きな声は出さないけどね。

——それはさっきのお話の、役者が言いやすいかどうか。

そうです。息継ぎのこともあって、これは翻訳するときに、読点を打つか打たないかという問題になってくる。読点はなるべく打たないようにしています。これも蜷川さんの稽古場で学んだこと。蜷川さんは台詞の勢いを大切になさり、「一気に言え」といった指示を出しますが、役者さんは、読点を息継ぎのしるしと受け取りがちだということに気づいたのです。それと、長台詞をバーッと言っていくときに、それでちゃんと観客にイメージが伝わるかどうか。

――パソコンの前でぶつぶつ言っているときの感覚は『リア王』の場合はどうだったんでしょう。というのも、そもそも嵐の場について伺ったのは、ひとつ理由があって……。リアは老いた男です。しかも嵐の場では狂った男として登場する。一方、訳者は女である。だから余計に、ふだんの自分の言葉遣いとの違いを意識せざるを得なかったのではないかと、そんな気がしたんです。心のなかで考えるときは「俺」は使わないわけでしょうし。

女である自分の言葉遣いとの違い、それは強く意識しました。でも逆のケースもあるはずで、だから男と女というのは、すごくおもしろい問題です。つまり、男の翻訳者は女の言葉をどう訳すのか。歴代の男の翻訳者たちは、シェイクスピアが書いた女の台詞をじっさいどのように訳してきたのか。言葉における男と女。この問題については『リア王』よりずっと恰好《かっこう》の題材があります。次はそのことをお話ししましょうか。

第四章　男、女、言葉——『ロミオとジュリエット』『オセロー』

『ロミオとジュリエット』（一五九五）あらすじ

モンタギュー家の一人息子**ロミオ**とキャピュレット家の娘**ジュリエット**は、ある夜仮面舞踏会で出会い、たちまち恋におちる。だが、両家はイタリアの古都ヴェローナを二分する宿敵だった。二人は修道僧ロレンスのはからいにより秘《ひ》密裡《みつり》に結婚するものの、その直後、ロミオは両家の確執がもとの争いに巻き込まれてジュリエットのいとこを殺し、ヴェローナから永久追放の身に。一方、キャピュレットは娘とパリス伯爵《はくしゃく》との結婚を決めてしまう。ロレンスは一計を案じ、四二時間仮死状態になる薬をジュリエットに飲ませる。葬儀の後で仮死状態から蘇生《そせい》してロミオの許《もと》へ出奔という計画だったが、事情を知らないロミオは彼女が本当に死んだと思い込み、墓場で自殺。傍らで目覚めたジュリエットも、ロミオの後を追って自ら果てる。

『オセロー』（一六〇三―〇四）あらすじ

舞台はキプロス島。ムーア人の将軍**オセロー**は元老院議員の娘**デズデモーナ**と結婚し、幸福の絶頂にあった。しかし、将軍の旗手**イアゴー**は、同輩**キャシオー**をオセローが副官に昇進させたことを恨み、キャシオーとデズデモーナが不義の仲にあると讒言《ざんげん》する。オセローはイアゴーの巧みな策略にかかり、妻と部下の仲を疑い、激しい嫉妬《しっと》のすえにデズデモーナを絞殺し、最後には自刃《じじん》する。

バルコニー・シーン

――この章の大きな主題は「言葉における男と女」です。翻訳におけるジェンダー問題とも言えるかもしれません。恰好《かっこう》の題材として選ばれたのは『ロミオとジュリエット』です。

そのなかの「バルコニー・シーン」と呼ばれる有名な場面を取り上げて、ジュリエットのある台詞《せりふ》、原文で七行の台詞に的をしぼりたいと思っています。この芝居は言うまでもなく、モンタギュー家の一人息子ロミオとキャピュレット家の一人娘ジュリエットの悲恋物語。両家は不倶戴天《ふぐたいてん》の敵同士で、二人はキャピュレット家の仮面舞踏会（一幕五場）で知り合い、たちまち恋におちるけれど、大っぴらにはできない。そこで、舞踏会のあとロミオがキャピュレット家の庭園に忍び込み、ジュリエットへの想《おも》いを一人語りしていると、やがてジュリエットがバルコニーの上にあらわれて、二人の対話が始まる（二幕二場）。

――例の「ロミオ、ロミオ、どうしてあなたはロミオなの？」という台詞も、この場面に出てきます。

バルコニー・シーンで一番重要なポイントになると私が考えているのは、ジュリエットが使う二人称単数代名詞です。現代英語の二人称代名詞は単数も複数も you 一つですが、シェイクスピアの時代には二人称単数代名詞が二種類ありました。you と thou です。すごく単純化すると、前者は丁寧な「あなた」、後者はくだけた「お前」にあたる。現代フランス語の vous と tu の区別に似ています。男同士がいわゆる「俺お前の仲」であったり、男女が夫婦や恋人であったり、つまり二人が親密で対等な関係にあるときに、相手のことをたがいに thou で言い表す。ちなみに you は現代英語と同様に、you, your, you, yours（あなたが、あなたの、あなたに・あなたを、あなたのもの）と変化し、thou は thou, thy, thee, thine と変化します。

――その発音はカタカナ表記にするとどうなりますか？

th サウンドだからカタカナに出来ないんですが、無理にすればザウ、ザイ、ジー、ザイン。バルコニー・シーンにおけるジュリエットは、ロミオにたいして、you は使わずに thou を使います。そこがポイント。すこし先回りして言っておくと、ジュリエットはロミオにたいして、対等の関係にある。へりくだってはいないんですね。ところが、歴代の翻訳を見ると概してジュリエットの使うthouの含意は無視されてきた、少なくとも軽視されてきたように思います。それと、この作品を訳すときにあらためて先行訳を全部読み直したのですが、かなり気持ち悪かった。二幕二場に限らず、ジュリエットの台詞が原文以上にロミオに対してへりくだっている。ほとんどの翻訳者が男性なので、もしかしたら無意識のうちに、自分のあらまほしき深窓の令嬢としてのジュリエット像を言葉にこめちゃったのかもしれません。もちろん、シェイクスピアが初めから男女関係に上下の差をつけて描いている場合はあるわけで、そういう関係まで翻訳で対等にしてはいけない。でも、バルコニー・シーンはそういう場面ではない。

——女言葉の訳し方が気持ち悪いというのは、「わ」とか「なの」とか、語尾のことですか?

語尾と、それから丁寧語や謙譲語です。これは実例を見ていただいたほうが話が早いし、歴代の翻訳を並べるといろんなことが分かっておもしろい。ちょっとした言葉遣いがどのように移り変わってきたのか、日本語の変化、特に敬語・敬意表現の変化の定点観測にもなるはずですし、どの訳が自分の好みか、読み比べるだけでも充分楽しめると思います。私も俎《まないた》の上の鯉《こい》のうちの一尾になるわけだから、怖いんだけど。

男たちはジュリエットをどう訳してきたか

これからお目にかけるのは、『ロミオとジュリエット』二幕二場の一四二〜一四八行です。主人公の二人がバルコニーの上と下で語り合い、ジュリエットが乳母に呼ばれていったん姿を消し、またあらわれて、庭にいるロミオに語りかけるところ。私を含む十二人の訳者のうち十人が男性です。なお、下線を引いたように、引用する原文の五行目に thou が、二行目と三行目と六行目に thy が、四行目と七行目に thee が出てきます（訳文の漢字表記は適宜新字に改めました）。

——前置きがすこし長くなりましたが、では行ってみましょう。歴代の男たちはジュリエットの台詞をどう訳してきたのか？

Three words, dear Romeo, and good night indeed.
If that thy bent of love be honourable,
Thy purpose marriage, send me word tomorrow

By one that I'll procure to come to thee,
Where and what time thou wilt perform the rite,
And all my fortunes at thy foot I'll lay,
And follow thee my lord throughout the world.

久米正雄訳（一九一五、新潮文庫）

ロメオさま。もう三言で、ほんとうに左様ならですよ。あなたが心から恋しいと思つて下すつて、結婚をお望みなのが真実なら、明日どうかしてあなたの処へ使をやりますから、何処で何時式を挙げるといふ返事して下さい。さうすればすべて私の運命をあなたの足下《あしもと》に投げ出して、世界のどこの果までも主人のあなたに従《つ》いてゆきます。

横山有策訳（一九二九、新潮社）

いとしいローミオさん、もうたつた三《み》語《こと》で、
今度こそ本当にさやうならです。
あなたのお心持が浮いた恋でなく、

まこと結婚なさらうといふのなら、
明日何とかして使を出しますから、
何時《いつ》、何処《どこ》で、式を挙げるといふことを知らせて下さい。
すれば私のすべての運命をあなたの足下《あしもと》に投げ出《だ》して、
世界のどんな果《は》てまで、良人《をっと》のあなたについて参ります。

坪内逍遙訳（一九三三、中央公論社）

ロミオどの、もう三言《みこと》だけ、それで今宵《こよひ》は別《わか》れませう。これ、お前《まへ》の心《こゝろ》に虚偽《いつはり》がなく、まこと夫婦《めをと》にならう気《き》なら、明日《あす》才覚《さいかく》して使者《つかひ》をば上《あ》げませうほどに、何日《いつ》、何処《どこ》で式《しき》を挙《あ》ぐるといふ返辞《へんじ》をして下《くだ》され、すれば一生《しやう》の運命《うんめい》をばお前《まへ》の足下《あしもと》に抛出《なげだ》して、世界《せかい》の如何《どん》な端《はて》までも、わしの殿御《とのご》として随《つ》いてゆきませう。

中野好夫訳（一九四九、筑摩書房）

ロミオ様、一言だけ、そして今度こそは本当にさようなら！
もしあなたの愛が真実《まこと》の愛であり、
そしてまこと結婚のおつもりなら、明日使をやりますから、

何時《いつ》、どこでお式をなさるおつもりか、
その者にお伝言《ことづけ》下さらない。すれば、
私は私のもの一切を、あなたの脚下に投出して、
世界中どこへなりともお伴いたしますわ。

三神勲訳（一九五四、河出文庫）
ロミオさま、もうあと一ことだけ、それで本当にさようならよ。
あなたのお心がほんとに真面目で、
結婚なさるおつもりなら、明日
あなたのところへ使いを出しますから、御返事を下さい、
いつ、どこで式を挙げるか。
そうすればわたくしは一生の運命をあなたに捧《ささ》げて、
世界のはてまでも夫のあなたについて参ります。

福田恆存訳（一九六四、新潮社）
もう一言、ロミオ様、それだけ申上げたら本当にお別れします。もしそのお気持

に偽りなく、結婚して下さるお積りなら、明日差向ける使ひの者にお返事を、いつどこで式を挙げて下さるか、そのお言葉さへ伺へれば、この身ともども持てる物すべてをあなたの足下に投げ出し、世界中いづこへなりとお伴致しませう。

小田島雄志訳（一九六五、学習研究社）

ほんの一言で、ロミオ、今度こそお別れします。
もしあなたの愛のお気持ちがまことのものであり、
結婚ということを考えてくださるなら、明日《あす》
あなたのもとへひとを送りますからご返事を、
どこで、いつ、式をあげるか知らせてください。
わたしはわたしのいっさいをあなたにさしあげます、
わたしはどこへなりともご主人さまのお供をします。

大山敏子訳（一九六六、旺文社文庫）

ロミオ様、ほんのひと言だけ、そしてほんとうにさようならをいたしますわ。
もしもあなたの愛のお気持ちが本気でおありになるなら、

そしてほんとうに結婚してくださるおつもりなら、あすあなたのところへ
使いをさし上げますから、その人におことづけをくださいませ、
どこで、いつ、お式をなさりたいおつもりかを。
そうすれば私は私のすべてをあなたの足もとに投げ出して、
世界じゅう、どこへなりとおともいたしますわ。

平井正穂《まさお》訳（一九七三、**集英社**）
もう一言《ひとこと》だけ、ロミオ様、そして今度こそお別れいたします。
もしあなたの愛が真面目なものであり、その目的が結婚でございましたら、
何とか都合して明日使いの者をあなたの所によこしますから、
その者に返事を託してはくださいませんか、
どこで、そして、いつ、結婚の式を挙げるかという返事を。
その返事が得られましたら、私は自分の運命をひたすらあなたに託し、
どんな世界の果てまでもわが良人《おっと》としてついて参りとう存じます。

松岡和子訳（一九九六、ちくま文庫）
ロミオ、ほんの三言だけ、それで本当におやすみ。
あなたの愛に偽りがなく
結婚を考えているのなら、明日
あなたのところへ使いを出すわ。
どこで、いつ式を挙げるかをことづけて。
そうしたら、私の何もかもをあなたの足元に投げ出し
世界じゅうどこへでもついて行く。

河合祥一郎訳（二〇〇五、角川文庫）
ほんの一言、ロミオ。そしたら本当におやすみなさい。
もし、あなたの愛が名誉を重んじるものであり、
結婚を考えてくださるのなら、明日、あなたのところへ
使いを出しますから、伝えてくださいい、
いつ、どこで、式を挙げるか。
そしたら、私の運命はあなたの足元に捧《ささ》げます。

世界の果てまでも夫のあなたについていきます。

大場建治訳（二〇〇七、研究社）

もうひと言《こと》だけ、ロミオ、それで本当にお別れ。
あなたの愛に偽りはないのよね、
ねえ、目的は結婚なのよね。ならどうか明日《あす》返事を下さい、
適当な使いをあなたのところに差し向けますから、
どこで、いつ、式を挙げるかを。
わたくしは全将来をあなたの足元に投げ出して、
あなたを夫に、世界の果までついて行きます。

――『ロミオとジュリエット』の本邦初訳は一九一〇年の坪内逍遙訳ですが、本書での引用は、逍遙の改訳・決定版ともいうべき一九三三年の『新修シェークスピヤ全集』第二五巻に拠《よ》りました。歴代の訳者のうち、久米正雄は漱石の門人でもあった小説家・劇作家ですね。横山、三神、大山といったあたりが名前にあまり馴染《なじ》みがないのですが。

横山有策は早大で坪内逍遙の跡をついでシェイクスピア講義を担当した英文学者のようです。戦前の新潮文庫のシェイクスピアはほとんどが横山訳だったはず。三神勲は、シェイクスピアの主要作品を戦後いちはやく、中野好夫と競いあうように翻訳した。劇団俳優座のシェイクスピア劇上演には三神訳が使われていました。中野訳はのちに新潮文庫に収められ、三神訳は一九七七年に『シェイクスピア戯曲選集』と銘打った豪華本のかたちでも開明書院から出版されましたが、角川文庫に収められたものが多い。大山敏子さんは津田塾大学の教授で、夫君の俊一先生もシェイクスピア学者でした。大山夫妻の訳は旺文社文庫。

——平井正穂は丸谷才一や高橋康也《やすなり》といった教え子を輩出した東大英文科の教授。平井訳の『ロミオとジュリエット』はいま、岩波文庫で読めます。小田島訳はすべて白水uブックスに入っていますが、ここでは、最初に訳出された学習研究社版を掲載しておきました。ただし白水社版は手が入っていて、たとえば最後の一行が「私はどこへなりともあなたのあとについて行きます」となっているので、その点はのちに触れていただくことになります。こうして十二種類の日本語訳を並べてみると、たしかにいろいろ言ってみたくなりますね。たとえば一行目の、ロミオにたいする呼びかけからして、時代色がありそうです。

大正から昭和初年までは「ロメオさま」「ロミオどの」、それから「いとしいローミオさん」。

——そう、戦前はヴァラエティがある。それが一九四九年の中野訳から、つまり戦後しばらくは「様」「さま」に統一される。そして、六〇年代半ばの小田島訳以降は「ロミオ」と呼び捨てが主流になる。平井訳は一九八八年の岩波文庫版では「ロミオ」と改変されています。このへんは、戦後日本社会における女性の男性にたいする意識の変容とか、背景として何かありそうな気もします。国語学者か社会学者に分析してもらいたい。

たしかに、「どの」や「さん」や「様」を付けない小田島訳は画期的だったと思います。これは『ロミオとジュリエット』にかぎらず、シェイクスピア作品全体の翻訳についての印象ですけど、先行訳のなかで、感覚的に自分に一番近いのはやっぱり小田島さん。シェイクスピアの原文への接近の仕方と、それを翻訳して日本語に帰ってくるときの感覚が近いような気がします。現代の日本人にとって腑《ふ》に落ちる日本語、という意味では小田島訳が一番ではないでしょうか。もちろん、腑に落ちるかどうかという感覚は、時代につれて変わってゆくわけですけれど。

——まして戯曲は台詞が中心ですからね。人がしゃべる言葉なので、その翻訳には時代性が強く反映されるかもしれません。

だから私、いつも思うんです。原文はけっして古びないけれど翻訳は古びる、と。でも、逍遙訳だけは古びない。ほとんど古文の域に達しているから、ここまでくると、もう古びない。

——「これ、お前の心に虚偽《いつはり》がなく」と、ロミオにたいして「お前」と言って、自分のことは「わし」ですから、現代の日本語から離れているぶん、ジェンダーフリーになっているような感じがします。

そう。だから、これ、舞台でやると迫力があると思う。逍遙訳の『リチャード三世』（演出・和田豊、一九八〇年上演）は観《み》ました。先代の尾上辰之助がリチャード三世で、亡《な》くなった范文雀《はんぶんじゃく》さんがレイディ・アンだったの。それで彼女が真っ赤な衣装を着て、辰之助のリチャードにむかって、「わしが」って言うのよ。まあ、かっこいいったらなかった。

——それは『リチャード三世』というお芝居のイメージが変わりますね。逍遙訳のシェイクスピアはめったに上演されません。一方で新劇系の劇団の場合は、誰の訳を使うか決まっていることもありますよね。特に訳者が劇団の重鎮だったりすると。たとえば劇団昴《すばる》なら福田恆存訳、演劇集団円なら安西徹雄訳とか。

そういう意味で私がとても感動したのは円なんですね。円の役者、金田明夫さんと演出家の平光琢也さんたちが二〇〇三年に私の翻訳を使って『リチャード三世』をやりたいと言ってくれて、その後『マクベス』でも『オセロー』でも使ってくれました。安西先生は、そもそも芥川比呂志《あくたがわひろし》とともに演劇集団円を旗揚げなさり、シェイクスピアの翻訳はもちろんのこと――光文社の古典新訳文庫で安西訳が幾つか読めます――舞台の演出もなさった。だからそのオファーが来たとき、私はちょっと尻込《しりご》みして、「いいんですか？　安西先生がいらっしゃるのに」と聞いたら、プロデューサーが「いや、それは大丈夫です」と。安西さんとは以前から学会でご一緒したり、共同で、私は一度、いろんなことのお礼もふくめて「ちょっとご飯一緒にできませんか」とお誘いして、井の頭公園の近くのレストランで付き合っていただいたのね。あれこれおしゃべりをした後で、思い切って、「安西さん、ご自分でも翻訳してらっしゃるのに、どうして応援してくださるんですか」って訊《き》いたの。そうしたら、「肝心なのはシェイクスピアなんだよ。誰の翻訳かは二の次だ」とおっしゃった。その言葉にガーンと打たれたというか、ジーンときたというか……。

翻訳者にはやっぱりそれなりの意地やプライドがあるわけです。これまでにさまざまな翻訳があるし、これからも出てくるにちがいない。そのなかで自分の翻訳がベストでありたいという気持ちがある。でも、そのことと、いろんな翻訳を使っていろんな劇団や演出家が舞台を作ることとは全く別の話。さまざまな舞台上演を通してこそシェイクスピアが生き残っていくわけです。安西さんはもうお亡くなりになってしまったけれど、「先生の思いは私、引継ぎます」と心に誓っていて、安西さんの言葉は、私のなかで……不滅なの。だから、そういう意味でも、たとえば逍遙訳の舞台なんか、もっと観てみたいですね。それと、平井正穂訳というのはすごくいいと思う。私も大学院で平井先生の講義を受けましたが、とても温厚なジェントルマンで、英文学が心底お好きだという印象を持ちました。残念ながら私は平井先生の訳を使った舞台は観たことがなくて、もしかしたら上演されたことはないのかもしれない。

――いま一番多く舞台で使われるのは、やはり小田島訳と松岡訳でしょうか。そのお二人の訳のあいだにも、細かいけれど決定的な違いがある。たとえばジュリエットの台詞の三行目、小田島訳は「結婚ということを考えてくださるなら」ですが、松岡訳だと「結婚を考えているのなら」。

まさにこういうところに、ジュリエットの使う thou, thy, thee という二人称代名詞の含意を汲《く》み取るか、汲み取らないかということが、訳文の違いとしてはっきりと出てくるように思います。原文は Thy purpose marriage. ですが、これは前の行の「もしAがBであるのなら（If that A be B）」という構文の枠組みのなかにあって、Thy purpose が前行の thy bent of love と、marriage が honourable と同格になっている。thy は thou の所有格ですから、直訳すると「もしあなたの目的・意図が結婚であるのなら」。

you と thou についてさっきお話ししたときは、すごく単純化して区別しました。もうすこし詳しく説明しておくと、thou は同性間でも異性間でもたがいが親密で対等な関係にあるときに使われますが、日本語の「お前」と同様に、たとえば親から子供へのように目上の人が目下の人にむかって言うときにも使われる。逆のケースは、まずない。ただ、不思議なことに神様にむかってだけは thou を使いますけど。あるいは『リア王』の一幕一場でリアがコーディリアを勘当して、そんなリアを臣下のケント伯爵《はくしゃく》が諫《いさ》めるときに thou を使うんです。あれは異例中の異例。逆に言うと、ケントは臣下の礼を踏みにじってもいいという、首を懸けるくらいの覚悟で、あえて王様に苦言を呈した。そして、リアの逆鱗《げきりん》に触れて追放されてしまった。

それともうひとつ、これは thou を日本語にするときの厄介な問題ですが、女が thou を使うときに、「お前」とは訳せない。訳すなら「あなた」にせざるを得ない。すると、困ったことに you と区別できなくなってしまう。では、どうするか。「あなた」としておいたうえで、それに続く言葉を工夫して、相手にたいする親密感や対等感を観客・読者に伝えるしかない。

――なるほど。そこで小田島訳のように「考えてくださるなら」と下手《したて》に出るのではなくて、「考えているのなら」と、すらっとシンプルに訳すんですね。

「くださる」はもうやめましょう、ジュリエットはロミオにたいしてそんなにへりくだっていませんよ、と言いたい。女性読者という立場からしても、こういうジュリエットの言葉遣いはピンと来ない。ここは今の女の子が言う「結婚が前提なら」にドンピシャ。でもさすがに「結婚が前提なら」とジュリエットに言わせるのはね。あまりに今っぽいからやめましたけれど。

――ジュリエットが一番下手に出ているのは福田訳でしょうか。「結婚して下さるお積りなら」。でも、女性である大山訳も同じですね。二一世紀の河合訳も「結婚を考えてくださるのなら」。その点、平井訳はニュートラルです。「目的が結婚でございましたら」で、丁寧語ではあるけれど、へりくだってはいない。

平井訳はそうなっています。それと、私がびっくりしたのは坪内逍遙訳。言葉遣いは古いし、ちょっと歌舞伎《かぶき》調ではあるけれども、原文のロミオとジュリエットの関係が対等であることは見事に生かされている。「お前」「わし」ですからね。

――ジュリエットの台詞の最終行も、たとえば福田訳と松岡訳とでは、ずいぶん違います。片や「お供致しませう」、片や「ついて行く」。

原文は I'll follow thee. です。たしかに follow という言葉は、目下の者が目上の人に「従う」ときのように上下関係を表す場合もありますが、ここは follow you ではなく、あくまで follow thee なのだから、上下関係や主従関係はないと見ていい。やっぱり、「お供致しませう」はまずいと思います。これではまるで、お猿さんが桃太郎に「一つください。お供致します」みたいなことになりかねない（笑）。

――ただし、「お供」派は男だけではない。中野好夫訳も「お供」ですけど、大山敏子訳も「おともいたしますわ」。

そうなの。だからこれは、男の翻訳者だからという単純な話ではないんです。というのも、ジュリエットの言葉をどう訳すかに関しては、ある種の時代的な制約というか、言語感覚上の時代性もあったのだろうという気がします。つまり戦前の、あるいは戦後日本のある時期までの、いわゆる良家の子女の言葉遣いはじっさい非常に丁寧で、バカが付くくらい丁寧でへりくだったものだったことは事実だと思うんですね。ですから、ヴェローナの名家の娘ジュリエットの台詞を訳すときに、福田さん（一九一二～九四）や大山さん（一九一四～七八）のような大正生まれの世代の翻訳者が、いかにも良家の子女風の言葉遣いを選んでしまうのは、いちがいに批判はできない。

——しかし、thou の含意については譲れない、と。

はい。そして、ジュリエットを悲恋のヒロインとして、あまりに「深窓の令嬢」視することにも反対。だって、まだ寝てもいない男の子に、さっそく thou を使うような女の子なのだから。

——あ、そう言えば、大事なことを聞き忘れていました。ジュリエットは劇の最初からロミオを thou で呼んだりはしていないわけですよね、きっと。

もちろん、最初のうちは you を使っています。

——you から thou へは、いつ変わるんですか?

バルコニー・シーンからです。舞踏会でキスしたあと。

——それは、すごく、分かりやすい!

一方ロミオは、ジュリエットの手を取ってそれにキスをし、そのあとでお互いの手のひらを合わせるときにはもう thou を使っています。「いとしい聖者、手がすることを唇にも」の次の行で 'They pray: grant thou, lest faith turn to despair.（唇が祈ります——どうか、信仰が絶望に変わりませんよう）。「（キスをする）」というト書きの次は、'Thus from my lips, by thine, my sin is purged.（あなたの唇のお陰でこの唇の罪は浄《きよ》められた）と言います。by yoursではなく、by thineと、thouの所有格を使う。ここはかっちりしたソネット形式のやり取りなので「君の唇」とはしませんでしたが。一方、ジュリエットは、キスをしてもさすがにまだ、You kiss by th'book.と、youを使っている。「あなたはザ・ブック、本、つまりマナーやエチケットを記した作法書に則《のっと》ってキスをする」。

——お作法どおりの、礼儀正しいキス。

以上が初対面のやりとりですが、二人が二度目に顔をあわせるバルコニー・シーンでは、ロミオが庭にいるとまだ気づいていないジュリエットが、O Romeo, Romeo, wherefore art thou Romeo?（ああ、ロミオ、ロミオ、どうしてあなたはロミオなの？）と、想いを口にするときには、もうyouは使っていない。二幕二場の三三行目。ここがジュリエットのthouの初出で、以下、二人がバルコニーの上と下に離れたまま語り合うときは、どちらもthouを使う。そして、結婚まで突っ走ろうとする。一幕五場のキスシーンの前のyou関係は、ここで完全にthou関係に変わっている。ロミオとジュリエットは相思相愛の、文字どおり対等な関係にあるわけです。ですから、ジュリエットの台詞を「くださる」「おつもり」「お供」と丁寧語で訳していたのでは、そんな二人の恋愛関係のありようが見えてこない。

——たしかに、thouが最重要ポイントのようですね。

佐藤藍子の立ち姿

なんだか評論家みたいに諸先達の訳業を品評してきましたけれども、ここで、私自身の過《あやま》ちを告白しておかなければなりません。じつは私も最初は同じ過ちを犯していました。

——どこですか？

よりによって、「結婚を考えているのなら」。初めは「結婚を考えてくださるなら」と訳していたのです。何だかんだ言っても、従来の翻訳や解釈には相当感化されるんですよ。二人の関係は thou だ、対等なのだと思ってやっていても、なぜか「くださる」にしたままスルーしていた。拙訳による『ロミオとジュリエット』の初演は一九九四年で、演出はジョン・レタラック、ロミオは上杉祥三、ジュリエットは長野里美だったのですが、このときはまだ、「くださる」のままでした。「あ、違う！」と気づいたのは、その四年後です。例によって、稽古場《けいこば》で。彩の国さいたま芸術劇場のシェイクスピア・シリーズ第一弾として蜷川幸雄演出で上演されたときです。ロミオは大沢たかお、ジュリエットは佐藤藍子。まだ稽古が始まったばかりの頃、藍子さんの立

『ロミオとジュリエット』（蜷川幸雄演出、1998、彩の国さいたま芸術劇場）。二幕二場、ジュリエット（佐藤藍子）の立つバルコニーにロミオ（大沢たかお）がよじ登ったところ。 撮影・高嶋ちぐさ

ち姿を見て、己が過ちを悟りました。ひと言で言うと、「くださる」という言葉遣いが、似合わねえ（笑）って感じだったんです。藍子さんはバーンと背が高くて、凛々《りり》しくて、いかにもハンサム・ウーマンという感じでしょう？　その彼女がバルコニーの高い所にいて、下にいる大沢さんに向かって「結婚を考えてくださるなら」と言うのを見ていたら、全然似合っていない。似合わないどころか、さっきお話ししたように、原文でもジュリエットはへりくだっていないわけですから、これは訳を変えるしかない。で、「いまの台詞、違ってました」と蜷川さんに正直に自首して、いくつか案を考えて、

最終的には藍子さんに選んでもらった。

——すると、「結婚を考えているのなら」は、佐藤藍子ヴァージョン。

そうです。だから、藍子さんにジュリエットをやってもらって、ほんとによかった。

——長野里美は小柄に見えるから、気づかなかったのでしょうか。あるいは蜷川演出によるバルコニーの位置がかなり高かったとか？

うーん、それはどっちもあったかもしれないけれど、でもバルコニーの上に女、下に男というシェイクスピアが考えた構図には意味があると思う。つまり、あの場面は宮廷恋愛の構図を踏まえているわけですよ。想い女《おもびと》が上にいて、男は下にいる。

——騎士《ナイト》とお姫様のような。

ええ、中世の騎士が馬上槍《やり》試合なんかで、それこそ深窓のお姫様の愛を勝ち取るために戦う。すくなくとも形式上は女性のほうが完全に上の立場にいる。そうした宮廷恋愛的な構図を前提として、ジュリエットはバルコニーの上にいる。佐藤藍子の佇《たたず》まいにはその感じがよく出ていたと思います。

——そうか、だてに上にいるわけじゃないんだ（笑）。いや、不勉強で、ジュリエットがバルコニーの上にいることをいま初めて得心しました。映画の『ウエスト・サイド物語』を観たときに、あのプエルトリコの移民が住んでいるアパートなら上階にいるほうが貧乏なのかな、と思ったりしていて。

語尾について

——ジュリエットの台詞の翻訳をめぐって、これまでは主にへりくだった丁寧語のことが話題になりましたけれど、女言葉の語尾の問題はどうでしょうか？

これは一見ささいな、単に翻訳上のテクニカルな問題のように見えるかもしれませんが、じつは大きな問題ではないかと思います。語尾というのはほんとうに怖いもので、もうそれだけで言葉を演出してしまうところがある。「翻訳者は解釈するけれど、演出はしない」というのが私の一つのスタンスでもあるので、たとえば女性の登場人物の台詞で「……だわ」とか「……なのよ」というような、いわゆる女性語の語尾はなるべく入れないようにしています。

——逆に、男の訳者は入れたがる？

たくさん入ってます。入れたいというより、つい入っちゃうのかもしれない。でも多いですよ。

——それはきっと、小説家も同じ。

でしょうね。ただ、小説と芝居の違いでおもしろいのは、芝居というのは、女優が舞台で台詞を語ればそのまま女の言葉になるわけで、だから女であることの記号を言葉のうえで残す必要はさほどないんですよ。もちろん、thou を「あなた」と訳すと you と区別できなくなる場合のように、語尾で工夫することもあるわけですが。

――ジュリエットの台詞の四行目、「使いを出すわ」の「わ」が、そのケースですね。

あそこは意図的に入れました。二人の関係の親密な対等感を「わ」に託した。そこで一度託したので、最終行では意図的に「わ」を入れていません。

――たしかにこの「ついて行く」という言い切りのかたちは、語尾のことを相当意識していないと書けないような気がします。小説家でも、「ついて行くわ」にしてしまう人は多いのではないでしょうか。ちなみに他の訳者は「わ」「ます」「せう」などを使っていて、「行く」で止めた人はいない。

「わ」や「なの」のような語尾が一つの典型例ですけれども、女の言葉をきちんとしたものにしたい。女性が読み、女優がしゃべるときに違和感がなくてきっちり腑に落ちるものにしたいというのが、私の課題でした。とりわけ自覚的になったのは『ロミオとジュリエット』ですが、これはそもそも、シェイクスピアの個人全訳というとんでもない大仕事が幸運にも舞いこんで、一九九六年からちくま文庫で刊行が始まった当初から、私が最低限はたすべき役目だと思ってきました。ようやく女がシェイクスピアを訳す順番が、どういうわけか私に回ってきたので、だったら、女が訳すだけの説得力を持たせるためには、まずは女性のキャラクターの台詞を納得のゆくものに仕上げるべきだろうと。

――女性によるシェイクスピアの翻訳というのは、それまであまりなかったのですか？

活字になったものは、あまりどころか、ほんとに数えるほどしかない。ひとつは、武井ナヲエさんという小津次郎先生のお弟子さんが、一九六〇年代に筑摩書房から刊行された箱入りのシェイクスピア全集のなかで、『ヘンリー六世』の第三部を先生と共訳している。それと、やはり六〇年代に旺文社文庫で、大山俊一・敏子夫妻による全訳のプロジェクトが始まって、これは残念ながら完結する前にお二人とも亡くなってしまった。ですから、敏子先生は『ロミオとジュリエット』の他にも何本か訳していています。でも、それだけ。そういう状態なので、四大悲劇は女が訳して公刊されたものはない。大山ご夫妻にしても、四大悲劇は俊一先生が訳していますから。

――ああ、一番おいしいところは男が取ってしまう。

やっぱりヒエラルキーがあるんでしょうね、英文学翻訳の世界にも。英文学史のなかでシェイクスピアがトップに来るなら、それを翻訳する側もトップ・クラスの学者がやることになる。だから、その流れでいくと、私なんか埒外《らちがい》。長いこと英米の戯曲を訳してきたけれども、まさか自分がシェイクスピアを訳すことになるなんて、ましてや全訳のプロジェクトなんて夢にも思っていなかった。でも現実にそういうチャンスが舞いこんで来たからには、せめて女の台詞を、と考えたわけです。従来の解釈に異を唱えるとか、こんな新しい読み方もできるはずだとか、そういう意気込みはまったくゼロで、ひたすら日本語としてのアップデートを心がけようと。そもそも私への新訳の要請は訳文のいわばアップデートを望むプロデューサーや演出家という「現場」から来たので、それが私の果たすべき最大の務めだと思っていました。ところが、いざ訳してみると、個々の作品について、自分なりの発見かもしれないと思えることが出てくるんですね。

――ところで、女性の翻訳者が男の言葉を訳すときのむずかしさというか、陥りやすい罠《わな》があるとすれば何でしょう。

過剰に男っぽくしちゃう。語尾に「だぜ」を使ったり（笑）。だから、男性訳者の「わ」や「なの」は他人事《ひとごと》ではない。

——宝塚っぽくなるような気がします。

「ぜ」については、シェイクスピアではなくて、一九九三年にテネシー・ウィリアムズの『ガラスの動物園』を訳したときに体験しました。アメリカのマイケル・ブルーム演出で上演されて、具体的な台詞はもう忘れましたけれども、「……だぜ」と訳していた。そうしたら、演出家の来日前に役者たちだけで読み合わせをしたときに、ジム役の村田雄浩さんだったかな、「松岡さん、いまどき俺たち『ぜ』言わないですよ」って言われて、ひっくり返りそうになった。もちろん、すぐ直しました。で、今いみじくも宝塚とおっしゃったけど、女の翻訳者が男の台詞を訳すと、男ではなく男役になってしまうことがあるんですね。同様の危険が男の翻訳者にもつきまとう。女がやる男役や、男がやる女役というのは、通常の女や男より「らしさ」が過剰になるおそれがあるわけです。これが危ない。じつはそういうところから腐り始めるんですよ、翻訳というものは。この章の大きな主題は「言葉における男と女」ですけれど、それは語尾という小さな部分にも、くっきりと問題としてあらわれる。「わ」にしたって「ぜ」にしたって、ほんの一文字です。でも、その一文字をおろそかにすると、そこからもう翻訳の言葉は劣化し始める。

蒼井優の疑問

——松岡さんの体験的な持論のひとつに「戯曲の翻訳は稽古場で完成する」という考え方があると思います。女性の登場人物の台詞に関しては、やはり女優から教えられることが多いのでしょうか？

まず私が翻訳を仕上げますね、その翻訳第一稿が準備稿として印刷されて、スタッフとキャスト全員に配られる。さらに演出家の疑問や意見を聞いて手を入れて上演台本が出来上がる。それから稽古の進行につれて、この言葉は意味が取りづらいとか、じっさいに口にするとしゃべりにくいとか、観客が耳で聞いただけで意味が分かるかとか、役者や演出家からいろんな意見をもらって、必要ならそのつど直して決定稿が出来上がっていきます。そういう細かいことは稽古場でそれこそ日常茶飯のようにあるわけですが、ときには原文の解釈にまでかかわってくるようなことがある。たとえば女性の登場人物のちょっとした言葉の訳し方ひとつで、その人物像や男女関係の含意が、がらっと変わってくることさえあるんですね。そういう意味で私にとって忘れがたい劇的な体験は、『ハムレット』の松たか子、『ロミオとジュリエット』の佐藤藍子、そして『オセロー』の蒼井優の三人でした。松さんのときは私のほうが質問して、藍子さんのときはその立ち姿を見て自分なりの発見に導かれたわけですけど、優ちゃんのときは彼女のほうから自分の台詞について、つまり『オセロー』のヒロイン、デズデモーナの台詞について質問してきました。二〇〇七年に蜷川幸雄演出で上演され、吉田鋼太郎がオセローを演じた舞台の稽古のとき。

——それはどんな言葉について？

「あなた」です。「デズデモーナはオセローのことを『あなた』『あなた』って呼びかけてますすけど、この『あなた』は全部同じですか?」って、あるとき稽古場で聞かれたの。一瞬、質問の意味が分からなかった。彼女が何を言いたいのか分からなくて、面喰らったんです。で、「原文で my lord となってるところは一応ぜんぶ『あなた』としたけど、具体的に言うと、どの場面?」って聞いたら、「三幕四場」と言ったのね。三幕四場というのは、オセローがすでに、妻デズデモーナと自分の部下キャシオーの仲を相当疑っている場面です。イアゴーから、二人があやしいと耳打ちされて。それと、例のハンカチがなくなっている。一方、デズデモーナのほうは、不倫の事実はまったくないわけだから、夫が自分のことを疑っているなんて夢にも思っていない。むしろ夫を説得してキャシオーを復職させなくちゃ、と張り切っている。

——簡単に補足しておきますと、『オセロー』という悲劇は、ある意味ですべてイアゴーの陰謀によって惹《ひ》き起こされる。将軍オセローの旗手であるイアゴーは、オセローがキャシオーを副官に抜擢《ばってき》したことがおもしろくなくて、二人のことを深く恨んでいる。そこでキャシオーの不祥事を仕組んで副官の座から引きずり下ろし、さらにはキャシオーとデズデモーナが不義密通の関係にあるとオセローに思い込ませようとする。ハンカチは、かつてオセローがデズデモーナに贈った初めてのプレゼント。イアゴーはこの大事な記念の品を妻エミリアを通して手に入れ、キャシオーの部屋に残します。で、オセローは疑念を募らせていき、激しい嫉妬《しっと》に苛《さいな》まれたすえ、五幕二場では妻を絞め殺し、最後は自ら命を絶つことになります。

三幕四場では、デズデモーナがエミリアにむかって「あのハンカチ、どこで失くしたのかしらね」なんて言っているところに、オセローがやって来る。蒼井優が疑問を抱いたというのは、そのオセロー登場直後の、夫婦のやりとりでした。

デズデモーナ　今度こそそばを離れないわ、キャシオーを呼び戻してもらうまで。ご気分はいかが、あなた?

オセロー　元気ですよ、奥様。（傍白）ああ、心をあざむくのは苦しい！――
　お前はどうだ、デズデモーナ？
デズデモーナ　元気よ、あなた。
オセロー　手を見せてごらん。しっとりしているね。
デズデモーナ　まだ年も取らず、悲しみも知らない手ですもの。

デズデモーナの最初の台詞はまだエミリアとの会話の続きで、「ご気分はいかが、あなた？」からオセローにむかって言っている。この「あなた」はいいんです。優ちゃんが、何か引っかかると感じたのは、その三行後の「元気よ、あなた」。この「あなた」が、それまでデズデモーナがオセローにむかって呼びかけるときにずっと使ってきた全《すべ》ての「あなた」と同じなんですか、というのが彼女の聞きたいことだったんです。

――違うんですか？

違うんです！　びっくりしました。私はまったく気づいていなかった。彼女は原文を読んではいないのに、「なんか違う」と直感したんでしょう。で、その場で私が原文を確かめてみたら、たしかにその「あなた」だけが違っていたんです。

DESDEMONA　I will not leave him now till Cassio
　Be called to him. How is't with you, my lord?
OTHELLO　Well, my good lady. (*Aside*) O, hardness to dissemble!
　How do you, Desdemona?
DESDEMONA　　　　Well, my good lord.
OTHELLO　Give me your hand. This hand is moist, my lady.
DESDEMONA　It yet has felt no age, nor known no sorrow.

「ご気分はいかが、あなた?」と訳したところは右の引用の二行目で、原文は How is't with you, my lord? と、my lord が you の言い換えになっています。my lord は、たとえば高貴な身分の夫婦間で妻が夫を呼ぶときに使われる言葉で、デズデモーナはこの場面に限らず、オセローに呼びかけるときはしょっちゅう my lord を使っています。「私の主人」と直訳するとやけに堅苦しくなってしまうけれど、現代日本の家庭で夫を「あなた」と呼ぶのと感覚的には同じです。ところが、優ちゃんが不審に思った五行目の「元気よ、あなた」は Well, my good lord. なんですね。good が入っている。

――my good lord だと、my lord より丁寧な言い方になるわけですか？

そうです。いや、丁寧というより慇懃《いんぎん》と言ったほうがいいかな。要するに、かなり他人行儀な言い方です。ただ、これだけなら、さしたる発見ではありません。でも、よく見ると、デズデモーナの Well, my good lord. は、その二行前、オセローの Well, my good lady.（元気ですよ、奥様）と対になっている。デズデモーナのオセローへの呼びかけの大半は my lord ですが、オセローのほうは my fair warrior（私の美しい兵士）とか my sweet（私の可愛《かわい》い人）、my dear love（私の愛する大切な人）、sweeting（可愛い人）、chuck（原意はヒヨコ、愛《いと》しいという気持ちのこもる呼びかけ）など、状況とオセローの気持ちに応じていろいろ。my good lady とその三行後の my lady は、『オセロー』という芝居のなかでここだけです。馬鹿丁寧とも他人行儀とも受け取れる。

――その異例な他人行儀な呼びかけを、まずオセローのほうが先に使ったことになるわけですね。

ですから、デズデモーナは夫の他人行儀にたいして、他人行儀で返したことになる。そこで非常に興味深いのは、その内実がまったく違うことなのね。つまり、ここではもう、オセローは妻とキャシオーの仲を疑っていて、内心穏やかではない。だから「ご気分はいかが、あなた」と聞かれたときに、これは心底からの馬鹿丁寧で、あるいは穏やかでない内心を隠そうとしてわざと馬鹿丁寧に my good lady と言った。そして、その直後に「ああ、心をあざむくのは苦しい！」という傍白があって、己が心を押し隠して「お前はどうだ、デズデモーナ」と、普段の言い方に改める。それにたいしてデズデモーナが my good lord と他人行儀な呼びかけをするとき、これは心底ではない。キャシオーとの仲は清廉潔白《せいれんけっぱく》だし、そもそも夫がそんなことを疑っていることすら、彼女は知らない。ですから、デズデモーナの他人行儀は一種のお茶目なギャグのようなものなんです。夫がふだん使わない言い方をした。それを「あ、ふざけてるんだ」と思って、そこで自分もふざけて、とっさに my good lord と返してみせたわけです。同じ good にしても、夫はもう妻が不倫したと信じ込まされているから、「善良」だと思っていないのに good と言っている。一方妻はむしろ夫の心に寄り添うように、いわば無邪気に使っている。この場面のやりとりの大変アイロニカルな妙味がそこにある。私は初めてそのことに気づかされました。という次第で、問題のデズデモーナの台詞は——

オセロー 元気ですよ、奥様。（傍白）ああ、心をあざむくのは苦しい！——お前はどうだ、デズデモーナ？

デズデモーナ　元気ですよ、旦那様。

と、「元気ですよ、奥様」と対になるように変えて、最終的にそれが決定稿になりました。で、訳を変えたその場ですぐ、いまお話ししたような説明はいっさいしないまま、どんな感じになるかやってもらったんです。ちょうど稽古が休憩に入っていたので、優ちゃんと鋼太郎さんとエミリア役の馬渕英俚可《えりか》さんの三人にその場の立ち位置に集まってもらって。そうしたら、優ちゃんは「元気ですよ、奥様」と言われたら、声を出さずに「あっ」と驚くような顔をしてからエミリアのほうを見て、「奥様なんて呼ばれちゃった」とでも言うようなお茶目な表情をして、もう本当に舌を出さんばかり……。それからニコッとオセローに笑いかけて、「元気ですよ、旦那様」。あ、優ちゃんは分かってる！　そう思いました。鋼太郎さんは優ちゃんに「旦那様」と呼ばれて鼻の下ながくしてました（笑）。

――本番ではどんな芝居になったんですか？

その通りになりました。彼女がその場で考えた演技プランというか、あの台詞を語りながら彼女がすぐさま生み出した体の動きや表情が、そのまま採用された。私が言うのも何だけど、とてもいい場面になったと思います。

——なるほど。でも、蒼井優はそもそもなぜ、「元気よ、あなた」の「あなた」にピンポイントで疑問を感じたのでしょう？

そう。それが私にも謎《なぞ》だった。そのときは、自分の読み落としと発見で舞い上がっちゃって、それを聞きそびれていた。だから、ついこの前お会いする機会があったから聞いてみたの。「もう三、四年前のことだけど、あれはどうしてそう思ったの？」って。そうしたら、彼女の答えがまたおもしろくて、「あそこでオセローが『元気ですよ、奥様』って、『奥様』って言うじゃないですか。それまで一度もそんなふうに呼ばれたことがなかったので、自分の『元気よ、あなた』っていう返事を、どういう気持ちで言っていいか分からなかった」と言うのね。それって、もう完全にデズデモーナの気持ちでしょう？　「そんなふうに呼ばれたことがなかった」って言うんだもん。

——デズデモーナの記憶になってますね。

そうなんです。女優としてデズデモーナを見てどうのこうのじゃなくて、デズデモーナとして「奥様」なんて呼ばれたことがなかったって言うわけ。だから、その呼び方をどう捉《とら》えていいのか、オセローがふざけてると捉えたらいいのか、それが分からなくて私に聞いたと言うんですよ。で、my good lord を my good lady と対になるように

『オセロー』（蜷川幸雄演出、2007、彩の国さいたま芸術劇場）。三幕四場、オセローにむかって「ニコッと」笑いかけるデズデモーナ（蒼井優）。

「元気ですよ、旦那様」と訳が変わったから、オセローの馬鹿丁寧で畏《かしこ》まった呼び方を「あれ、どうしたんだろう、いつもと違う。なぜか知らないけど機嫌がよくて、ちょっとふざけてるのね」というふうに取って、冗談で返す気持ちにすっと持って行けた、と。デズデモーナとして、ひと言ひと言しっかり考えている。まあ、役者なら当たり前のことかもしれませんが、そこまできちんと自分の疑問を言語化できて、解釈も正確で、という役者にはそうそうお目にかかれない。

——才能ありますね。

才能、あります。それと、感覚がいい。なんて聡明《そうめい》な人だろうと思いました。それともうひとつ、このとき彼女が言っていたのは、デズデモーナをやっておもしろかったのと同時にむずかしかったのは、自分の台詞より相手の台詞のほうが長い場合が多いと。その場合、どういう気持ちで相手の台詞を聞いているか、それをどう受けるかを、どうしても考えざるを得ない。そしてそれが解決できると、次の自分の台詞につながると。

――普通、若い俳優がそんなふうに受けに回ろうなんて思いつかないものですよ。自分の台詞をしゃべるところを待ち構えている役者が多い。

あの場面で「元気ですよ、奥様」と言われた途端に、蒼井優はそばにいるエミリアのほうを向いてニコッと笑った。この人、こんなことを言ってるわって感じで。その受けの演技の間にちょうど、オセローの「ああ、心をあざむくのは苦しい！」という傍白が入る。それで、「お前はどうだ、デズデモーナ？」とオセローが言うと、「元気ですよ、旦那様」と言って、またニコッと笑う。そうすると、二人の気持ちのズレがものの見事に現れる。裏返して言えば、シェイクスピアはそういう演技をおそらく念頭に置きながら書いたのだと思います。my good lady と my good lord は、『オセロー』のなかでここでしか使っていないのですから。シェイクスピアは名台詞も偉大だけれど、こうした一見なんでもない呼びかけ合いのなかに、夫婦の劇を書き込んでいる。小さな言葉のなかにも、男と女の関係のすさまじいまでの隔たりを描いてみせている。

蒼井優という一人の女優によって、シェイクスピアの凄《すご》さを再発見させてもらいました。

十六年目の加筆・訂正

蒼井優さんの質問によって気づかされたmy lordモンダイには後日談があって、おかげで翻訳してから十六年目にようやく解決したことがあるんです。

——え、それは何ですか？

『ロミオとジュリエット』のバルコニー・シーンのなかのmy lordです。もう一度、久米正雄訳から大場建治訳までを見直していただきたいんですが、引用の最後の行です。原文はAnd follow thee my lord throughout the world.（拙訳では「世界じゅうどこへでもついて行く」）ですが、十二の翻訳のうちmy lordを「主人のあなた」「わしの殿御」「夫（あるいは良人）のあなた」などと訳出しているのは八例で、私の訳を含む四例にはありません。中野好夫、福田恆存、大山敏子の各氏がなぜお訳しにならなかったのか、また、小田島さんは八三年刊行の白水uブックス版ではこの行を「私はどこへなりともあなたのあとについて行きます」と改稿していらっしゃいますが、なぜmy lordを省かれたのか、その理由は分かりません。でも、私が訳さなかった理由は、自分のことだから分かります。素直に告白すると、恥ずかしながら訳せなかったんです。

——なぜですか？　たったひと言なのに。

そうよね、たったひと言なのに。先ほどバルコニー・シーンのこの台詞を取り上げたとき、thouのことを詳しくお話ししましたよね。ジュリエットがロミオにたいして使うthou, thy, theeは対等な親しさの表れである、と。ここを訳していた当初も、その後版を重ねて手を入れる機会があったときも、thouという二人称単数代名詞と、もともとは「ご主人、主君」という意味のmy lordという呼びかけとのズレた関係がどうしても摑《つか》めなくて、そのままにしてきてしまった。だってmy lordを連発するデズデモーナは、例外なくオセローにたいしてyouしか使っていませんし、夫を叱咤《しった》するときのマクベス夫人はthouを使うけれど、my lordと呼びかけるときはyouを使っている。それなのにジュリエットは……。私にジュリエットのこのmy lordが訳せなかったのはそのズレの理由が分からなかったから。おまけに、まだ十四歳にもならない女の子が、たぶんまだ十七、八歳くらいの男の子に向かってmy lordと言うのも解《げ》せなかったし……。

実は、この（二〇一〇年）六月に母校の東京女子大でシェイクスピア劇の翻訳について講演したんです。タイトルは「ページからステージへ」、副題は「翻訳作業が教えてくれるシェイクスピア」。ページとステージの往還によって戯曲の翻訳は完成するという趣旨の話をするつもりだったので、『オセロー』の稽古場での蒼井優さんのエピソードは実例としてぴったりだと思い、講演でもそのことにも触れようと、前の晩、ハンドアウトの原稿を読み直したり、話の組み立てを考えたりしていました。そのときにひらめいたの、「そうだ、あの my lord もこれだ」って。「あの my lord」っていうのは、もちろんバルコニー・シーンの my lord のこと。十四歳かそこらの女の子がやはりティーンエイジャーの男の子に向かって my lord とは、という疑問も氷解しました。そう、ロミオとの結婚に憧《あこが》れるジュリエットは大人たちの真似《まね》をして彼をそう呼びたかったに違いない。子供って、言葉遣いでもなんでも大人の真似をしたがる時期ってあるでしょう？　結婚して、ロミオを my lord と呼べる嬉《うれ》しさと高揚感、それが my lord にこもっている。むろん私のこの解釈が正解とは限りませんが、私のなかでは決まりっ！　次に『ロミオとジュリエット』が増刷になるときには、つまり第十二刷には「私の旦那様」を入れます。「世界じゅうどこへでも私の旦那様について行く」。ジュリエット、めちゃめちゃ可愛いと思いません？　こういう少女の心理を my lord ひと言に込めたシェイクスピアはやっぱり偉大です。

第五章　他愛もない喜劇の裏で――『恋の骨折り損』

『恋の骨折り損』（一五九四－九五）あらすじ

ナヴァールの若き国王ファーディナンドは宮廷を学問の園《アカデミー》とするべく、側近であり親友でもあるビローン、ロンガヴィル、デュメインとともに誓いをたてる。三年間女性を遠ざけようと。折りしも、フランス王女が三人の美しい侍女を連れ、両国間の借金返済に伴う領地返還の交渉にやって来る。誓いを立てた手前、ファーディナンドは彼女たちを宮廷に入れられず、御苑で接見することとなるが、国王と三人の側近は、王女と三人の侍女にそれぞれ恋してしまう。このナヴァールの宮廷には奇矯なスペイン人アーマードーが出入りしているが、彼が村娘へ宛《あ》てた恋文と、ビローンがフランス王女の侍女に宛てた恋文が誤配されたことから、国王と三人の側近全員がひそかに誓いを破っていたことが発覚。そこで四人は一計を案じ、モスクワ人に変装してフランス王女たちに近づく。だが四人の女性は仮面をつけて登場し、恋のお相手の取り違え騒動がもちあがる。そんな滑稽《こっけい》な騒ぎも一件落着した頃、フランス国王崩御の報が届き、フランス王女と侍女たちはそれぞれの求婚者に一年間の禁欲生活を誓わせたうえで、ナヴァールから去ってゆく。結婚というハッピーエンドはおあずけのまま、恋愛喜劇の幕が下りる。

恋と改宗と大虐殺《ぎゃくさつ》

――『恋の骨折り損』はナヴァール王国を舞台にしていて、ナヴァールの男たち（若き王ファーディナンドとその側近三人）と、フランスの女たち（王女とその侍女三人）の恋愛騒ぎです。松岡訳のちくま文庫の惹句《じゃっく》を借りれば「小気味よい恋愛劇」。ナヴァールというのは現在のフランスとスペインの国境付近に当時実在した王国ですが、劇の設定としてはむしろ架空の王国と考えた方がいいだろうし、そこで恋文が誤配されたり、ナヴァール王たちがどういうわけかモスクワ人に変装して女性たちに言い寄ったりするという、他愛もないと言えば他愛もない喜劇……

ではないんじゃないか、実は（笑）。というのが、今回のお話です。

そもそも、この『恋の骨折り損』に出てくるナヴァール王ファーディナンドという

アンリ四世

のは、シェイクスピアと同時代のフランス国王アンリ四世（一五五三〜一六一〇）をモデルにしています。彼は事実ナヴァール王だったのですが、ヴァロワ朝の断絶にともない、一五八九年にフランス王に即位し、ブルボン朝の開祖となりました。また実際に、劇の設定と同様、ナヴァールの都ネラクにアカデミーを作っている。で、このアンリ四世がとても興味深いのは、くるくる信仰を替えたこと。プロテスタントからカトリックへ、そしてまたプロテスタントへ、またまたカトリックへと。そのころのフランスは、カトリックとユグノー（フランスにおけるプロテスタント、カルヴァン派）が内戦状態になっていて、一五七二年には聖バルテルミーの虐殺というプロテスタントへの大弾圧が起きています。そんな国内情勢をアンリ四世がなんとか鎮静させる。当時のフランス国王としてはカトリックに改宗せざるを得なかったとしても、彼の改宗に継ぐ改宗はやはり悪名高いことだった。私が翻訳の底本にしたのは一番新しいアーデン第三版ですが、その編注者もそのことは認めています。だけど同時に、『恋の骨折り損』に政治的な含みはないと結論づけている。もちろん、これは喜劇だから、政治的・宗教的なことは表には出てこない。そもそも、そうしたことを書くこと自体が危ない。エリザベス一世を暗殺してスコットランドのメアリー・スチュアートを王位に就け、イングランドをカトリック教国にしようという陰謀が何度も起きていましたから。そのメアリー・スチュアートが処刑されたのは一五八七年、『恋の骨折り損』の執筆年の七、八年前です。宗教と政治は不可分な時代だから、そういうデリケートな問題は隠してはいるだろう。けれど、だからと言って一足飛びに、含みはないなんて言っちゃっていいのかな？　『恋の骨折り損』では、女性と交際しないという誓約に始まって、抵当であるアキテーヌの地は借金返済にともなって返すとか、愛の誓いとか、いくつもの誓約がある。それらを破るか破らないかが、ほとんど強迫観念のようにくり返し描かれる。その根っこには王たる者が宗旨替えしたこと、することに対する、批判とまでは言えないにしても、そういうことをやってる人を本当に信用していいのかという気持ちが込められていなかったか？　むしろそんな思いがあったからこそ、結婚が先延ばしになるという、シェイクスピア喜劇としては異例の結末が書かれたのではないか？　一見「他愛もない喜劇」の裏には実は政治的・宗教的な含意が秘められているのではないか？

という疑問を持ったところで、参考までにと、クリストファー・マーロウの『パリの大虐殺』を、学生時代以来何十年ぶりかで読んでみました。聖バルテルミーの虐殺を題材にして、当時の宗教戦争下にあるフランスを描いた戯曲です。登場人物も実在の人が主になっていて、ちょっと実録ふうというかジャーナリスティックなところがあります。

——現代でいうと、デイヴィッド・ヘアーが、ブッシュ大統領はじめ実在の政治家を登場させて、イラク戦争にいたる道筋を描いた『スタッフ・ハプンズ』みたいな感じ？

そうね。その『パリの大虐殺』は、アンリ四世とマルグリットの婚礼から始まります。マルグリットは『恋の骨折り損』のフランス王女のモデルです。聖バルテルミーの虐殺が起き、アンリの母ジャンヌ・ダルブレが死ぬ。これは史実の時期から前倒しにしてありますが、ちょっとびっくりしちゃうのは、マルグリットの母親、つまりアンリの姑《しゅうとめ》カトリーヌ・ド・メディシスが、おかかえの調香師にアンリのお母さんの毒殺命令を出したことにしている。この毒殺説は、アレクサンドル・デュマの小説『王妃マルゴ』（一八四五）でも採用されているくらいで、伝説としてはいまなお流布《るふ》している。『パリの大虐殺』では、アンリ三世が暗殺者に襲われて、そのいまわの際《きわ》の指名で、ナヴァール王がアンリ四世としてフランス国王に即位するまでが描かれているのですが、そこには、『恋の骨折り損』の登場人物のうち、ナヴァール王だけじゃなくて、側近のデュメインまで出てきちゃう。

——それは本人として出てくる？　その名前のままで。

そう、本人として。ナヴァール王とか、デュメイン公爵《こうしゃく》とか、ギーズ公爵とか。だから、そのへんの名は、当時イングランドでもけっこう有名だったんじゃないかと思うわけです。ロンガヴィルも実在の人物だし、ビローンのモデルはビロン公爵です。後年、ジョージ・チャップマンという劇作家が『ビュシー・ダンボワ』（一六〇四年ごろ）という戯曲を書くんですけど、ダンボワっていうのは、アンリ四世の妃《きさき》マルグリットの愛人の一人だった。もっとあとの一六〇八年ですが、チャップマンは『ビロン（バイロンとも読む）の陰謀と悲劇（*The Conspiracy and Tragedy of Byron*）』という二部作も書いています。そのくらい、政治や宗教がらみのものを含めたフランスの事情が、イングランドでは即芝居に仕組まれるという、全体的な状況があった。そう考えると、『恋の骨折り損』の三人の側近の名も、偶然選ばれたというものではないと思うの。

——『恋の骨折り損』に出てくる側近は、『パリの大虐殺』ではどういう役割なんですか？

立場の微妙な人もいるんですが、はっきりしていて一番出番が多いのはデュメインです。カトリックの「神聖同盟《リーグ》」の首魁《しゅかい》ギーズ公爵の弟です。

——じゃあ、まだプロテスタントだったナヴァール王とは完全な敵対関係ですね。

終始、ギーズ公と行動をともにしますからね。「異端者と思われる者を全員殺せ」とギーズに命じられて、「誓って殺します」「慈悲のかけらも見せません」なんて言っている。

——それは凄《すご》い。

ただ、この『パリの大虐殺』はいわゆる大作ではないし、細かいシーンがつながった、幕割もないような作品で、マーロウのなかではスケッチふうなものとして、学者や評論家のあいだでは従来わりと簡単に片づけられてきた。もっとも、それには別の大きな理由もある。このころの戯曲出版の形は一番大きいのが二つ折り本（フォリオ）、それをもうひと回り小さくしたのが四つ折り本（クオート）、さらにそれより小さい版が八つ折り本（オクテーヴォ）。『パリの大虐殺』は、そのオクテーヴォで出ている。それが、明らかにマーロウの自筆原稿から起こしたものではないし、上演台本でもない。おそらく記憶による再構成だろうと言われています。どういう経緯で再構成されたかは分かっていないけど、何人かの俳優が記憶を持ち寄って、それを版元が編集して出したのだろうと推測されている。その点、マーロウのオーセンティシティが弱いというのかな。作品に対する低い評価にはそういう事情も働いている。

——シェイクスピアにも四つ折り本で出されたのがありますよね？『ロミオとジュリエット』『ハムレットQ1（第一クオート版）』『リチャード三世』なんかはそうですね。だけど、みんな後に二つ折り本の全集に入ってるでしょう。だから、不良四つ折り本（バッドクオート）として出たものでも、シェイクスピアの劇団仲間のヘンリー・コンデルとジョン・ヘミングが、二つ折り本の全集をシェイクスピア没後七年目の一六二三年に編集・出版するときに、あらためて目を通して、自分たちが上演したものとズレがないよう手を入れた。少なくとも序文ではそういう趣旨のことを謳《うた》っています。『パリの大虐殺』には、それがない。『パリの大虐殺』が記憶による再構成だろうと言われている根拠として、マーロウの他の作品、たとえば『エドワード二世』と同じ台詞《せりふ》が出てくるとか、それどころかシェイクスピアの『ヘンリー六世』の台詞が出てくるとか、その種のおそらく、俳優の記憶違いだろうものが混入している。そういうこともあって、評価が低い。

——だけど、それはあくまでも、文学的な評価ですね。

そうです。だから私がここで問題にしたいのは、この作品の質がいいとか悪いとか、マーロウの自筆原稿がどうのこうのではない。『パリの大虐殺』はアンリ三世～四世当時のフランスの政治的・宗教的な混迷を描いている。こうした内容の作品が、こういう時期にロンドンで人気を博し、その直後にシェイクスピアはアンリ四世をモデルにして『恋の骨折り損』を書いた。だとしたら、この二つの作品を関連づけないのはおかしいでしょうということですね。

――「こういう時期」というと?

そこが肝心な点です。詳しく見てみましょう。

一五九三年と九四年に何があったのか

まず、史実をざっと年表にまとめました。

一五七二年　八月十八日にプロテスタントのアンリ、カトリックのマルグリットと結婚。同二四日、聖バルテルミーの虐殺。アンリはパリに拘禁状態。

一五七八年　マルグリット、アンリのいるネラクを訪れる（アンリは七六年にパリ宮廷を抜け出している）。『恋の骨折り損』で王女がナヴァールを訪れるモデルとなる史実。

一五八二年　エリザベス一世の最後の公式求婚者となる、フランスのアランソン公（フランス王シャルル九世の末弟）が訪英。
一五八四年　アランソン公没。アンリがフランスの王位継承第一位になる。
一五八七年　スコットランド女王メアリー・スチュアート処刑。
一五八八年　スペインの無敵艦隊、イングランド軍に敗北。
一五八九年　八月、アンリ三世暗殺。ナヴァール王アンリがフランス王アンリ四世として即位。
一五九一年　八月、エリザベス女王の寵臣《ちょうしん》エセックス伯が四〇〇〇の軍勢を率いてフランスのディエップに上陸。アンリの率いるプロテスタント軍による対スペイン戦の援軍として。
一五九二年　一月、クリストファー・マーロウがオランダのフリシンゲンで偽金《にせがね》作りに加担し、逮捕・強制送還される。この年六月から九四年春までペスト大流行、劇場閉鎖。
一五九三年　一月、マーロウの『パリの大虐殺』ローズ座にて初演。五月三〇日、マーロウ殺害される。七月二五日、アンリ四世がサン・ドニ大聖堂にてプロテスタント棄教の儀式を行なう。

一五九四年　二月二七日、アンリ四世、シャルトル大聖堂にてカトリックの聖別式。六月から九月にかけて『パリの大虐殺』が頻繁に上演される。この年、もしくは翌九五年に『恋の骨折り損』初演。

一五九八年　ナントの王令発布。フランス宗教戦争が一応の平定を見る。

一六一〇年　アンリ四世暗殺。

問題は一五九三年と九四年です。九三年五月にマーロウは刺殺されます。酒場の勘定を巡るいざこざがもとだと言われていますが、どうもそんな単純な話ではなさそう。その前年の初めにオランダのフリシンゲンに行っていて、偽金作りに加担している。マーロウには、当時のイギリスの国務大臣ウォルシンガムの手下だったという、スパイ説が学界でも優勢で、たとえばチャールズ・ニコル著の『勘定書き（*The Reckoning*）』（一九九二）を読むと、マーロウ＝スパイ説を全面的に信じたくなります。それを強化するような材料でも、ニコルは慎重に吟味してガセと断じていますからね。それは、『カルタゴの女王ダイドー』と『パリの大虐殺』を収めた Revels Plays 版（一九六八）の序説に書かれていること。九二年初頭に「この芝居の劇作家マーロウであったことも充分考えられるマーリンという男が、手紙をルーアンからディエップへ、そ

謎めいた劇作家クリストファー・マーロウ

してディエップからロンドンへ書いてきた」とある。ニコルによると、このマーリンはマーロウとは別人だそうです。でも、九二年一月に彼がオランダのフリシンゲンにいたのは確か。ここはイングランド人カトリックの拠点であるランスに近い。レヴェルズ・プレイズ版の編著者も言っているように、マーロウは、聖バルテルミーの虐殺を見たか関わった人たちとじかに話したかもしれない。ひとつ芝居にしてやろうかと思っても不思議じゃない。『パリの大虐殺』に出てくる、調香師が毒の染《し》み込んだ手袋を使ってアンリ四世の母を暗殺するといったディテールは、怪しいとか間違いだとか言われながらも、いまも噂《うわさ》や伝説としては残っている。この調香師も実在の人物がモデルです。

――スパイがその活動に付随して文学的成果をあげるのは、サマセット・モームしかり、グレアム・グリーンしかり、イアン・フレミングなんかも含めて、脈々と続くイギリスの伝統ですから（笑）。その上流にマーロウがいたって不思議ではない。

確実なのは、そして注目していただきたいのは、九四年の夏に再演された『パリの大虐殺』が上演回数を重ねていることです。当時の劇場は、日替わりで演目が替わっていたんだけど、六月十九日を皮切りに約三ヶ月の短い間に十回。年頭の一回を含めると十一回も上演されている。これは『ヘンズロウの日記』でカウントした数です。フィリップ・ヘンズロウというのは海軍大臣一座を持っていた興行師で、克明な日誌をつけていました。一五九二年六月から九四年春までペストによる劇場閉鎖があったから、この上演回数の多さから推して、劇場再開後の人気演目だったと考えられる。念のために、同じように『ヘンズロウの日記』で、その前年九三年の、マーロウ作品の上演回数を調べてみると、『マルタ島のユダヤ人』（八六年初演）が四回、『タンバレン大王』（八七年初演）が一回。一年間でたったこれだけです。この九三年は、五月三〇日にマーロウがセンセーショナルに殺されました。

問題の九四年は、アンリ四世の聖別式が二月に執り行われている。前年のプロテスタント棄教を受けて、正式に王権をカトリック教会に認めてもらったわけです。そして、この年の六月から九月にかけて『パリの大虐殺』が集中して何度も上演されている。他のマーロウ作品は、『マルタ島のユダヤ人』こそ年間を通じてコンスタントに計十三回も上演されているけれど、『タンバレン大王』や『フォースタス博士』（一五九二年初演）は、『パリの大虐殺』と入れ替わるようにして、九月以降に上演が増えてくる。これは偶然とは考えにくい。『パリの大虐殺』が集中的に再演された背景に、フランス国王のカトリックへの改宗に対するイングランド人の時事的な関心の高まりがあった、そう考えるほうが自然ではないでしょうか。

――なるほど。『恋の骨折り損』には、フランス宮廷の知識があれば、つまり主要登場人物のモデルについての知識があれば、楽しみ方が広がるという面がある。しかし、当時のロンドンの観客の皆が皆、そうした知識があるとは限らないように、一見思われる。だけど、今日のジャーナリズムに相当するものとしてマーロウの『パリの大虐殺』があり、観客も呼んでいた。となると、一部の知識人や貴族向けとは限らないわけですね。

『パリの大虐殺』が一五九三年の年頭にローズ座で初演されたのは、ヘンズロウの記録にはっきり残っている。一方、『恋の骨折り損』は一五九四年か九五年の執筆と言われていて、いまの学説では九四年寄りになっている。私が本当に分からないのは、ナヴァール王の宗旨替えがイングランドで悪名高かったということを、ここまで編注者が言っているにもかかわらず、『パリの大虐殺』との関係がなぜ問題にされないのか？『パリの大虐殺』のデュメインは、カトリック側の首魁ギーズ公が死んだあとも、アンリに復讐《ふくしゅう》することを誓うんだけど、舞台では最後まで死なないで、その後どうなっていくか分からない。登場するカトリックのリーグのメンバーで死なないのは、この人だけ。それを、シェイクスピアは『恋の骨折り損』でナヴァール王の側近に持って来た。『パリの大虐殺』を観《み》たロンドンのお客は、史実のデュメインの立場を知ってるわけですよ。だから「えっ？」と思って、面白がったに違いない。一方、ロンガヴィルはナヴァール王アンリの伯父さんであるポンデ公の義弟にあたる。もともとナヴァール王に近い人間だった。そこに、反アンリの頭目デュメインを混ぜたという人物配置ね。

——つまり、清水一学が大石内蔵助の側近にいるようなもんですね？　それで、女についてふたりで悩んでる……そう考えると、相当、奇妙な芝居ですね。

そうです。だから、たまたま小耳にはさんだ名前を使ったなんてことじゃない。だって、マーロウの芝居を、シェイクスピアが観てないわけがない。場合によっては、原稿だって読んだかもしれない。……だからといって、彼らが、『恋の骨折り損』でしゃべっていることは、ほんとに、他愛ないことなんですけどね（笑）。

もうひとつ、『パリの大虐殺』の最後で、アンリ三世は暗殺者の手にかかって虫の息になる。そこでナヴァール王を次のフランスの王様に指名する。アンリ三世の末期《まつご》の言葉の結びの三行はこうです、「私は死ぬ、ナヴァール、さあ私を霊廟《れいびょう》へ運んでくれ、イングランドの女王には私の名においてご挨拶《あいさつ》申し上げ、ヘンリー（＝アンリ四世）は彼女の忠実な友として死ぬと伝えるように」。それを受けたナヴァール王は、アンリ三世の死の復讐を誓います。「ローマおよびカトリックの高位聖職者全員に、ナヴァールが王としてフランスを支配した時代を呪《のろ》わせてやる」と言って。このエンディングはすごく大事だと思うのね。だって、プロテスタントの頭目として描かれたナヴァール王がフランス王になり、同じプロテスタントの君主同士ということで、エリザベス一世のイングランドとフランス両国の絆《きずな》は強固になるという終わり方なんだから。したがって、アンリ四世がフランスの王位に就いてカトリックになりましたというのは、イングランド人から見れば変節以外の何ものでもない。まさにそのときに『パリの大虐殺』という芝居をかけるのは、イングランドの上から下までに、強いインパクトを与えたと思う。その夏の『パリの大虐殺』の度重なる上演は、ロンドンの観客に、アンリ四世はああ言っていたのに裏切ったと思わせたんじゃないか。

喜劇の国際政治的背景

――『パリの大虐殺』が『恋の骨折り損』を理解するにあたって、無視できない作品ではないかということはよく分かりました。他にも何か、細部で気になるところはありますか？

『恋の骨折り損』では、貴族たちが突然モスクワ人に変装するでしょう。『恋の骨折り損』を論じるどんな注釈書でも、なぜ突然モスクワ人なのかという問題は出てくる。アーデンの第三版の序説では、フランセス・イエイツの指摘を引用して、宮廷詩人で軍人でもあったサー・フィリップ・シドニー作のソネット集『アストロフェルとステラ』のなかで、恋に打ちひしがれたアストロフェルが自分をモスクワ人になぞらえているという例を挙げています。だけど、『パリの大虐殺』でもモスクワ人が言及されているんです。当時のヨーロッパの状況を説明するようなアンジュー公――のちのアンリ三世ですが――の台詞。ポーランドの貴族たちに向かって「キリスト教諸国内の最大の戦争、つまり、モスクワ人を相手取った戦争だ」と言っています。

話は横道に逸《そ》れますが、キャサリン・ダンカン＝ジョーンズ著の『廷臣詩人サー・

フィリップ・シドニー』（九州大学出版会）によると、シドニーは、エリザベス女王とアランソン公との結婚の交渉使節団の一員として一五七二年にフランスに渡り、聖バルテルミーの虐殺に遭遇しています。エリザベス女王のスパイ・マスターだったフランシス・ウォルシンガムが当時の駐仏大使で、シドニーは大使官邸で難を逃れたんですって。

――そのころのロシアといえば、イワン雷帝没後の混乱期。ポーランド、正確にはリトアニア大公国およびその同君連合とのリヴォニア戦争（現在のラトビア付近を奪い合った）が、終わったあたりですね。ただ、このころのポーランドは分割される前で、人種的にも宗教的にも複雑だったらしいです。ほんのわずかな期間、アンリ三世もポーランド国王に選ばれましたが、お兄さんのシャルル九世が死んで、フランス国王になるために夜逃げしちゃったらしい。ロシアと西欧の関係はどうだったんでしょうね？　イギリスとロシアの関係は通商があったから良好だったというのが、教科書的な見方ですが。

でも、『パリの大虐殺』の台詞では敵対関係ですね。キリスト教国という境界の内での、モスクワに対する戦争。ロシア正教会ですから。それと、「その外ではトルコ人に対する戦争」と言っている。

——そのふたつの国は、和解というか、政略結婚のありえない敵ということですか。イギリスにしてもフランスにしても、スペインやドイツ、オーストリアにしても、戦争をやる一方で、互いにいつ味方になるか、そこの王様になるか分からない国同士ですよね。その典型例がハプスブルグですが。

カトリックであろうがプロテスタントであろうが、根っこは同じと。だけど、ロシア正教というのは別なのかな……。

——ましてイスラムとは（笑）。いまだに、なぜトルコまでEUに入れるんだって感覚がありますもんね。

それから、『パリの大虐殺』で何度も言われてるのは、フランスのカトリック勢力がスペインと手を結ぼうとしていること、それに対して、ナヴァールとイングランドとで、スペインとローマ・カトリックに対抗しようということ。これは、当時のイングランドの上層部から庶民まで共有してた感覚じゃないかしら。ナヴァールのアンリがスペインと戦っているときに、イングランドは援軍を出します。援軍の将は、まだ女王の寵愛を失っていないエセックス伯爵ですからね。エリザベスがどれだけナヴァールのバックアップに力を入れていたかが分かる。エリザベスはナヴァール王時代のアンリに求婚したこともあるわけだし。ちなみにエセックスはこのとき、コンピエーニュに陣を張ったナヴァール王を表敬訪問しています。ラッパ手や小姓、騎兵一〇〇名だとかを引き連れ、美々しく盛装して。だから、そんなナヴァール王がプロテスタントからカトリックに改宗したことは、それだけスペインの脅威が大きくなるということに直結する。『恋の骨折り損』で、アーマードー（この名前は当然ながら無敵艦隊アルマダを連想させますが）があれだけ揶揄《やゆ》される背景には、そういう実際のスペインの影がある。

――そのころのスペインがいかに強かったかということですね。たしかに、トレヴェリアンの『イギリス史』でも、カトリック信者だったメアリーの時代のイングランドを、スペインの属国だと言っているんです。だから、このころのイングランドとスペインでは、圧倒的にスペインが強い。

アルマダをやっつけたのだって、神風みたいなものでしょう？

――そのこともトレヴェリアンが詳しく書いていますが、アルマダというのは、船乗りプラス陸軍だったと。地中海でトルコを破ったレパントの海戦なんかは、それでいけるんだけど、大西洋での海戦だと、それではやれない。一方、イングランドの海軍は、もちろん貴族の兵隊と海員とがいるけれども、ドレイクが貴賤《きせん》を区別せずに訓練組織した。そうすると、いつのまにか貴族が同時に海員になっちゃった。ただ、当時、スペインは地理的にはネーデルラントを押さえていて、そこを拠点にアルマダで上陸されることを、イングランドは常に恐れているわけです。いつでも本土攻撃がありうる。アルマダが恐れられていたのは、そういう点らしいですね。それから、フランスについての当時の感覚というのも、私たちには分かりづらくないですか？

シャルル九世の一番下の弟アランソン公が、エリザベス一世のお婿《むこ》さんになりたがって、せっせとアプローチしてたくらいだから、当時のイングランドとフランスは政治的にも宗教的にもすごく絡《から》み合っている。アランソン公がイングランドを訪問したときの歓迎行事は、それはそれは盛大なもので、馬上槍《やり》試合にはアランソン自身もフィリップ・シドニーも出場したそうです。

——当時のフランスといえば、つい二〇〇年くらい前までは自分の国の一部だったわけじゃないですか。だから、近しいというのか、ちょっと特殊な感情があるんじゃないですかね。

ああ……それだと……シェイクスピアが『恋の骨折り損』の前に『ヘンリー六世』三部作を書いていて、両者の執筆時期が近いということが、すごく関わってくるかもしれない。間にペストによる劇場閉鎖があるから、二年くらい経《た》ってますけど。シェイクスピアはこの三部作のうち第一部を最後に書いてる。第一部は、フランスで起こる出来事の方が多いからね。そもそもノルマン公ウィリアムはギヨーム・ド・ノルマンディだし、ヘンリー二世だってアンリ・ド・プランタジュネで、みんなフランス人ですものね。

——フランス人とか、フランスから帰化したイギリス人の名前って、イギリスではどう発音されるんですか。英語の読み方になるんですか？

基本的に英語読みでしょうね。『パリの大虐殺』にも、マイエンヌ公爵（Duke of Mayenne　フランス語では Duc de Mayenne）ではなくて、デュメイン公爵（Duke Dumaine）で出てくる。アンリは「ヘンリー」だし。

——観客はイギリス人ですしね。へんにフランス語ふうにするとキザな感じを与えかねない。

そうですよ。フランス読みとかフランス訛《なま》りでやると、それは必ず、いま私たちが「おフランス」っていうような感じになったでしょう。

——『恋の骨折り損』でも、『ウィンザーの陽気な女房たち』でも、フランス訛りは笑いの対象ですものね。それとですね。たぶん、ロンドンにフランス人はたくさんいたと思うんですよ。とくにユグノーは。逃げてきてるはずだから。で、劇場のなかにもフランス人はいたかもしれないし、フランス人と日常的に接していた観客は、もっといたと思うんですよ。だからこそ、シェイクスピアは、こういう芝居を書けばウケると思ったんだろうし……。

どうなんだろう？　ロンドンのフランス人。さっき言った『勘定書き（*The Reckoning*）』には、一五九三年のロンドンの「外国人は四三〇〇人、全人口の二パーセント」と書いてありますが、そのうちフランス人はとなると、うーん。

――もちろん、ユグノーが一斉に逃げ出すのはナントの王令が廃止になったときですが、聖バルテルミーの虐殺なんてことが起きているわけだから、それまでに逃げ出した人がいないとは思えない。で、『ウィンザーの陽気な女房たち』にフランス人が出てきましたよね。バカにされるお医者さん。あの人は……ユグノーなんじゃないか（笑）。

うわ（笑）。面白い。たしかにキーズ医師は、あれだけウィンザーのコミュニティに溶け込んでいるんだからプロテスタントに違いない。

――ま、ユグノーだというのは、半ばウケ狙《ねら》いですが（笑）、でも、フランス人が、いないはずがない。だいたい、イングランドには外国人は、あたりまえに入ってますものね。羊毛業の技術者はドイツ人が多かったらしいし、のちにロイヤルバンクになる金融業もドイツ方面から来たんでしょう。

エリザベス一世の侍医はロデリゴ・ロペスというポルトガル系ユダヤ人だしね。

——『ウィンザーの陽気な女房たち』では、ウェールズ人とフランス人が同等にからかわれていたんだから、ロンドンでウェールズ人が珍しくないくらいには、フランス人も珍しくなかったんじゃないでしょうか。

お客さんにもフランス訛りだってことが分かったんですものね。……えーっ、ロンドンのフランス人って……『恋の骨折り損』が、コンテンポラリーな問題を迂回《うかい》しながら取り上げた作品として見るべきだという思いが、ますます強くなってくる。


王様を信じていいの？

——プロテスタント移民がイギリスの経済活動にもたらした影響について研究している、須永隆という学者の論文を、いくつか拾ってみました。そのうちの「ロンドンにおけるプロテスタント亡命者社会の形成と移民政策の展開」に人口のデータが出ていますが、ご覧になりますか？　十六世紀末のロンドンの外国人人口として三・六九パーセントという推定値がありました。総人口は資料によってまちまちですが、おおむね総人口十数万人のところにおよそ四〇〇〇人の外国人がいた。比較のために調べたところ、現在、東京都に外国人が約四〇万人いるそうです。東京都の人口が約一三〇〇万なので、三パーセントです。データはロンドンのものだから、おおざっぱに山手線の内側くらいの範囲と考えていいでしょう。ただし、圧倒的に職人と商人が多いですね。ということは、プロテスタントが大半だろうから、お芝居は観てなかったんじゃないか（笑）。

いろいろ、分かるものなのね。こっちの「エリザベス期イギリスにおけるプロテスタント亡命者の各都市定住」という論文には、地図もついてる。あ、ブラバントってこういうところなんだ。

——ブラバントですか？　ブラバント公国となってますね。

ナヴァール王たちと王女たちが初めて出会う場面で、ビローンがロザラインに「いつかブラバントで一緒に踊らなかった？」って訊《き》くのよね。アーデン第三版の脚注には「Low Countries（低地地方）」とある。

——低地ですか。英語でオランダを指すNetherlandsも、「低い土地」が元の意味ですよね。ただ、このころの感覚でいうと、現在のオランダという国よりも広い地域、ハプスブルグ治下の、いまで言えばベネルクスになるんでしょうかね。

そのなかの一公国。

そうか。いま気がついたんだけど、普通、「埼玉県で踊らなかった?」なんて言わないでしょう。「大宮で踊らなかった?」とか、もっと狭い範囲の地名が来るんじゃない? へんな地名の使い方。で、ブラバントってどんな地域かというと、さっきの論文に載ってる地図でもプロテスタントが多い地域にされてたように、プロテスタントの本拠地なの。そうなると、そこで踊ったことがなかったかと尋ねる台詞には、含みが出てくるんじゃないか。

――しかも、このロザラインの返事の仕方は、ブラバントで踊っていたことを、あまり聞かれたくないようにも読めますしね。

そう。ビローンが「うん、確かに踊った」と言うと、「じゃあお訊きになる必要はないでしょう?」と切り返しているし。ジョナサン・ベイト著の『時代の魂(*Soul of the Age*)』で知ったのですが、ビローンのモデルのビロン公爵は、一五九一年、エセックス伯の率いるイングランド軍がナヴァール王の援軍としてスペイン軍と戦ったルーアン包囲戦ではナヴァール王の元帥《げんすい》だった。当然ビロンもプロテスタントですよね。そんなビロンを下敷きにしたビローンが、カトリックであるに違いないロザラインと一緒に、プロテスタントの本拠地域である「ブラバントで踊った」、か。うーん、面白い。やっぱり何かある。それにしても、王が改宗するとその側近も改宗したのかしら。その気になって探せば、政治的・宗教的な含みはもっと隠れているのかな。

（ふたり、ちくま文庫『恋の骨折り損』を読み直し始める）

――四幕一場。「ああ、美にまで異端がはびこっている。いまのご時世にふさわしい！」王女の台詞です。それと、その次の「きたない手でもお金をあげればきれいだと褒められるのだから」。このあたりは、もう、フランス王女の台詞とはいえ、当時のイングランドの話でしょうね。そういえば、イギリスの不思議なところは、異端として弾圧された人が、プロテスタントとカトリックの両方にいるんですよね。

そう。上が代わると。

――だから「異端」とだけ言われても、どっちを指してるのか分からない（笑）。

そう、そう。……あ、でも、王女がカトリックというのは、はっきり表明してる。四七頁《ページ》。二幕一場で「聖母マリア」と言っている。……結局、一方に『パリの大虐殺』を置いてみて、しかもそれが、アンリ四世のカトリック聖別式から半年のあいだに十一回も再演されているとなると、『恋の骨折り損』は絶対にそれを意識して書かれていると思えてくる。一種の喜劇的返歌ですよね。それで改めて『恋の骨折り損』

を読むと、ポイントは、昨日の敵は今日の友、昨日の友は今日の敵。何しろ、史実と『パリの大虐殺』ではナヴァール王の不倶戴天《ふぐたいてん》の敵だったデュメインが、『恋の骨折り損』では王の側近ですからね――そういう王様を信じていいの？　ということになる。他愛のない恋愛喜劇では決してない。戯曲自体が同時代の政治状況や宗教状況をヴィヴィッドに反映している。史実を拝借してるところもあるしね。そもそも、ナヴァール王がアカデミーを作るところからしてそうだから。パリから逃げてきたアンリがネラクを文化的に華やかな都にするんです。『恋の骨折り損』では、ナヴァール王ファーディナンドの主導で宮廷にアカデミーを作るとなっているけれど、史実では、文化的な教養はマルグリットの方がずっと上だったの。アカデミーともサロンとも言えるものの中心はマルグリットでした。シェイクスピアも、実際は王妃が相当の教養のある人だったということを知ってたんじゃないかな。それと、史実では、マルグリットがアンリと結婚したあとで、アンリがネラクに戻っちゃうから、別居することになるわけでしょ。そのネラクに、彼女が結婚の際の持参金の清算をするために来たときの状況を……

――あ、史実でも、持参金の清算をするために来てるんですか！

そうなんです。一五七八年の春、マルグリットの母カトリーヌ・ド・メディシスも一緒に来て、「まだ払われていない娘の持参金の清算をアンリに約束していた」、フランソワ・バイルー著の『アンリ四世　自由を求めた王』（新評論）にそうあります。シェイクスピアは、史実ではすでに結婚しているふたりを独身のままにして、さらに、持参金を父王の借金に変えている。だから、相当事情を知っていて、だけど、それを部分的に変えているんですね。『恋の骨折り損』の「訳者あとがき」にも書いたけど、フランス王女の頭書きが、Princess じゃなくて Queen になってたりするんですよ。劇中では王妃でもなければ女王でもないんだから、頭書きは Princess でなければいけない。でも、現実のマルグリットが Queen なものだから、つい Queen と書いちゃった。

たしかに『恋の骨折り損』は政治的でも宗教的でもない喜劇だけれど、その喜劇が拠《よ》って立つところ、そして観客にもピンときて笑いや批判が増幅されたであろう背景、つまりこの作品の裏にぴたっと貼《は》りついているのは、やっぱり当時の政治的・宗教的状況なんじゃない？　そこを抜きにして『恋の骨折り損』を語ることはできないんじゃないかな。

——シェイクスピアは彼らの同時代人、だったというわけですね。

第六章　日本語訳を英訳すると……――『夏の夜の夢』

『夏の夜の夢』（一五九五 ‐ 九六）あらすじ

アテネの公爵《こうしゃく》シーシアスはアマゾンの女王ヒポリタとの結婚式を数日後に控えている。そこに貴族イジーアスが訴え出る。娘ハーミアが親の決めた相手、ディミートリアスとの結婚を拒んでいるので裁いてくれ、と。死刑か修道院入りとの宣告を受けた彼女は恋人ライサンダーと駆け落ちを決意し、二人は森へ向かう。それを知ったハーミアの幼馴染《おさななじみ》ヘレナは、かつて婚約までしていたディミートリアスに伝える。かくして四人の男女は夜の森に入って行くのだが、そこでは機屋《はた》のボトムら六人の職人が公爵の結婚披露宴で芝居を上演すべく稽古《けいこ》に励んでいる。その森には妖精《ようせい》たちが棲《す》んでおり、妖精の王オーベロンはパックに命じ、夫婦喧嘩《げんか》の腹いせに、女王ティターニアに魔法の媚薬《びやく》を使う。ティターニアはロバ頭と化したボトムに一目惚《ひとめぼ》れ。加えてパックの勘違いと悪戯心《いたずら》から、恋の相手の取り違え騒動がもちあがる。ライサンダーとディミートリアスは二人ともヘレナに夢中になってしまうのだ。が、やがてオーベロンが妻と和解して魔法を解き、ハーミアとライサンダーは元の鞘《さや》におさまり、ヘレナの想《おも》いもディミートリアスに届く。シーシアスとヒポリタ、そして恋人たちの挙式の夜、職人たちの「爆笑悲劇」が上演され、オーベロンは三組の新婚カップルを祝福。パックの「たわいない物語は根も葉もない束《つか》の間《ま》の夢」という観客への口上で幕となる。

シェイクスピアとの出会い

――そもそも松岡さんがシェイクスピアと初めて出会ったのはいつ頃のことですか？

大学二年生のとき。一九六一年に東京女子大に入学したんですが、二年生で英文科に進んだので、ならばシェイクスピアの一作でも原文で読まなきゃという殊勝な気を起こして、シェイクスピア研究会というサークルをのぞいてみたんです。でも、あまりに難しそうなのであっという間にやめちゃった。それからはフランス語もやってみたいとか、車の運転を覚えたいとか、絵も描きたいとか、ふらふらしていた。そうしたら二年生の秋だったかな、シェイ研の先輩たちにキャンパスで呼びとめられて、ぐるっと取り囲まれて、「来年の新入生歓迎の公演で『夏の夜の夢』をやるんだけど、前野さん、あなたボトムやってちょうだい」と言われた。先輩たちは、顔を出しただ

学生演劇でボトムを演じた著者

けで消えちゃった私のことを憶《おぼ》えてたんですね。で、たぶん部員不足だから「あの子を使おう」と。そのときは『夏の夜の夢』なんて読んだこともなかったから、ボトムがどんな役かも知らなかったの。だけど、「ボトムって何ですか」ときくのも恥ずかしいから、「あ、はい、やります」と答えて、家に帰って翻訳を読んでビックリ。ご存じのとおりボトムは男で三枚目、職業は機屋《はた》で、あまり教養はないし、三幕ではロバ頭の化け物に変えられてしまう。私だって花も恥らう二〇歳前の乙女だったから（笑）、もう嫌で嫌で。稽古《けいこ》中にはフイちゃうし、先輩たちはずいぶんハラハラしたらしい。ところがいざ舞台に立つと、受けたんですね、私のボトムが。客席からちゃんと笑いが来た。なんかそれで、思っちゃったのよね、芝居をやりたいって。で、三年になって戯曲の講義を取った。

――それはシェイクスピアですか？

ではなくて、二〇世紀の英米の戯曲。のちに私にとっては恩師になる、クレア・リー・コールグローヴ先生の特別講義でした。アイルランドのJ・M・シングやショーン・オケイシーに始まって、アイルランド出身だけどイングランドで活躍したオスカー・ワイルドやバーナード・ショウに行って、英国のジョン・オズボーンの『怒りをこめてふりかえれ』（一九五六）あたりまで読んだ。後期はアメリカに飛んで、ユージン・オニールやアーサー・ミラー、テネシー・ウィリアムズ、それから当時最先端だったジャック・ゲルバーのジャズ演劇まで、各作家ほぼ二作ずつ。ハーマン・ウォークの『ケイン号の叛乱《はんらん》』も読みました。これらを一年間で、すべて原書で読む。それと並行して、アリストテレスの『詩学』、ベルクソンの『笑い』、フランシス・ファーガソンの『演劇の理念』も読まなくてはいけない。しかも授業自体がすべて英語。いま考えると、大学院並みの講義だったと思います。この特講で私はテネシー・ウィリアムズにハマって、卒論のテーマもウィリアムズにして、もうとにかく芝居に関わって生きてゆきたいと思っていました。

——それで親御さんに内緒で試験を受けて、卒業後に劇団雲の研究生になるわけですね。

そのきっかけが、またしても『夏の夜の夢』だった。ちょうど文学座の分裂騒動があった直後で、中堅や若手の劇団員がごそっと退団して、芥川比呂志と福田恆存が中心になって一九六三年に雲を立ち上げた。その旗揚げ公演が『夏の夜の夢』で、舞台を観《み》たらおもしろかったの。それで六五年に雲の研究生になりました。その年は文学座も俳優座も民藝《みんげい》も新しい研究生を採らなかったんです。アングラに触れた人なら自分で劇団を作っちゃったでしょうけど、そこまでススンでない私には、どこかの劇団に入ろうという発想しかなかった。で、雲は旗揚げしたばかりで人があまりいないから、演出部の研究生募集があった。いまでは私も、演出部というものが腰にガチ袋ぶら下げた裏方だってこと知ってますが、当時は「演出部」なんだから「演出」の研究生なんだろうと勘違いした。このとき一緒に試験を受けた勘違い女が何人かいて、それが大橋也寸《やす》（のちに演出家となり近畿大教授となる）、永井多恵子（のちにNHK副会長となる）、柄谷真佐子（旧姓・原、柄谷行人と結婚、のちに作家・冥王まさ子となる）。柄谷さんは面接で芥川さんと福田さん相手に喧嘩《けんか》しちゃったらしくて、結局入団しなかった。劇団側は勘違い女にも使い道がありそうだと思ったんでしょうね、「文芸部」というのをでっち上げ（笑）――というのは私の推測ですが――、大橋さんも永井さんもその研究生になりました。

――松岡さんはどのくらい在籍していたんですか？

二年弱。その間、演出助手もやったんですよ。福田さん演出のドストエフスキーの

『罪と罰』（訳・池田健太郎、脚色・福田恆存）、芥川さん演出の『黄金の国』（作・遠藤周作）。演助に付いてないときは、プログラムを兼ねた演劇誌『雲』の編集をしてました。いまでも結構ちゃんとゲラの校正ができるのは、その経験のおかげです。でもね、演出やるには、役者やスタッフを動かす実力とオーラみたいなものがないと駄目だと悟ったんですね。それに、大橋也寸ならフランス仕込みというか、ジャック・ルコック国際演劇学校を卒業していたし、永井多恵子は当時ＮＨＫの現役アナウンサーで、早大の劇研ではたしか別役実や鈴木忠志の一、二年先輩だった。ナーンにもないのは私だけだった。だからもう一度出直してシェイクスピアをちゃんとやろう、シェイクスピアなら小津次郎先生だと考えて、東大の大学院に一浪して入った。六八年に東大闘争があったりして、私は四年がかりで一九七一年に修士課程を終えたんです。当初はまた芝居の現場に戻るつもりでいたんだけど、院生のときに結婚しちゃうわ子供は生まれるわで、てんやわんやになってしまって……。大学院を出てからは、ひょんなことから美術評論の翻訳の仕事が来るようになって、その縁で池田満寿夫《ますお》や朝倉摂さんとも親しくなり、当時池田満寿夫のパートナーだった画家のリランの自伝的エッセイ『余白のあるカンヴァス』（朝日新聞社、一九七六）を訳したり、小説だとエド・マクベインの八七分署もの『殺意の盲点』（徳間書店、一九七八）を訳したり。

――八〇年代になって初めて戯曲を訳すんですね、つまりキャリル・チャーチル『クラウド9』（劇書房、一九八三）や、トム・ストッパード『ローゼンクランツとギルデンスターンは死んだ』（劇書房、一九八五）の翻訳を松岡さんは手がけるようになって、これらは僕も松岡訳による舞台を当時観ているわけですけど、シェイクスピアを訳し始めたのは九〇年代に入ってからですね。シェイクスピア個人全訳の仕事に専念するため、九七年には、それまで教養部で英語を教えていた東京医科歯科大教授の職を早目にリタイアした。

実を言うと、大学時代のシェイクスピア研究会ちょい顔出し・雲隠れに始まって、私は常にシェイクスピアから逃げていたんです。でも、逃げたつもりでいると、いつも決まってシェイクスピアに通せんぼされる。まず『夏の夜の夢』のボトム役。大学院でもシェイクスピアをやるつもりだったのが、その難しさはただごとじゃなくて、とても歯が立たない。そこで修士論文のテーマは、シェイクスピアから逃げて、『哀れ彼女は娼婦《しょうふ》』で知られるジョン・フォードにしました。ところが、いざ取りかかってみると、フォードの作品自体が、ほとんどどれも丸ごとシェイクスピアの影響を受けて書かれている。たとえば『哀れ……』はフォードにおける『ロミオとジュリエット』ですからね。またまた、シェイクスピアの通せんぼ。シェイクスピアを読まなきゃならない。戯曲の翻訳にしてもそうです。英米の現代劇を訳し始めたのはいいけれど、『ローゼンクランツとギルデンスターンは死んだ』には、この戯曲のベースの『ハムレット』の原文がいっぱい挿入されてるし、一人芝居の『エドマンド・キーン』（劇書房、一九八五）の主人公は十八世紀の名シェイクスピア役者だから、やはりシェイクスピア劇の引用が山ほど出てくる。『ドレッサー』（劇書房、一九八八）では『リア王』の部分訳が不可欠だし。『くたばれハムレット』（白水社、一九九二）も同じ。私の翻訳歴を見た人は、まるで私が行く行くシェイクスピアを訳そうという望みを持っていて、まず部分訳から手を着けた、みたいに思うかもしれません。実はそんな大それたことは夢にも思っていなかったんだけど。で、とうとうシェイクスピア劇そのものを訳す話がきちゃった。もう逃げも隠れもできない。

シェイクスピアの翻訳に関していうと、初めてのオファーは、一九九三年に演出家の串田和美《かずよし》さんからいただいた。シアターコクーンで上演するから『夏の夜の夢』を訳してくれないか、と。翻訳第一号は、次にオファーが来たグローブ座カンパニーのための『間違いの喜劇』ですが。だから振り返ってみると、学生時代といい、雲の研究生時代といい、そして最初のオファーといい、私の人生の要所要所で『夏の夜の夢』が次への扉を開いてくれたんです。そして二〇〇七年、この作品がまた新たな扉を開いてくれて、私は翻訳者として幸福で衝撃的な体験をすることになります。

ジョン・ケアードの手法

新たな体験とは、ジョン・ケアードとの出会いです。彼は一九四八年カナダ生まれの演出家で、主にイギリスで活躍してきた。『レ・ミゼラブル』をトレヴァー・ナンと共同演出していて、トニー賞も二度受賞しているから、日本ではもっぱらミュージカルの演出家として知られているけれど、私は一九八九年に、シェイクスピアの生地ストラットフォード・アポン・エイヴォンのロイヤル・シェイクスピア劇場でジョン・ケアード演出の『夏の夜の夢』を観ていて、これが素晴らしい舞台だった。『夏の夜の夢』の演出に関して、抽象の極がピーター・ブルックだとすれば、具象の極がジョン・ケアードだと思う。戯曲の鋭利な解釈から洗練されたステージングまで、いろんな場面で目からウロコが落ちっぱなしだったので、当時『ＳＰＵＲ』（集英社）という女性誌に連載していた「すべての季節のシェイクスピア」と題したエッセイで詳しく語り、この連載をまとめたものが一九九三年に同じタイトルで筑摩書房から出版されました。

上演台本を前に話しあうジョン・ケアードと著者。
新国立劇場の稽古場にて。　撮影・落合高仁

そのケアードさんが新国立劇場で、拙訳を使って、役者は全員日本人で『夏の夜の夢』を演出することになった。私はうれしくて、うれしくて、芸術監督の栗山民也さんにお礼を言ったんです、「私の翻訳を使ってくれてありがとう」って。そうしたら、栗山さん、「なに言ってるの、僕、松岡さんが書いた『すべての季節のシェイクスピア』を読んで、ケアード演出の『夏の夜の夢』を新国立でやろうと思ったんだよ」。まさに夢の出会いが果たせると思って稽古場に通いました。そして、彼の上演台本の作り方に驚いた。英語の戯曲を英語以外の言語で上演・演出するときはいつもその方式でやっていると、そのとき初めて聞かされたんですが、要するに私の日本語訳を第三者が英訳して、それをケアードさんがチェックしたうえで日本語の上演台本の決定稿を作る。

――二〇〇七年というと、ちくま文庫版の松岡訳『夏の夜の夢』はその十年前に出版され

ていますし、松岡訳を使った舞台もすでに何本か上演されている。だけど、その松岡訳をあらたに英訳したものをネイティヴの演出家が点検して、もう一度洗いなおすわけですね。

そうです。怖いですよお（笑）。でも、これは私にとってそれまで体験したことのなかった、非常に新鮮で豊かな実験でした。彼がなぜそういう作業をするかというと、誤訳の発見ということももちろんあったかもしれないけれど、彼はそれよりもむしろ、じっさいに日本語でどういう言葉が使われているのか、それを知りたいと。稽古場で通訳から聞くのではなくて、日本語訳がどういう感じのものになっているかを、自分が英語で読めるようにしておくわけです。これは具体例を見ていただいたほうが分かりやすいので、まず一つ挙げてみましょう。英文と和文が全部で四つ並びますが、一行目がシェイクスピアの原文、二行目がその拙訳、三行目がその英訳（ケアードさんは「バック・トランスレイション」と呼ぶ）、最後が拙訳の改訂版という順序になります。

With pomp, with triumph, and with revelling.
華やかに、壮麗に、愉快にやろう。

gaily, splendidly, and merrily.
華やかに、勝ち鬨《どき》をあげ、愉快にやろう。

これは『夏の夜の夢』冒頭の、アテネの公爵《こうしゃく》シーシアスの台詞《せりふ》です。婚約者であるアマゾンの女王ヒポリタにむかって、「ヒポリタ、私は剣をかざしてあなたを口説き／害を加えて愛をかち取った。／だが、結婚式はがらりと調子を変えて／華やかに、壮麗に、愉快にやろう」と呼びかけるところ。この最後の二行は、原文では But I will wed thee in another key:/With pomp, with triumph, and with revelling. です。その拙訳を、英訳者は However, let's make the marriage gaily, splendidly, and merrily. と訳したわけです。ちなみに原文の I will wed thee の wed は人を直接目的語にして「～と結婚する」の意、thee は『ロミオとジュリエット』のジュリエットの台詞でもうおなじみですね。

——日本語ではいちいち「私は」と主語を明示しないためか、松岡訳を英訳すると、原文の I will が let's に変わっています。伝言ゲームみたいですね。松岡訳を英訳したのは、どんな人だったのですか？

私は直接存じ上げないのですけど、シェイクスピアの専門家ではありません。この場合はむしろ専門家ではないほうがいいんです。演劇についても詳しくないほうがいい。私の翻訳をただの日本語として読んで、原文とつき合わせたりせずに逐語的に英訳してもらうわけです。その英訳を読んだケアードさんが splendidly に引っかかって、注文が出た。原文は with triumph で、じっさいシーシアスはアマゾンを征服したうえでヒポリタと結婚するのだから、この triumph（勝利）という言葉を匂《にお》わせるような日本語を入れてほしいと。うわ、いきなり難題だと思いましたが、「勝ち鬨をあげ」という訳語を思いついた。これなら「勝」も入っているし、壮麗な賑《にぎ》やかさも連想させるし。

——なるほど。ジョン・ケアードという演出家が何をやろうとしたのか、とてもよく分かりますね。つまり、単に意味を右から左に移すだけではなくて……

そうそう、そうなんです。もちろん翻訳では意味を伝えることが一番重要ではあるけれど、イメージも大事だということ。この場合はシーシアスがアマゾンを征服したという、その「勝利」のイメージが、with triumph という言葉には付着している。出来れば翻訳でそこまで掬《すく》い上げてほしい、そうすれば演出家の自分と日本人の役者たちの間でイメージを共有できるという考え方ですね。これはほんとうに私も同感で、じつはシェイクスピアの台詞の特徴の一つとして挙げられるのは、意味とイメージと音韻が、三位一体と呼びたいくらい緊密に絡《から》み合っていること。意味のレベル——これが往々にして重層的――、イメージのレベル、そして音韻で遊んでいるレベル、この三つが一つのフレーズ、一つの文章に撚《よ》りあわされていることが多い。で、先行訳を見ても、シェイクスピアの翻訳で一番軽んじられてきたのがイメージだと思う。現に私も、ここで軽んじていたわけです。意味だけを取ってしまった。勝利したアテネの軍隊がワーッと凱旋《がいせん》する、そしてシーシアスは被征服者の女王を自分の妃《きさき》にしようとしている、その戦勝のイメージを落としてしまった。細かいけれど、大事なところだと思います。

一幕一場ではさらに、ヘレナの長台詞が問題になりました。この芝居ではアテネの若い貴族四人の恋模様が描かれます。ヘレナはディミートリアスに恋しているけれど、彼はヘレナの友達ハーミアを想《おも》っていて、そのハーミアはライサンダーと恋仲ですが、ハーミアの父が二人の結婚を許そうとしない。ハーミアとライサンダーが翌日の夜に森で落ちあって駆け落ちしようと約束しているところに、ヘレナがやって来て三人で話し合う。そしてライサンダーが「ヘレナ、さようなら。／君がディミートリアスに夢中なように、あいつも君に夢中になるといいね！」と言って、恋仲の二人が退場した後、ひとり残ったヘレナの長台詞が始まる。まず問題になったのは、その台詞の一行目。さっきと同じ要領で引用すると、こうなります。

How happy some o'er other some can be!（原文）
どうして人によってこんなにも幸せが違うのかしら！（最初の訳）
Why is luck so different depending on people!（バック・トランスレイション）
誰かさんは誰かさんよりなんて幸せなんだろう！（改訳）

シェイクスピアの原文がすこし分かりにくいかもしれませんが、ここはリズムの関係で倒置になっています。普通の語順に直すと、How happy some can be o'er other some! ここの some は someone の意味で、o'er は over の略です。

——だとすると、日本語訳の改訂版は直訳に近いわけですね。一見すると、もともとの松岡訳のほうが、いわゆるこなれた訳のようにも思えます。

この場合は意味内容にさほど大きな違いは出てこない。「どうして人によって……」と訳しても、もてないヘレナがもてるハーミアと自分を比べていることは、ストーリーの展開上、読者や観客にもピンときますから。だけど、日本語訳の英訳を読んだケアードさんから、これではあまりに一般論になりすぎているという指摘を受けたんです。もっと個人を、つまりヘレナとハーミアの関係をはっきり打ち出してほしいと。なるほどと納得しました。じっさい、原文では o'er という言葉を使って、誰かと別の誰かを明らかに比較している。そこで、原文の some も生かしながら、「誰かさんは誰かさんよりなんて幸せなんだろう！」と、訳を改めました。

——たしかにこうすると、幸福度の比較というか優劣がはっきり出て、「誰かさんは誰かさんより」が「あの子は私より」のことであるという人物関係も明確になる。ヘレナは一般論めかして言っているけれど、そうではないことが一目瞭然《りょうぜん》になった。

翻訳として別に間違っていたわけではないけれども、ここはもっとニュアンスを、原文の含意をきりっと引き締めるというのかな、一般論ではありませんよ、というところに翻訳の焦点を絞り込んでいったほうがいい。

——立派な推敲《すいこう》だと思います。

このヘレナの長台詞では最終行も俎上《そじょう》にあがりました。彼女はディミートリアスに一目でいいから会いたい、でも彼はヘレナなんか眼中になくて、ハーミアに恋している。そこでヘレナは妙案を思いつき、こう語って退場し、一幕一場が終わります。「ハーミアの駆け落ちのことを教えに行こう。／そうしたら明日の晩、あの人もあとを追って／森へ行くだろう。このことを知らせて／ありがとうと言われても高くつくだけ。／でも行き帰りにあの人の姿を見るだけでも／私の苦労は報われる」。問題になったのは拙訳の最終行「私の苦労は報われる」ですが、ここは原文と日本語訳で語順が逆になる。最後の二行を引用しましょう。

But herein mean I to enrich my pain,
To have his sight thither, and back again.（原文）
でも行き帰りにあの人の姿を見るだけでも
私の苦労は報われる。（最初の訳）
However, only the point that I can see him on the way
to and from the place itself rewards me for my pains.（バック・トランスレイション）
でも行き帰りにあの人の姿を見て
自分の傷に塩をすりこんでやろう。（改訳）

——これはずいぶん違う。自分の苦労が報われるのと、自分の傷に塩をすりこむのとでは、ほとんど意味が反対じゃないですか。

おっしゃる通りです。原文の enrich（豊かにする、強める）と、英訳の reward（報

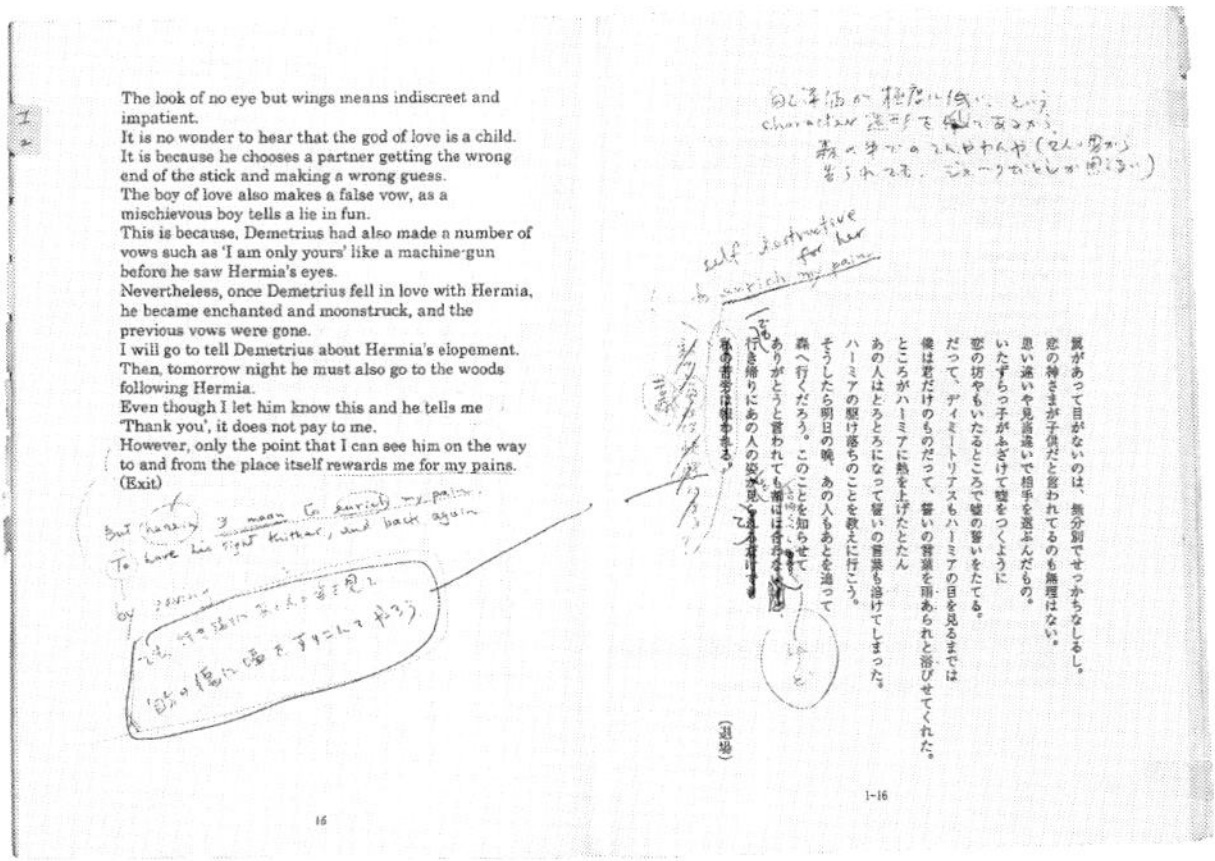
The look of no eye but wings means indiscreet and impatient.
It is no wonder to hear that the god of love is a child.
It is because he chooses a partner getting the wrong end of the stick and making a wrong guess.
The boy of love also makes a false vow, as a mischievous boy tells a lie in fun.
This is because, Demetrius had also made a number of vows such as 'I am only yours' like a machine-gun before he saw Hermia's eyes.
Nevertheless, once Demetrius fell in love with Hermia, he became enchanted and moonstruck, and the previous vows were gone.
I will go to tell Demetrius about Hermia's elopement.
Then, tomorrow night he must also go to the woods following Hermia.
Even though I let him know this and he tells me 'Thank you', it does not pay to me.
However, only the point that I can see him on the way to and from the place itself rewards me for my pains.
(Exit)

16

翼があって目がないのは、無分別でせっかちなしるし。
恋の神さまが子供だと言われてるのも無理はない。
思い違いや見当違いで相手を選ぶんだもの。
いたずらっ子がふざけて嘘をつくように
恋の坊やもいたるところで嘘の誓いをたてる。
だって、ディミートリアスもハーミアの目を見るまでは
僕は君だけのものだって、誓いの言葉を雨あられと浴びせてくれた。
ところがハーミアに熱を上げたとたん
あの人はどろどろになって誓いの言葉も溶けてしまった。
ハーミアの駆け落ちのことを教えに行こう。
そうしたら明日の晩、あの人もあとを追って
森へ行くだろう。このことを知らせて
ありがとうと言われても割には合わない
行き帰りにあの人の姿が見
私の苦労は報われる。
（退場）

1-16

ジョン・ケアード演出『夏の夜の夢』の上演台本。この見開きは問題となったヘレナの長台詞の箇所で、右頁が松岡訳の第一稿、左頁はその英訳。このような書き込みをへて、翻訳の決定稿が出来上がっていく。

いる、ご褒美になる）では、my pain（私の苦労、私の痛み）に対する意味の方向性が逆になっています。これは英訳者のミスではなくて、私の翻訳が間違っていた。

——しかし、「私の痛みを豊かにする」というのも、ちょっとひねった表現ですね。

この台詞に関してジョン・ケアードが言ったのは、ヘレナという女の子はものすごく自己評価が低いと。そして、自虐《じぎゃく》的でマゾヒスティックな傾向があると。そう言われると、すぐに二幕一場のヘレナの有名な台詞を連想するわけです。「私はあなたのスパニエル、

ねえ、ディミートリアス。／あなたがぶてばぶつほど私はじゃれつく。／スパニエルにして飼ってちょうだい、蹴《け》ってもいい、ぶってもいい」。そんな彼女の、極端に言えば倒錯趣味のようなものを、この台詞でも日本語として匂わせてくれないかと言われまして、それで「自分の傷に塩をすりこんでやろう」に直した。改訳はこんな言い回しに当たりますと、I'll rub salt into my wounds. とか何とか自分で英訳してケアードさんに口頭で伝えたら、「おお、それはいい」と言われたので、それでいくことにした。要するにヘレナはここで、積極的に自分を痛めつけようとしている。その意志が非常に明確なのね。

——絶対そっちのほうがヘレナですよ。でも、そもそも「苦労が報われる」と訳したときの、翻訳者の心理というか生理というか、それは enrich my pain という不自然な言い回しを、日本語としてなめらかなものにしたかったのでしょうか？

いや、これは完全な誤読ですね。pain を enrich するというのが分かっていなかった。

——そういうことって、あるんですか？

あるんですね。そしてその結果、私の訳はヘレナの性格を変えてしまっていたことになる。これはかなり重罪ですね。うーん、怖い。ほんとに怖い。だから私、これまで訳したシェイクスピアの全作をジョン・ケアードとやり直したいくらい。

——今ちょっと思ったのは、たとえば「私の苦労」や「私の痛み」のような言葉があるとすると、それが報われるとか緩和されるとか、そういう常識的な文脈のほうに連想がつい向かっていって、その痛みや苦労を自分で増強したり豊かにしたりするなんて、普通は発想しない。だから、その常識的な文脈にひょいと乗ってしまったのかな、と。


かもしれない。それは盲点にはなるかもしれない。

——でも、そういう女の子はたしかにいる、と。

そういうことなんです。ですから、ここの部分は、「ジョン・ケアードの読み、恐れ入りました」と同時に、「シェイクスピアって、ここまでヴァラエティに富んだ心理やキャラクターを書くんだ」と、あらためて気づかせてもらった感じですね。

「稽古」と「純潔」

まだやっと一幕一場が終わったところです。この調子で見ていくときりがないので、また、それくらい沢山の発見が私にはあったのですが、あと二つだけ実例を見ていただきたいと思います。まず簡単なほうからいくと、五幕一場の、妖精《ようせい》の女王ティターニアの台詞。

——『夏の夜の夢』はシェイクスピア劇の通例どおり五幕構成ですが、第五幕は一場しかありませんから、ここは大団円になります。ハーミアとライサンダーは結婚が許され、ヘレナの想いはディミートリアスに通じ、シーシアスとヒポリタは挙式し、仲たがいしていた妖精の王オーベロンと女王ティターニアも無事元の鞘《さや》におさまる。

はい。そうしてめでたし、めでたしでこの喜劇が幕を下ろす直前、妖精の王と女王とそのお供の妖精たちが宮殿にやって来て、人間たちが眠りについた後で宮殿と新婚夫婦たちを祝福します。

オーベロン　暖炉の火は落ち、明かりも消えた、
館をほのかな光りで満たせ。
妖精たちよ、軽やかに舞い踊れ、
バラの小枝の小鳥のように。
私の歌について歌え。

歌に合わせて弾んで踊れ。
ティターニア　あなたが先に歌って聴かせて、
ひと言ひと言、節《ふし》をつけて。
手をつなぎ私たちも歌いましょう。
この館を祝福しましょう。

このティターニアの台詞の一行目を、私は見事に勘違いしていました。とはいえ、勘違いにはそれなりの理由があったのですけれど。

First rehearse your song by rote,（原文）
あなたが先に歌って聴かせて、（最初の訳）
Let us hear you singing first,（バック・トランスレイション）
まず稽古、しっかり憶えて、（改訳）

――二つの日本語訳を見比べると、字面《じづら》からしてまったく違う文章ですね。なぜ、こういうことになるのでしょうか？

要するに your が誰を指すのか、ということ。私はオーベロンだと思ったんです。ティターニアはオーベロンにむかってしゃべっていると。しかし、ジョン・ケアードは「いや、ここはお供の妖精たちにむかってしゃべっている」。読み直してみれば、たしかに彼の指摘のとおりなんです。そもそもオーベロンが「私の歌について歌え」と、つまり、自分がまず歌って聴かせるからその後について歌えとお供の妖精たちにむかって命じている。「妖精たちよ」とその前に呼びかけているのだから。そうすると、ティターニアが your song を rehearse しなさい、稽古しなさいと言っているのも、妖精たちに対してなのは明らかなわけです。そもそもオーベロンは歌を稽古する必要なんかない。ですから、私の最初の勘違い訳では、「rehearse（稽古）」という言葉を「ま、ちょっと小手調べにもう一度歌ってみてよ」みたいなニュアンスに取ってしまった。rehearse には「繰り返して誦《しょう》する」という意味もありますし。

——でも文章だけを読んでいると、オーベロンとティターニアとの対話のようにも取れますよね。だからそこで your が出てくると、ついオーベロンのことだと思ってしまう。

私の勘違いにエクスキューズが許されるなら、そこなんです。つまり、細かいト書きがない。もしも「**ティターニア**（お供の妖精たちにむかって）First rehearse your...」

となっていたら、勘違いのしようはなくなる。

――あ、シェイクスピアはあまりト書きを入れないんですか？

近代以降の劇作家はト書きをきっちり書きますけど、それに比べれば非常に少ないですね。おそらくシェイクスピア自身が演出していただろうと言われていますから、そのせいもあるかもしれない。ですから、この箇所に関する私の反省点をまとめると(笑)、近代以前の戯曲を訳すときは、ふだんより空間にたいする想像力を働かせなければならない。誰がどこに立っていて、どの方向にむいてしゃべっているのか、そうした「場」を内蔵した訳語を考えなければいけない。

――では、最後の実例に移りましょうか。

劇の終わりから中盤にもどることになりますけど、日本語訳を英訳することによってイメージを共有し、ひいては作品の理解を深めることになったジョン・ケアードとの共同作業のなかで、じつはこれが一番劇的というか、私にとって衝撃的な見直しになった箇所です。三幕一場の最後、ティターニアの台詞。

――三幕一場はティターニアが森で目を覚ますところですね。簡単に補足しておくと、アテネの森に棲《す》む妖精の王オーベロンは妻のティターニアと二幕で喧嘩をして、その腹いせにいたずらをする。魔法の媚薬《びやく》をティターニアの目に垂らします。彼女は眠りにつく。当の媚薬には、目覚めてから最初に目にしたものに一目惚《ひとめぼ》れしてしまうという効能があるわけですが、目覚めた女王が最初に見たのは、妖精パックのいたずらによって、頭だけロバに変身させられた機屋のボトムの姿でした。

ティターニアは早速、ロバ男と化したボトムをベッドに誘い、「豆の花」や「蛾《が》」といったお付きの者たちにむかって、「さあ、みんな、おそばに控え、私の四阿《あずまや》にご案内して。／なんだか月が涙ぐんでいるようね。／月が泣けば、小さな花もこぞって泣く。／犯された乙女の操《みさお》を嘆いているの。／いとしい方の舌を縛り、静かにあちらへお連れして」と命じます。この台詞の最後から二行目をどう読むべきか。

Lamenting some enforced chastity.（原文）
犯された乙女の操を嘆いているの。（最初の訳）
They grieve over the virginity of a violated maiden.（バック・トランスレイション）
強いられた独り寝を憐《あわ》れんでいるの。（改訳）

——問題になるのは enforced chastity のようですね。

そうです。私が翻訳の底本としたのはアーデン版（アーデン・シェイクスピア・シリーズ）の第二版ですが、それには enforced chastity のところに violated by force という注がついています。「力によって犯す、暴力的に犯す」。手軽なニュー・ペンギン・シェイクスピア版の注も enforced は violated のことだとしています。私の「犯された乙女の操」という訳も、アーデン版の解釈に則《のっと》っている。イメージとしては、chaste な（純潔な、貞節な）穢《けが》れのない乙女が暴力で無理やり犯されて、それを月が涙ながらに嘆いて憐れんでいることになる。また、英訳は私の日本語訳を忠実に「彼女たち（月と小さな花たち）は犯された乙女の処女性を悲しんでいる」と訳しています。これを読んだジョン・ケアードが「ちょっと待てよ」と言い出した。「この enforced chastity は、そのまま『強制された純潔』と解釈していいのではないか」と。

私はハッと目を開かれた。このお芝居には「月」のイメージが随所に出てくるのですが、「月」と言えば月の女神はダイアナ。ダイアナは狩りの女神でもあるし、処女性の守護神でもあって、ダイアナ自身が処女でもある。では、処女神ダイアナは小さな花たちとともに、何を泣いているのか。もしかしたら、わが身と似たような境遇にある「誰か（some）」のことを想って涙ぐんでいるのではないか。

そこで、enforced chastity をジョン・ケアードの言うように、まったく字義どおりに

「強制された純潔」「無理強いされた貞節」と解釈すると、どうなるか。私が反射的に思い出したのは、このお芝居の冒頭でした。一幕一場でハーミアの父イジーアスがアテネの公爵シーシアスの許《もと》に、なんとかお裁きをと駆け込んでくる。ハーミアはライサンダーと相思相愛の仲ですが、父親はその恋に反対で、自分が気に入っている若者ディミートリアスと結婚させようとしている。思いあまったハーミアが、父の言うことをきかなかったら私はどうなりますかと、公爵様にお伺いをたてるわけです。シーシアスはこう答えます。

死刑か、さもなくば世間との
交わりを一切絶つ。
だから、ハーミア、その胸に問いかけ
己の幼さを肝に銘じ、はやる気持ちをただすのだ。
父親の意志に背くなら
尼の衣に身を包み
永遠《えいえん》に暗い庵室《あんしつ》に閉じ籠《こも》り
何の実も結ばない冷たい月に向かって賛美歌を歌い

一生を空《むな》しく過ごさねばならない。
己の欲望を断ち切り、清らかな処女のまま
神の国に仕えるのも祝福された一生だろう。

——ああ、これはまさに「強制された純潔」ですね。おまけに「月」もちゃんと顔を出してる。

死刑が嫌なら修道院に行け、そこで一生処女で終わるのもよかろうと言うわけです。ですから、三幕一場のティターニアの台詞に出てくる「月」は、ハーミアの身の上を想って泣いていると取れる。また、そうすると、ティターニアの台詞のアイロニーが際立《きわだ》ってくる。つまり、これから四阿に行こうとしている妖精の女王が「私はこれからロバとセックスするんだけど、人間の世界には好きな男とセックスしたくてもできない娘がいるのね、かわいそうに」という、そんなアイロニカルな味わいがにわかに感じられてきて、これもハーミアとつながる。というわけで、ジョン・ケアードの読みは有力だと思います。正解だと思います。

——すると、アーデン版の注釈は誤り、ということになるのでしょうか？

そうとも言い切れない（笑）。なぜなら enforce には「力ずくで相手に言うことをきかせる」という意味もありますから。じっさい、「強制された純潔」より「犯された純潔」と読むほうが、圧倒的に主流派だと思います。日本語でも先行訳では、たとえば福田恆存訳は「清い乙女《おとめ》が穢《けが》されるのを悲しんでいるのだろう」ですし、小田島雄志訳は「汚された乙女の操を嘆くでしょう」となっています。アーデン版の注釈はforceという言葉の「力」「暴力」という意味合いを重視して、次のchastityという言葉との兼ねあいで、このenforceはviolateと同義だと読んでいるわけですね。でも、ケアード説に照らしてみると、enforced chastityのそういう解釈は『夏の夜の夢』という劇のどのエピソードとも、登場人物の誰ともつながらない。

——逆に言うと、次にくる言葉が「純潔」よりもっと普通というか、たとえば「意見」とか「仕事」みたいな名詞だったとしたら、「犯された」ではなく「強制された」と読むほうが自然なわけですね？　つまり、わざわざ注釈が入っているということは、このenforceは普通の意味・用法ではないから、読者に注意を喚起しておかないと……

そう。まさにそういうことだと思います。

——注を入れておかないと、イギリス人だって中学生には理解できない（笑）。しかし、ここは大ごとですね。「犯された乙女の操」と「強いられた独り寝」で

『夏の夜の夢』（ジョン・ケアード演出、2007、新国立劇場）。三幕一場、ロバ男に一目惚れした妖精の女王ティターニア（麻実れい）。
撮影・谷古宇正彦

は意味が正反対になってしまう。

ですから、ジョン・ケアードとの作業のなかで、ここが最も強烈な体験でしたね。ヘレナの enrich my pain のときは私の読み落としだったけれど、ティターニアの enforced chastity の場合は、翻訳者として原文の読みの深さそのものを問われた。この言葉の意味が正反対になるだけではなくて、「月」の含意や、シェイクスピアが一幕一場のシーシアスの台詞に仕組んだ伏線まで浮き彫りにされてくる。そしてもうひとつ言っておきたいのは、残念ながら私は独力では発見できなかったわけですけど、でもたとえばこういうところに翻訳の、あるいは翻訳劇の可能性があるということ。つまり、ネイティヴの演出家がネイティヴの役者を起用して上演した場合、enforced chastity という言葉の両義性を素通りするというか、二つの正反対の意味が考えられるのにそのどちらなのか曖昧模糊《あいまいもこ》のまま台詞が語られるおそれがある。現にケアードさんにしても、私の日本語訳のバック・トランスレイションを読まなかったら、「ちょっと待てよ」と、あの言葉に立ち止まって、原文の意味を再考しようとはしなかったかもしれない。翻訳のほうが原文を深く読み、翻訳劇のほうが原語上演より深く演じられる可能性ということが、やっぱりあると思う。

――ある言葉が両様に取れる、場合によっては正反対の意味にも取れる。そのとき、書いた本人、シェイクスピア自身はどうなのでしょう。どちらにも取れる、どちらか一つには決め付けられないことを意識しながら言葉を選んでいたのでしょうか？

シェイクスピア本人は、ほぼ、決めているはずです。

――え、それはちょっと意外な感じですね。

そうですか？

――つまり、言葉遊びの好きな作家だから、どちらの意味にも掛けられるような書き方をしそうなものですけど、そうではない？

　私の感覚ですけどね。シェイクスピア作品を二〇本あまり訳してきた体験的な感触。一語一語に付き合いますよね、そしてどちらの意味だろうと悩むことが多々ある。でも、前後を読み直したり、作品全体を俯瞰《ふかん》したりしたうえで、もう一度その言葉に戻ってくると、こっちの意味しかないだろうと思うことのほうが多い。ただし、シェイクスピアが言葉を意図的に曖昧に使おうとしているところとか、多義的重層的な意味を持たせているところはもちろんたくさんあります。たとえば『冬物語』一幕二場のレオンティーズの台詞に centre という言葉が出てくる。レオンティーズは親友のボヘミア王ポリクシニーズのシチリア滞在を延ばして欲しくてたまらない。自分の説得には頑として応じなかったポリクシニーズが、妻のハーマイオニに懇願されるとあっさり折れてしまう。それを見て、にわかに嫉妬《しっと》に駆られるくだりでこう言います。Affection! thy intention stabs the centre: 私は「激しい愛欲は体の芯《しん》を刺し貫く」と訳しましたが、この centre ひとつとっても、いくつもの解釈があります。明らかにシェイクスピア自身が曖昧に書いている。何で読んだか忘れちゃって申し訳ないんですが、シェイクスピアの言葉の意味は either/or じゃなくて both/and だと、つまり「あれかこれかのどちらか」ではなく、「あれもこれも両方」だと。

——この centre みたいなのは異様に曖昧で多義的なケースなんですか？

もうすこし正確に言うと、晩年になるにつれて、つまり後期の作品には曖昧な書き方をする箇所が増えてきますね。悲劇や喜劇や歴史劇ではなく、ロマンス劇にその傾向が強い。作品でいうと、『冬物語』『テンペスト』『ペリクリーズ』、それから『シンベリン』がロマンス劇の範疇《はんちゅう》に入ります。とにかく構文がねじれてくる。別の言い方をすれば、構文が自由になってくる。なぜかは私には分かりませんが、文体のこうした特徴の点で、『アントニーとクレオパトラ』はロマンス劇の先駆けだということを、ニュー・クラレンドン・シェイクスピア版『アントニーとクレオパトラ』の編注者、R・E・C・ホートンは言っています。この言葉は一体どこにつながるの、そもそも何を言いたいわけ、ってイライラすることがあるのは、この四作に共通して言える特徴だと思います。そして、構文の複雑さと連動して、一語一フレーズの意味の重層性が高まり、イメージもすごく多義的で曖昧なものになってくる。ここは日本語として分かりやすくなるよう焦点を絞って訳そうと思っても、こぼれ落ちるものがあまりに多すぎて、途方に暮れることがあります。だから、ジョン・ケアードともう一度シェイクスピアをやれるなら、次は『冬物語』をやってみたい。

第七章　嫉妬、そして信じる力——『冬物語』

『冬物語』(一六一一) あらすじ

シチリア王**レオンティーズ**は、妻の**ハーマイオニ**とボヘミア王**ポリクシニーズ**との不義密通を疑って嫉妬《しっと》に狂い、臣下**カミロー**にボヘミア王暗殺を命ずる。密通の事実などないことを知っていたカミローはポリクシニーズとともにシチリアから脱出するが、二人の脱出に加担したとしてハーマイオニは投獄され、獄中で女児を出産する。それをポリクシニーズの子だと固く信じるレオンティーズは、臣下の**アンティゴナス**に命じて捨てさせる。やがて幼い王子**マミリアス**が死に、ハーマイオニもその打撃で死んだことを侍女**ポーライナ**から知らされたレオンティーズは、激しい後悔と悲嘆に苛《さいな》まれる。時は移って十六年後、ボヘミアに遺棄された王女**パーディタ**は**羊飼い**に拾われ、美しい少女に成長していた。パーディタとポリクシニーズの息子が身分違いの恋におちて、ボヘミアからシチリアにやって来る。そして羊飼いの証言によって、その娘がレオンティーズの実の娘であることが判明。若い二人の恋は晴れて成就《じょうじゅ》し、レオンティーズもポリクシニーズとの友情を取り戻し、さらにはハーマイオニが生きていたことも分かり、シチリアの王と王妃は運命の再会を果たして、大団円となる。

嫉妬《しっと》はいつ芽生えたか

『冬物語』については、二〇〇九年に上演された蜷川演出版で、主役のシチリア王レオンティーズを演じた唐沢寿明《としあき》さんの話から始めたいんです。画期的だと思える解釈をなさったので。それは一幕二場、レオンティーズが一見唐突に、激しい嫉妬に駆られるくだりです。

――この芝居で、演じるときに一番むずかしそうなところですね。

そうです。レオンティーズの親友、ボヘミア王ポリクシニーズはシチリアを訪れて九ヶ月にもなるので、さすがに自国のことが心配になり、「明日」帰国すると言いだします。滞在を延ばすようにとレオンティーズが頼んでも、頑として受け付けない。ところがレオンティーズの妻ハーマイオニが説得するとあっさり折れてしまう。自分が懇請しても応じなかった親友が、妻が頼むと受け入れた。そのために、レオンティーズは妻と親友との不貞を疑い、嫉妬した挙句、腹心のカミローにポリクシニーズ殺害を命じます。また、レオンティーズはハーマイオニのお腹《なか》にいた子供も不義の子だと疑い、産まれるとすぐに捨てさせる。

——つまり、物語のすべてが、レオンティーズの嫉妬から動き始めるわけですね。

その意味でも、この一幕二場はとても重要な場面と言える。

にもかかわらず、戯曲を読んでいると、その嫉妬の芽生え方がちょっと急すぎるような印象を受ける。ですから、唐沢さんは観客に対して、自分の嫉妬をどうやって説得力のあるものにするか、それを考えていたと思うんですね。具体的にどんな場面なのか、三人（ポリクシニーズ役の横田栄司、ハーマイオニ役の田中裕子、そして唐沢レオンティーズ）の動きを、順を追って見てゆきましょう。自分がいくら頼んでもポリクシニーズが折れないので、レオンティーズは妃《きさき》のハーマイオニにむかって、お前も黙ってばかりいないで加勢しろと命じます。ちょっと長くなりますが、そこからの三人のやり取りを引用します。

レオンティーズ　妃、口がきけないのか、お前も何か言ってくれ。……①

ハーマイオニ　ご逗留《とうりゅう》は打ち切りという誓いをあなたが引き出すまで

黙っているつもりでした。
あなたの攻撃は熱が足りないわ。ボヘミアは安泰だと
請合ってさしあげたら？　昨日入った知らせによれば
ご安心なさって大丈夫だと。そう申し上げれば
ボヘミア王の難攻不落の防御も崩れるでしょう。
レオンティーズ　よく言った、ハーマイオニ。
ハーマイオニ　お子様に会いたいということならこちらの負け。……②
そうおっしゃるならお帰ししましょう。
そうお誓いになれば逗留なさらなくても結構、
糸巻き棒を振り回しても追い返してさしあげます。
でも思い切ってあと一週間、陛下の尊いお体を
お借りしましょうか。そのかわり、あなたがボヘミアに
主人をお連れになるときは、
帰国の予定を一ヶ月延ばしてもかまわないという許可を
与えますから。でもね、レオンティーズ、本当は私だって、
世の中の妻という妻が夫を待ち焦《こ》がれる気持ちに……③

一秒も遅れはとらないのよ。留まってくださるでしょう？

ポリクシニーズ　いいえ、お妃様。

ハーマイオニ　まあ、でもいてくださるわね？

ポリクシニーズ　本当にだめなのです。

ハーマイオニ　本当に！

そんなひ弱な言葉でお逃げになるんですか。でもね、あなたが天の軌道から星を振り落とすとお誓いになっても、「お帰ししません」と申し上げます。本当に、……④お帰ししません。女の言う「本当に」には殿方の「本当に」と同じ力があります。それでもお発《た》ちになりますか？しょうがない、それでは客人としてではなく、囚人として留まっていただきます。ただしご出発のときは手数料を払っていただいて、……⑤お礼の言葉は免除。いかが？

私の囚人？　それともお客様？　あなたの恐ろしい「本当に」にかけて、……⑥

どちらかをお選びください。

ポリクシニーズ　ではあなたの客として、お妃様。……⑦

あなたの囚人になるのはあなたに対して罪を犯したということだ。

そんなことは私には到底できません、……⑧

あなたが刑罰を下すより難しい。

（中略）

レオンティーズ　どうだ、落とせたか？……⑨

ハーマイオニ　居てくださるわ、あなた。

レオンティーズ　私が頼んでも駄目だった。

愛《いと》しいハーマイオニ、お前の言葉がこれほど

いい結果を生んだことは一度もなかった。

①それまでは下手に三人かたまって坐《すわ》っていた（二四三頁《ページ》の写真）のが、①の前でポリクシニーズは「国もとの事情を思えば／居ても立ってもいられない……」と言いながら上手へ動き、舞台前に坐り、レオンティーズとハーマイオニの王子マミリアスと遊んでいます。

②ハーマイオニとレオンティーズも立ちあがり、この台詞《せりふ》のあいだに二人はポリクシニーズの後ろに立つ。
③ハーマイオニはレオンティーズに寄って、彼の手を取る。
④ハーマイオニはここでポリクシニーズの隣り（上手）に坐り、レオンティーズはハーマイオニの後ろに立つ。
⑤レオンティーズはその位置で片膝《ひざ》をついてしゃがみ、
⑥余裕の笑顔を浮かべながらポリクシニーズの顔を見ている。
⑦レオンティーズはハッとして立ちあがり、二人から目を離さずに下手へ動く。この間ハーマイオニとポリクシニーズはいったん舞台下へ降り、再び舞台前に腰かける。
⑧二人は舞台上にあがり、下手へ動く。そのあいだにレオンティーズは彼らの後ろを通って上手へ。
⑨レオンティーズは上手の舞台前で、下手に立つ二人の方を向き、こう尋ねる。

こうして、ポリクシニーズは落ちました。滞在を延ばすことに同意したわけです。
引用の「中略」部分は、滞在問題から話題が切り替わって、ポリクシニーズが親友同士の子供時代の思い出を、ハーマイオニの求めに応じて語ってきかせているところ。原文の行数にして二八行分の対話になります。そんなふたりの楽しげな語らいに、レオンティーズが「どうだ、落とせたか？」と、いきなり割って入る。

――この一幕二場のやりとりが今ひとつ分かりにくいのは、『夏の夜の夢』でお話があったように、ト書きがないせいもあるのではないでしょうか？

そうですね。この場の三人がそれぞれどこにいるのか、舞台での位置関係がとても重要です。引用したハーマイオニの二つめの台詞に「でもね、レオンティーズ……」とありますから、ここまでは明らかに三人はひとかたまりになっているはずです。私が蜷川版の前に観《み》てきたすべての『冬物語』では、このあたりからレオンティーズはふたりから離れてしまって、説得はハーマイオニひとりに任せていた。そう演じることが多いんですよ。

ところが、この場の初めての稽古《けいこ》のとき、上手の舞台前に坐っているポリクシニーズのところへハーマイオニが寄っていくと、レオンティーズもついていった――②のところです。そしてハーマイオニが説得を始める。私は、「レオンティーズはいつ離れるんだろう」とちょっとハラハラしながら見てたんだけど、唐沢さんは、ポリクシニーズが「ではあなたの客として」と言って彼女の説得に応じるところまでを、ハーマイオニのすぐ後ろに立っていて聞いちゃったの。私は、そのとき「あれ、あそこまで聞いちゃったらまずいんじゃない？」と演出助手の井上尊晶さんにささやいたんです。井上さんも「そうですね」と言っていた。だって、そこまで聞いてしまったら、あとの「どうだ、落とせたか？」の台詞がおかしなことになるでしょう？

——字面《じづら》だけ読めば、結果を知らないはずだから、矛盾しますよね。

で、翌日だったかな、その場面をあたまから返したんですけど、唐沢さんの動きは変わらない。変わったのはそのときの反応です。唐沢レオンティーズは、ハーマイオニがポリクシニーズを説得するのを全部、しかも穏やかな顔つきで聞いていた。「いくらお前でも説得できないだろう」といった余裕のある様子で。それが、ポリクシニーズの「ではあなたの客として」というハーマイオニへの返答を聞いたとたん、今度はハッと顔色を変えて、そのとき初めて、後ずさりしながらその場を離れたの。親友の自分が説得できなかったのだから、妻が頼んでも無理だろうと思っていたら、「やや っ」という感じ。そうすると、「どうだ、落とせたか？」という台詞は、レオンティーズが妻のハーマイオニに、説得の結果を知った上で、そらとぼけて訊《き》いてることになる。その間の唐沢さんは、つまり台詞にして二八行分のかなり長い時間のあいだハーマイオニとポリクシニーズを遠巻きにして動きまわりながら、ふたりから目を離

『冬物語』（蜷川幸雄演出、2009、彩の国さいたま芸術劇場）。一幕二場、左から順にレオンティーズ（唐沢寿明）、ハーマイオニ（田中裕子）、ポリクシニーズ（横田栄司）。　撮影・清田征剛

さずにじっと見ている。それからおもむろに表面を取り繕って「どうだ、落とせたか？」とわざわざ訊く。そうすると、この台詞がおかしくなるどころか、裏のある深い問いかけになった。「いくらお前でも説得できないだろう」という余裕から、「ややっ」という驚きを経て、親友と妻に二重に裏切られたと思い込むに至ったうえで敢《あ》えて問う、そんなレオンティーズの心の動きが観客にも伝わってきて、嫉妬が唐突に見えないんですよ。唐沢さんのこの解釈と演技には驚愕《きょうがく》しました。

それまで私が観てきた数多くの『冬物語』では、レオンティーズが「どうだ、落とせたか？」と尋ね、「居てくださる

わ、あなた」という妻の答えを聞いて、「私が頼んでも駄目だった」と返すところから嫉妬が始まっていた。だから唐突に見えた。唐沢さんの演技は、そこが根本的に違うんです。尋ねるまでの動きに心の紆余《うよ》曲折がある。唐沢さんの演技は、戯曲には、この間の登場人物の動きや位置関係はト書きとして書かれてはいませんから、彼独自の解釈だと思います。『冬物語』をいっぱい観てきた私の友だちも、あそこには驚いたと言ってました。あういう芝居をされると、そこから先は、唐沢レオンティーズばかり観ることになって、彼の心理の綾《あや》、嫉妬の生成過程が手に取るように分かるわけです。

――たしかに、唐沢寿明はそう演じていましたが、それは珍しいことなんですか？

珍しい。少なくとも私は初めて観ました。『冬物語』の演出家は、いかにしてレオンティーズの嫉妬を唐突に見せないかに心をくだく。私が観た中で一番ばかばかしい演出は、怪しいと思い始めたところで照明が変わり、ポリクシニーズとハーマイオニがふたりきりで話しているところで、舞台全体を嫉妬の色で包んじゃって、それをレオンティーズの心理のイラストレイションにしていた。その異様な照明のなかでハーマイオニとポリクシニーズ二人にいちゃいちゃさせて、レオンティーズの妄想を視覚化するという演出です。今回の唐沢寿明は、レオンティーズの芝居だけで表現していたから、ビックリすると同時に、深く納得させられました。

それから、嫉妬に関連してもう一点、重要なのは、ハーマイオニが妊娠していることです。しかも臨月。でも、田中裕子さんのお腹は、あんまり大きく見えるようにしてなかったのね。

——見た目、ほとんど分からなかったですね。

でしょう？　田中裕子さんのお腹が目立たないのを見て、逆に、私はハーマイオニのお腹が大きいことがとても大事なんじゃないかと思ったんです。そこで、ある日の稽古が休憩に入ったとき、唐沢さんに、ああいうふうに一気に嫉妬に駆られるっていうのは、奥さんのお腹が大きいことと関係があるでしょうねと言ってみたの。そうしたら、次から、唐沢さんがハーマイオニのお腹を触りはじめた。本番になると、ただ触るだけじゃなくて、頬を寄せて胎動を聞いている。あれで、見た目も大きなお腹になっていたら、もっと芝居がハッキリしただろうにって、ちょっと残念だった。三幕二場の裁判の場で、産後のハーマイオニが現れるときは、当然お腹は小さくなっている。実際は、子供を産んだばかりの女の身体はすぐにスラリとはならないけれども。ともかく、初めが満月のようなお腹をしていたら、すらっとした身体になって、しかも、その子どもは捨てられているんだから、その喪失感は二重に表現できるんじゃないでしょうか。だけど、実際の舞台を観た人には、なんで唐沢さんがお腹に手をあてているのか分からない人もいて（笑）。

――一幕二場の台詞のやりとりからだけでは、ハーマイオニが妊娠していることは、観客にはなかなか分かりませんからね。

でも受胎の時期を逆算してみると、ポリクシニーズは一幕二場の冒頭で「私が王座を空けたまま／こちらに参って以来、潮の満ち干をつかさどる月は／九回満ち欠けを繰り返した」と言っているわけだから、レオンティーズにはお腹の子の父親はポリクシニーズだと疑う根拠がある。レオンティーズにしてみれば、自分と妻の愛の結晶だったものが、疑いを持ってからは、別の男とのセックスの証拠がそこにあることになってしまう。プラスからマイナスに、いきなり逆転する。まあ、男の人の心理は、私は推察するしかないんだけど、おそらく、そうなるんだと思う。冒頭で九ヶ月とシェイクスピアは周到に伏線を張っているから、その点でも、レオンティーズにとってはふたりの不倫の裏付けになる。

――心にやましいところのないポリクシニーズは、むしろ相手が妊婦だから、誤解されるほど親しげに話ができるんですね。彼からすると、大きなお腹は他人がつけいる隙《すき》のない夫婦円満の印。単に美人の人妻と相対する場合よりも、無防備になる。たしかに、唐沢寿明の芝居は疑いを持った瞬間が明らかでしたね。

ただ、それが、そんなに珍しいことなのか。ちょっと驚きです。唐沢さんのレオンティーズを観てしまったら、ああいう解釈以外は考えられなくなりました。いまの「そんなに珍しいことなのか」という言葉は、それを裏づけていると思うんだけど、実際は、とても画期的なことなんです。テクストの言葉だけ読んでいると、嫉妬が始まるのはもっと後なので、唐突なんですよ。それに嫉妬の根拠もよく分からない。

——それはイギリス人がやるときも、そうなんですか。

私が観てきた限りそうだと思う。だって、今回の舞台が私にとって衝撃的だったんですから。

——一応、確認なんですが……初め、稽古場で、唐沢寿明が「ではあなたの客として」という台詞をふたりの背後で聞いたとき、松岡さんは、まずいと思ったわけですね。それをまずいと思ったのは、なぜなんですか？

さっきも言いましたけど、それを聞いてしまったら、「どうだ、落とせたか？」という台詞がヘンになると思ったの。

——つまり、松岡さんもこれまでは、レオンティーズはふたりの仲にそこで初めて気づいたと思い込んでいたわけですね。

そう。戯曲を読むだけだと、「どうだ、落とせたか？」までは、レオンティーズは妻によるポリクシニーズの説得の結果を知らないとしか読めない。知らないからこそ、そう尋ねている。そこを、唐沢寿明は、そのはるか前から知っちゃって、知っていながら様子をうかがっているという解釈を取ったわけです。だから、知っていながら敢えて尋ねる「どうだ、落とせたか？」というひと言のなかに、ものすごい屈折と苦さが見えてくる。

さらに、その後で、ポリクシニーズ殺害の命令を受けたカミローが、命令に従う決心がつかないうちに、ポリクシニーズから、レオンティーズの様子がおかしいと相談を持ちかけられる。そこで、カミローはポリクシニーズに事情を打ち明け、一緒にシチリアから逃げることを決めるんです。そのときの二人のやりとりで、カミローがポリクシニーズに言う台詞に「王のお考えでは、いや、誓ってそうだと断言なさるのですが、／ご自分でご覧になったとか、そうなるように仕向けたとおっしゃって、／その、あなた様がお妃様と不義を働いておられると」というのがある。ポリクシニーズ殺害を命じたときのレオンティーズは、「そうなるように仕向けた」なんてことをカミローに言っていないし、物語の展開上、陰で言う時間もないんです。だからこれは、小さいながらも一種のアナクロニズム、時間的錯誤なんだけど、でも唐沢レオンティーズの芝居には、わざと仕向けているというのが見えるのね。台詞でいうと、一幕二場の後のほうでハーマイオニとポリクシニーズに「あなた方は大人同士でどうぞ」というところ。たしかに、そこで、自分は息子とその辺を歩いてくるからと言って、自らすすんで、妻とポリクシニーズをふたりきりにさせている。

私が観てきた唐沢さん以前のレオンティーズは、単に「不条理な嫉妬に狂った男」というイメージしかなかったけれど、唐沢さんのおかげで「苦しむ人」としてのレオンティーズが浮かび上がってきて、ようやく私のなかで、『冬物語』という芝居がバランスのとれた、全き形のものになった。普通、レオンティーズが自分の犯した過《あやま》ちの犠牲者であるとは、なかなか見えてこないですよ。

――これは演出ではなくて、唐沢寿明のアイディアなんですね？

ええ。そこで、どうしてあんな鮮烈で説得力のある解釈に行き着いたのか、唐沢さんご本人に訊いてみたの。そうしたら、初めて立稽古をして、このくだりをやったときに、唐沢さんも「あ、ここまで聞いちゃまずいな」と思ったんですって。思ったけど、「ずるずるとハーマイオニについて行ってしまって、離れるタイミングを逃がしてしまったので、それなら、どこまで聞いたらいいのか探っていた」んだそうです。で、唐沢さんが凄《すご》いのは、次に同じところを稽古したときに、聞いちゃまずいから聞かないでいるという常識的な選択肢を採らなかったこと。たぶん、ハーマイオニと一緒にポリクシニーズのところまでついて行って、背後から女房のお手並み拝見という芝居には、嘘《うそ》がないという役者としての確信みたいなものがあったんでしょうね。その結果が、すでに知っているのに「どうだ、落とせたか?」と問いかける芝居になった。自分の妻にカマをかけるような、そういう複雑な問いにしちゃったのはなぜなのって訊いたら「あそこまで聞いちゃったから、辻褄《つじつま》を合わせようとしたんじゃないですかね」なんて、他人事《ひとごと》みたいに笑ってましたけどね。

――二回目に稽古した時に、そこでも戻らなかったのが偉いですね。

そう。

――それに尽きる気がします。

ええ、私もそれに尽きると思う。だから、私が「どこで離れるんだろう、あ、そこまで聞いちゃまずいんじゃない?」と言った時の気持ちは、唐沢さんが「離れるタイミングを逃がしてしまった」と感じたことと呼応するわけです。一回目は、彼自身、愕然とするというリアクションを入れて、パッと離れた。ところが二回目は、立ち上がりもせず、あ、ここまで聞いちゃまずいと思った。

――なんか見つけたというか、落ちていたものを拾ったら凄い武器だったというか

（笑）。

ええ、そう（笑）。まさにそうよ。

——そんな感じですね。でも、普通は拾えないいんだよな。そう。で、女房が説得に行く時に自分もついて行くということに対しては、まったくそこは修整したくないというのが、あったんでしょうね。これはもうレオンティーズその人としての自然な心身の動き。

——そういうのは、わかるんでしょうね。それに、動き始めたら後戻りがきかなかったりするじゃないですか。戻るとおかしくなっちゃうから。かといって、途中でなにか小細工したりもしない。

そう。小細工するなら、あとは奥さんに任せておいて、もうちょっと早く離れるとかね。これ聞いちゃまずいとは考えたわけだから、「じゃあ、頼んだぞ」みたいな芝居にして離れたっていいわけなんだけど。

——そんな凡庸なことはしないんですね。

しないのよねえ。しないのよ。まずいと思っても、「じゃあ、聞かないことにしよう」とは思わない。すごいなあ。しかも、ニヤッと笑って、「辻褄合わせようとしたんですかね」なんて言うの。ははー、恐れ入りましたって感じ。

私が最初に観た『冬物語』は、一九七〇年に初めてRSCが来日公演して、トレヴァー・ナンの演出で、ハーマイオニとその娘のパーディタの二役をジュディ・デンチがやったものです。ジュディ・デンチは映画の『恋におちたシェイクスピア』でエリザベス一世を演じて、たしか八分間の出演シーンでアカデミー助演女優賞を受賞したり、007シリーズではジェイムズ・ボンドの上司M役などでポピュラーですが、数多くのシェイクスピア劇で主役を演じてきて、男性のサーに当たるデイムの称号を持つ、イギリスの至宝と言ってもいい名女優です。それ以来いくつも観てきてるけど、レオンティーズを誰がやったかは、ほとんど忘れているんですよ（笑）。五幕三場、クライマックスの、彫像のハーマイオニが動き出す瞬間というのがあまりに劇的なんで、その姿ばかりが記憶に残っている。だから、今回はちょっと、作品そのものに対しても「いろいろ見落としていました、すみませんでした」という感じです。そう思わせてくれたのは、唐沢寿明のレオンティーズのおかげです。だから、全世界に言いたい。これから『冬物語』をやる時は、嫉妬の始まりはこうやらなきゃダメですよって。

愛欲は体の芯《しん》を刺し貫く

――『夏の夜の夢』のところで、シェイクスピア晩年のロマンス劇では、構文が複雑になって、それと連動して、言葉の持つ意味やイメージが多層的で曖昧《あいまい》になるとおっしゃっていましたね。そのことが、ひとつの単語に集約的に現れた例としてあがっていたのが、この『冬物語』の一幕二場のレオンティーズの台詞に出てくる centre だということでした。そこのところも、詳しくお聞きしておきたいんですけれども。

レオンティーズが初めて自分の嫉妬のことを語るところ。一幕二場の Affection! thy intention stabs the centre. という台詞ですね。「シェイクスピアの全台詞のなかで最も曖昧な（obscurest）パッセージ」と言われています。

この台詞に関しては、それこそ、一語ずつと言っていいくらいに、異なった解釈による注が各々《おのおの》の原文テクストについていたり、場合によっては一文をまるまるパラフレーズ、つまり分かりやすい英語で言い換えたりしているんです。私は底本としてアーデン版の第二版を使い、他に数種類のテクストを参照したんだけど、ここに関しては、参照した全部の版が、どんな解釈をしているか俯瞰《ふかん》できるように、一覧表を作りました。それで、こうやって並べたの。今まで私は、数も種類もたくさん翻訳してきたけど、こういう一覧表を作ったのは、これが初めてです。

——ここの並びが各版の名前なんですね？

そうです。それで、それぞれの原文テクストがここの各語をどう解釈しているかを俯瞰したいと思って、それで、表にしてみたんです。すると、この単語の解釈はこの版とこの版が同じだから、じゃあ、それを最大公約数にしようとか、ここは全部違うから、だったら、私が別にもうひとつ違う解釈してもいいのかなとか。

——全部違うってあるんですか。

the centre です。いや、かぶるのもあるのよ。だけど、本当に違うのね。ケンブリッジ・スクール・シェイクスピア版では heart of the matter となっていますね。アーデン版では the very heart and soul of man だし、ケンブリッジ版は the center of his being と the core of truth と、二つの解釈を挙げている。ニュー・フォルジャー・ライブラリー版では the truth です。要するにシェイクスピアは誰の、何の「中心」かを明示していないわけです。だからね、今回ほど原文で上演できるネイティヴはいいなと羨《うらや》ましく思ったことはない。言っときゃいいんですもん、そのまんま（笑）。

――たしかにそうですね（笑）。いちいちこれはどちらの意味かって決める必要がなくて、このまんま言えばいい。解釈はお客に任せる。まあ、実際には、演出家と役者さんは、どの解釈を採るか決めなきゃ言えないだろうけれども。

――そうでしょうね。むしろ、決める自由があるみたいな感覚で、選ぶんでしょうね。

そうそうそう。だから、これはこのつもりで俺は言うぞっていう。で、それがそのまま通じるか誤読されるかっていうのは、もうお客さんとの関係次第……。

――でも、舞台上の役者は一回性のものだから、原語だと極端に言えば「今回はこの解釈でやりました」とか「今日はこうやろう」という姿勢でやれるけど、翻訳はそういうわけにはいかないですね。

そうなんですよ。それで、私はすごく自分のなかでも迷いながら提出した台本だから、今回の蜷川版でも、稽古の途中で何度も変えたんですね。そのせいで、唐沢さんの台本のここの部分なんて、修正液でこんなに盛り上がっていました（笑）。直しが多くて。それで、質問というか詰問《きつもん》されるんじゃないかとドキドキしてたのね。蜷川さんと唐沢さんに、「一体これはどういうことなんだ」って。なので、「もしよく分からなかったら説明するけど」と言ったら、「いや、いいです」っていう一言だったの。

——稽古場の段階で、そんなに修正を入れたんですか？

そうです。試しに、原文と、初めに提出した上演台本と、ちくま文庫に入れた決定稿とを並べてみましょうか。

Affection! thy intention stabs the centre:
Thou dost make possible things not so held,
Communicat'st with dreams; —how can this be?—
With what's unreal thou coactive art,
And fellow'st nothing: then 'tis very credent
Thou may'st co-join with something; and thou dost,

激しい愛欲は心臓を突き刺す。
不可能と思えることも可能にし、
夢と通じ合う。どうしてこんなことが？
現実には無いものと力を合わせ、

無から現実の何かを作りだす。ならば、愛欲が、
現実の何かと結びついても不思議はない。

激しい愛欲は体の芯を刺し貫く。
やれるはずのないことをやらせ、
夢と通じ合う――どうしてこんなことが？――
現実には無いものと力を合わせ
影も形もないものと交わる。ならば、それが
形あるものと結びついても不思議はない。

――いや、まあ、日進月歩ですね。
原文ではaffectionを擬人化して「thou（お前）」と呼びかけていますが、翻訳でも「激しい愛欲よ、お前は」とすると長くなるし、ややこしくなるんじゃないかと思ってやめました。でも、いまでもそうしたほうがよかったかなと、正直、迷いが残っています。それはそれとして、「不可能と思えることも可能にし」と訳していたところで、「やれるはずのないことをやらせ」っていうのが浮かんできた時は、我ながらう

れしかったですね。漠然としていながら、なんか分かるというか。それで、原文から離れていない。そういうのができたなっていう。まあ、自己満足かもしれませんが。

——この「やれるはずのないことをやらせ」ですが、「やる」はセックスの直接的な意味合いも込めて、こういう訳にしたということでいいんですよね。

はい、そうです。不倫ということですね。不倫なんてありえないんだけども、激しい愛欲はそういうことをさせちゃう、と。

——今回、曖昧なところは小田島訳と照合したんですけど、小田島さんのほうが親切に訳していますね。意味を固定する方向に訳していて、松岡さんのは曖昧な方向に曖昧な方向にと訳している。

そうなんです。それがね、なんかここは「曖昧に訳せ」と課せられたような気がして……。

——だから、曖昧なところが出てくるじゃないですか。読むほうはね、小田島訳をカンニングして、意味を固定してホッとするみたいなところがある。松岡訳で苦しくなると、麻薬に手を出す感じで、小田島訳に手を伸ばす感覚があって、「あ、いけない、いけない」とか思いながら（笑）、小田島訳を参照していました。で、ちくま文庫版の訳者あとがきの、ここに触れたところでは、曖昧さが重要だとした上で、「曖昧にしている大きな要因」を「言わんとすることを一般論という隠れ蓑《みの》に包んでいる」と指摘してますよね。そして、レオンティーズがⅠとかmyを使うのは、「最後の三行になってからだ」とあります。そこで思い出したのが、『ハムレット』の章でうかがった、独白のことなんですよ。あそこも一般論としてずっと悩んでいて、それが、最後にいきなり自分のことになる。で、やっぱりあそこでシェイクスピアは、劇作家として、なにか一つつかんだと考えてもいいのでしょうか。

私、そこ全然考えてなかったけど、でも、たしかにそうですね。『ハムレット』の第三独白。あれは一般論にしているけど、全部自分に跳ね返ってくるような一般論ですものね。

——不定詞が多かったと記憶するんですけど。

そうです。そもそもTo be, or not to beが不定詞ですね、それにto die, to sleepとか、特に独白の前半に多いですね。

——で、最後にいきなり、自分のことになっちゃうんですよ。それと似ていると思って。

似てますね。流れとしてはたしかに。……似てますね。あ、本当だ。

——そうすると、気になってくるのが、シェイクスピアは、どのあたりでこのやり方を身につけたのかということです。『ハムレット』が書かれたのが一六〇〇年か一六〇一年。『冬物語』は最晩年の一六一一年ごろの作品と言われています。

『ハムレット』より後に書かれた作品ですが、『マクベス』の五幕五場にある Tomorrow Speech（トゥモロウ・スピーチ）と呼ばれる有名な独白もそうですね、人間一般の無常観を語りながら丸ごとマクベス自身のことになっています。

——あ、そうなんですか。じゃあ、いつごろからかは、正確にはわからないけれど、仮に『ハムレット』の独白からだとして、そこで何か見つけたものを大事なところで使っている。何か一つ技を覚えたという感じはするんですよね。

これちょっと面白いテーマですね。一般論……

——一般論、それもけっこう長くて複雑な一般論を、ずっと考え詰めていって、あるところで突然、具体的な問題に帰ってくる。

なるほど。

——これ全然関係ないかもしれないですが、若い頃つき合っていた女性が、口癖で「男の人ってこうこうよね」と言っていたんですよ。で、それはそのまま、普通に受け答えしていたんですけど、ある時、突然彼女が怒ったように言うには、「男の人というのはあんたのことだ」と。だから、彼女は一般論を言っているつもりがまったくなかったんです。僕の悪口を言っていたらしい（笑）。そういう物の言い方をする人がいるんですね。

はいはいはいはい（笑）。場合によったら一般論のほうが、何だろう、抵抗なく考えたり口にしたりできるんでしょうね。

――彼女はそうすることで、面と向かって口にできたんでしょうね。で、それと同じように、考える時にも、「いま俺はこうだ」とは考えづらいけど、「男とはこういうものだ」とはたしかに考えやすいだろう。もっと言えば、「人間とはこういうものだ」というのは考えやすいし、踏み込みやすいだろうという気はするんですね。

言える。この問題は、この先、じっくり考えてみたいですね。

信じる力を目覚めさせよ

――小さいところで一箇所お尋ねしたいことがあります。蜷川版『冬物語』のプログラムに松岡さんが寄せた文章で、産まれたばかりのパーディタを、レオンティーズの命令で捨ててきたアンティゴナスが、クマに食われてしまうのは、単に捨て子という行いが間違いだったためだけじゃなくて、レオンティーズの誤った疑いを受け入れたからだというふうに書かれてますけど、それは具体的にはどこで受け入れたんでしょうか……。

捨てるところですよ。

——捨てるところ？　ありましたっけ。

えーっと、ねえ。三幕三場。ちくま文庫版では一〇八頁。「ハーマイオニ様はもうすでに／処刑されてお亡《な》くなりになったに違いない。そして／アポロは、この姫が本当にポリクシニーズ王の／お子なので、」……。「本当にポリクシニーズ王のお子なので」と受け入れていますね。

——あ、これか。でね、これ舞台で言ってました？

言ってないかもしれない。ものすごくバッサリ切っちゃってるから。

——どこだったんだろうって、観たあとで真剣に悩んだんですよ。

なかったと思う。ちょっとこれ、どこだっけ。（上演台本を調べ始める）ちょっと待ってね（笑）。あ、切ってる、切ってます。

——そんなに切っちゃうものなんですか。

演出でね。

——演出家が最終的に。

そうです。おもに上演時間のためですね。ただ、蜷川さんのカットの特徴というのはね、一場全部は決して取らない。それから、前後を入れ替えてシャッフルしたりはしない。それが、戯曲と劇作家に敬意を払う蜷川さんのポリシー。

——わざわざプログラムで注意を喚起されているのに気がつかないって、何事だと思って、相当あわてました。

私のこの上演台本に、いろんな色のマーカーをつけているのは、カットした段階が違うんですね。そこのところは茶色だから、たぶん最後の段階で切ったんだと思う。

——シェイクスピアをやるときってそんなに切るものなんですか。

切りますね。ものすごく切ります。

——それは英語で上演される場合も？

英語でも切ります。英語の場合、切るし、それから、演出家によってはシャッフルするし、登場人物を少なくして、台詞を違うキャラクターに言わせることもあります。どこの国でもやります。『冬物語』には、おとぎ話的なところがいろいろあって、ここはその一つです。天罰覿面《てきめん》、悪いことをした人は罰せられ、いいことをすれば必ず報いられますよっていう、今では信じたくても信じられないような（笑）ところです。であるからして、純潔で絶対そんな不倫なんかしていないハーマイオニが、やっぱりしたんだって思っただけで、そう思っただけでも天罰がくだった、と私は思う。それはロマンス劇としてとても大事なところではあるんですけども、まあ、実際の上演の場合は、いろんな条件との折り合いで、仕方がないねってことになる。それと、これは厳しいなあと思いながら観ているんだけど、その台詞を言う役者の技量によることもあるんですね。そこが芝居にならないのなら、切るしかないと判断されることもある。

――あと、翻訳ということでは、centre のほかに faith という単語も、苦心なさってますね。

最後にハーマイオニの彫像が動くところですね。「信仰」という訳語を「信じる力」に変えた。これは、まず、あとがきにも書いたように、「信仰」じゃなくて、もっと広くとって「信じる力」とすることで、舞台の上にいる登場人物たちが、本当にそれが動くと信じることと、客席のお客さんが、これは作りごとのお芝居だけども、でも本当に彫像だと思っているものが動きだす奇跡なんだよ、それを信じましょうと、そのふたつを考えて「信じる力」としたんです。もっとも、この変更は自力でできたことではなくて、二〇〇八年十一月に新国立劇場でルイジ・ピランデッロ作の『山の巨人たち』（フランスのジョルジュ・ラヴォーダン演出）を観ている最中に「そうだ、あのfaith も……」と、頭のなかに閃光《せんこう》が走ったの。これはシェイクスピアの『テンペスト』を想起させるピランデッロ最晩年の未完の作品で、「演劇の魔法を信じる」というくだりがあった。その台詞を聞いてひらめいたんです。『山の巨人たち』そっちのけで『冬物語』の一語のことを考えてしまったのだから、舞台に対しては「ごめんなさい」なんですけど、翻訳者の性《さが》ですね。

——その直後の「私がこれからすることが法に触れるとお考えの方は／ご退席願います」の「法に触れる」というのは、原文は何なんですか。小田島訳だと「悪魔の法／とお考えの方は御退席願います」になってるんですよ。それにちょっとギョッとしたもので。

原文は unlawful ですね。Those that think it is unlawful business/I am about, let them depart.（私がこれからしようとしていることが違法だと考える人々、その人たちを退席させろ）。当時は魔法を使うということが本当に違法だったんです。だから、その事実を踏まえている。

——じゃ、ここでもやっぱり小田島訳の「悪魔の法」というのは意味を狭めるほうに訳している。

そうですね。当時、魔法は悪魔の力を借りたものと考えられていて、法に触れる。そういう事実を知らない日本人のために、そこまで嚙《か》み砕いてお訳しになったのでしょう、察するに。

faith には、もうひとつ、一番大事なことがあるのに気づいたんです。faith を「信じる力」と訳したんだけど、それには「目覚めさせて（awake）」という語がついてる。原文で言うと It is required you do awake your faith. つまり、ここの you は字面では「この場に居合わせるあなた方」ということですが——続いて Then all stand still.（では、どなたもお動きになりませんよう）とありますから——でも、これを聞いたレオンティーズは、「あなたはハーマイオニを信じなかった。奥さんを信じる力を目覚めさせてください」という意味をきっと読み取るに違いない。その大切な含意が「信じる力」と訳すことによって出てきた。それもうれしかった。

この台詞を、ポーライナは、もちろん、そこにいる登場人物たちに対して言っている。それから、観客に対しても。「訳者あとがき」にはこのふたつしか書かなかったけれど、そのふたつに続いて、三番目の含意に私が気づいたのは、これまた唐沢さんの演技からです。「信じる力を目覚めさせて／いただかねばなりません」と言われた時、レオンティーズにしてみれば、今この目の前の彫像が動くと信じることと、やっぱり女房を信じなきゃいけなかったということの、両方がガーンと来るだろうなということに、遅ればせながら気がついた。気づいた順番では三番目だけど、重要度では、これが一番でしょう。faithというのは、宗教的な「信仰」という意味から、忠義や臣下のfaith（信義、誓約）、誠意、相手を信じることということまで含む、すごく奥の深い言葉だということです。faithという言葉の意味をひとつひとつほぐしてゆき、「信じる力」と訳したことによってその奥深さが分かったし、その結果選んだ「信じる力」という言葉が独り歩きして、いくつもの道を開いていく、そのダイナミズムを感じましたね、今回は。

——だけど、そのあたり、唐沢寿明はあまり芝居していなかったのでは？

ふふふ、それがね。私、大阪公演も観に行ったんです。そうしたら、そのポーライナの台詞で唐沢さんがガクッとうなだれる芝居をしていたの。さいたま公演ではやってなかったんですよ。ポーライナ役の藤田弓子さんも、明らかにレオンティーズを意識してこの台詞を言っていましたね。

——あ、そうなんですか。

私はビックリしちゃって。ああ、本当に faith をこう訳し直してよかったと。唐沢さんが発見したんですね。それを見て、私も、ある意味いちばん大事な三つ目の意味に気づかされた。舞台って、回を重ねるごとに進化するんですよ。

――「信仰」と訳したら、そこの芝居はなかった。

なかったと思う。舞台を重ねているうちに、彼自身がこの「信じる力」というのは、「そうだ、俺があいつを信じなかったからこういうことになったんだ」という理解に行き着いたんだと思うの。で、ポーライナが台詞を言ったとたんにガクッとした。

――ガックリうなだれた。

うなだれたの。本当にひと言の力というか、ひと言何かちょっと変わるだけでね……。大阪でねえ……。地方公演は、スタッフが観に行くと言っても、その場で仕事のある人にしか交通費出ないからねえ。行っても、席も一番後ろだし（笑）。まあ、それはそれでいいこともあるんです。下の床が全部見えるっていうことは、全然また違う世界が目の前に展開するから、全然いやなことではない。むしろ大好きな席。でも、ちょっと時間的にきついなあとか、新幹線ものぞみで行くと、ジパング倶楽部《クラブ》の割引きにならないし、なんて思いながら大阪まで行って……。

――何ですか、そのジパング倶楽部って。

女性なら六〇歳以上、男性なら六五歳かな、資格があるのは。会員になると、ＪＲが三割引きになるんです。

――それは貴重な情報だからぜひ載せましょう（笑）。

今、うちでは夫婦二人で入っていて、会費払って毎年更新するんだけど、三割引きっていうのは大きいですよ。ただ、ハイシーズンとグリーン車とのぞみの特急券はダメ。だから、乗車券だけ三割引きにしてもらって、のぞみは正規の料金払って行ってきたんです。で、もう本当に、お金かけて行ってよかったと思った。でもね、いつもそうとは限らない。東京で千秋楽を観て、名残惜しいから地方公演も観に行ったら腐っちゃってた、こんなの観るんだったら来なきゃよかったってことも、ありますからね。

――『冬物語』については、うれしかったでしょう。たしかに、芝居のしどころだと思うんですけど……。小田島訳だと「信仰を目覚めさせていただかねばなりません」。ああ、そうか。これやっぱり、全部「悪魔」「魔法」と訳すじゃないですか。そうするとfaithも「信仰」にならざるをえないんですよ。

そうですね。

――そっちに引っ張られる……ま、どっちが先かわかりませんよ。「信仰」と来たから「悪魔」と来たのかもしれないし、「悪魔」から「信仰」にならざるを得ないと考えたのかもしれない。だけど、これ対になっちゃいますよ、絶対。ここは「悪魔」や「魔法」と一貫してやっていると、「信仰」から離れられない。

ええ。今になれば、むしろ「信仰」は遠いという気がしますよね、この文脈では。でも告白すると、ここは私も、準備稿では「ご信仰」としていました。

――ご丁寧に「ご」がついちゃってた！

はい。もうなんか崖《がけ》っぷちでUターンしたっていう感じですね（笑）。落っこちる寸前で。

第八章　言葉の劇——『マクベス』

『マクベス』（一六〇六）あらすじ

スコットランドの将軍**マクベス**は、ある日荒野で**三人の魔女**と出会い、「いずれは王になるお方」という奇妙な予言をきかされる。すぐに現王の「殺害」を心に思い浮かべたマクベスは、インヴァネスの城に帰還すると、気性の激しい**マクベス夫人**とともに計画を練り、城にむかえたスコットランド国王**ダンカン**を暗殺し、またその罪をかぶせるために、ダンカンの二人のお付きの者も刺し殺す。かくして、王位は彼のものに。だが、「一旦《いったん》手をつけた悪事、土台を固めるには悪事を重ねるしかない」。殺し屋を呼び寄せ、王位の存続を脅《おびや》かす将軍**バンクォー**を葬《ほうむ》り、さらには反マクベス派の貴族**マクダフ**の留守宅を襲わせて、その妻と幼い息子まで殺してしまう。一方、マクベス夫人は国王暗殺ののち精神に大きな失調をきたし、妄想に苛《さいな》まれて憔悴《しょうすい》したすえに自ら命を断つ。暴虐《ぼうぎゃく》の王が君臨し、国が疲弊していくなか、マクダフはダンカンの息子**マルカム**と手をむすび、イングランドの援軍も得て、ついに決起。バーナムの森からマクベスの城へと軍勢をすすめ、孤立無援のマクベスはマクダフの手にかかって「地獄行き」となる。

名台詞《めいぜりふ》の条件

――『マクベス』は名台詞の多い芝居です。たとえば「きれいは汚い、汚いはきれい」とか、「俺の心はサソリでいっぱいだ！」とか、また、「消えろ、消えろ、束《つか》の間《ま》の灯火《ともしび》！／人生はたかが歩く影、哀れな役者だ」も、忘れがたい。

坪内逍遙の「消えろ消えろ、束の間の燭火《ともしび》！」は名訳です。Out, out, brief candle! という原文の響きやテンポを見事に掬《すく》いとっている。考えてみれば brief candle というのは表現として奇妙なんですよ。brief は時間的に短いという意味で、例によって『シェイクスピア・コンコーダンス』に当たってみると、七四箇所で使われていますが、具体的なモノ・ブツを形容しているのはこの一箇所だけ。ですから、ここの brief は、蠟燭《ろうそく》の丈が短いことを表すと同時に、火がともってから消えるまでの時間も短いという二重の意味・イメージを含んでいる。それを「束の間の燭火」とした逍遙は凄《すご》いとしか言いようがありません。シェイクスピアを訳すときは、私の場合、逍遙訳から小田島訳まで基本的に七種類くらいの先行訳を参照するんですが、先行訳が完璧《かんぺき》なときは、そのままありがたく頂戴《ちょうだい》します。ここは逍遙以後の歴代の翻訳者がみなそうしています。で、たしかに「消えろ、消えろ……哀れな役者だ」は名台詞だけれど、じつはその前後もいいんですよ。Tomorrow Speech（トゥモロウ・スピーチ）と呼ばれる独白で、この名台詞の全体をぜひ味わっていただきたい。というのも、これはほんとうに憶《おぼ》えやすい台詞の典型だと思うし、音と意味とイメージのつながりの素晴らしさがよく分かるから。劇の大詰め、五幕五場で妻の死を知らされたマクベスがこう語ります。音もすごく大事なので、英語で読みますね。というか、これは私でも暗誦《あんしょう》できるんだ（笑）。

To-morrow, and to-morrow, and to-morrow,
Creeps in this petty pace from day to day,
To the last syllable of recorded time;
And all our yesterdays have lighted fools
The way to dusty death. Out, out, brief candle!

Life's but a walking shadow, a poor player,
That struts and frets his hour upon the stage,
And then is heard no more: it is a tale
Told by an idiot, full of sound and fury,
Signifying nothing.

明日《あした》も、明日も、また明日も、
とぼとぼと小刻みにその日その日の歩みを進め、
歴史の記述の最後の一言にたどり着く。
すべての昨日は、愚かな人間が土に還《かえ》る
死への道を照らしてきた。消えろ、消えろ、束の間の灯火《ともしび》！
人生はたかが歩く影、哀れな役者だ、
出場のあいだは舞台で大見得を切っても
袖《そで》へ入ればそれきりだ。
白痴のしゃべる物語、たけり狂うわめき声ばかり、
筋の通った意味などない。

――聴いていて、三回くりかえされるトゥモロウの「モ」が強く発音されるところが、まず耳にのこりますね。日本語の「明日も」だと、するっと行ってしまうけれど。

でしょう？　tomorrow だからたしかに意味は「明日」なんだけれども、それを耳で聴くと、to-mor-row というふうに mo のところにアクセントが来るから、しかもそれが三回くりかえされて強調されるから、まるで to morrow と二つの単語のようにも聴こえてくる。morrow は古語で、「朝」という意味なのね。

――morning の古い形ですか？

そうです。ですから、To-morrow, and to-morrow とマクベスが語るときに、その発音にみちびかれて、「明日」という意味と同時に、トゥ・モロウ、トゥ・モーニング、つまりいま夜のなかに居て、「朝へ、朝へ」っていうイメージがダブってくるわけ。そしてこの「……へ」という方向性のイメージが、次の行にも、つまり夜から朝へ「歩みを進める」というイメージにもつながる。また一方で、「明日」という言葉の意味からは、今日とか昨日とか、日にちの連想にも誘われる。すると実際に、一行目の tomorrow の連呼のあとで、二行目の最後に「今日」が出てくるんですよ。もちろん意味としては from day to day でひとつのまとまりだけれども、音としては最後の to day が today、つまり「今日」のように聴こえる。to が弱く、day が強く発音されるから。
――なるほど、シェイクスピアは「深読み」だけじゃなくて「深聴き」もできるわけですね。

台詞を暗誦している側の感覚でいうと、まず to-morrow という音から、「明日」という意味と、「朝へ」というイメージが喚起される。そこで翻訳でも「明日」に「あした」とルビを振った（四刷から）。日本語でも「朝」を「あした」と読むときがあるでしょう？　だから。

そして、次の行で夜から朝へむかって行って、from day to day（その日その日）と言ってるときに、today（今日）という言葉も同時に頭に浮かんでくる。で、さらにその「今日」がどこまで行くかというと、三行目の To the last syllable of recorded time（歴史の記述の最後の一言）にたどり着くわけ。そして四行目には yesterdays が出てくる。明日、今日、昨日という流れに乗っていけばいいから、憶えやすいんですよ。そしてこの名台詞は四行目から五行目にかかるところで、すくなくとも私のなかでは、イメージがさらに増幅されるというか、重層的に転換されてゆく。

四行目は And all our yesterdays have lighted fools ですが、この light は動詞で、直訳する

と「そして私たちのすべての昨日が、愚か者たちのために照らしてきた」。何を照らしてきたかというと、五行目の The way to dusty death（人間が土に還る死への道）を。ここでぜひ注目してほしいのは、「すべての昨日」すなわち過去が明かりを点《つ》けて、現在の愚かな私たちにたいして、「死への道」すなわち未来を示しているという構図なんです。トゥデイに生きる私たちがここにいて、目の前には死へと至るトゥモロウの道が続いていて、その道を後ろからイエスタデイの連なりという灯火が照らし出している。つまり、明日・今日・昨日という時間をあらわす言葉の意味に、ここで空間的な位置関係のイメージがかぶってくる。「昨日たち」のともす明かりは、私たちの背後にある。だから、五行目の後半で Out, out（消えろ、消えろ）と言うときには、マクベスはいったん振り向いているのかもしれない。ともあれ、「消えろ」と言ってもキャンドルは消えず、昨日は死への道を照らし出しつづける。後ろに明かりがあると、当然ながら影は前に落ちますよね。そこで六行目はすかさず、Life’s but a walking shadow（人生はたかが歩く影）と始まる。念のために補足すると、Life’s は Life is で、この but は「しかし」ではなくて「……に過ぎない」。また、「影」という言葉は、もう半ば自動的に「役者」を意味する。

――え、そうなんですか！

そうなんですよ。英語で、とくにシェイクスピアの時代では、影といえば役者。典型的な例としては『夏の夜の夢』の幕切れに、妖精パックの台詞があるでしょう。「影にすぎない私ども、もしご機嫌を損ねたなら／お口直しに、こう思っていただきましょう」云々《うんぬん》って。

――ああ、あの「私ども」はたしかに、いま舞台を演じ終わった自分たち役者のことですよね。舞台にはもうパックひとりしか残っていなくて、観客にむかって言う台詞ですし。そうすると、このシャドウという言葉はなんていうのか、フィクションって感じですか？　現実の世界を生きている人間というよりも、むしろ役を演じている……。

そうそう、まさにそうです。役を演じている人間が、マクベスの台詞をしゃべりながら、明日へ、あるいは朝へむかって舞台上で「歩みを進め」ている。すると四行目で背後から光が射《さ》して、目の前に、自分の「小刻みに」動く影が落ちているのが見える。だから六行目で walking shadow（歩く影）という言葉が、すっと自然に口を衝《つ》いて出てくるんですよ。しかも「影」は「役者」につながるから、すぐに言い換えて a poor player（哀れな役者だ）。で、このプレイヤーは何をしているかというと、関係代名詞の that でつないで、七行目 That struts and frets his hour upon the stage（出場のあいだは舞台で大見得を切って）いる。切ってはいるけれど、八行目では And then is heard no more: となって、これは直訳すると「そしてそのうち、彼（の声や足音）はもう聴こえなくなる」。拙訳だと「袖へ入ればそれきりだ」。ここでは言うまでもなく、役者が劇場の舞台袖へ退場することと、人間がこの世という舞台から退場することが、イメージとして重ね合わされている。そして続く二行で、人生という舞台をあらためて振り返って、It is a tale/Told by an idiot, full of sound and fury,/Signifying nothing.（白痴のしゃべる物語、たけり狂うわめき声ばかり、／筋の通った意味などない）と、独白の全体を総括する。

――最後の単語が nothing というのも、強烈ですね。

そう、これはとってもよく出来てる。しかも、暗誦しやすい。たとえば人間が「土に還る死」への道というところは dusty death と d 音のアリタレーション（頭韻）を使って、憶えやすくしてある。poor player も petty pace も p 音の頭韻だし、day to day だってそうだし、この台詞にはいくつも頭韻が使われています。頭韻というのは詩の技法としては非常にプリミティヴで、誰でも出来るっていうと変だけど、脚韻のほうは高等技術が要るのにたいして、頭韻はわりとやさしい。だから、『夏の夜の夢』で職人たちが劇中劇の稽古《けいこ》をする有名な場面で、機屋《はた》のボトムがしゃべる台詞なんか、もう頭韻だらけ。トゥモロウ・スピーチの場合も頭韻がちりばめてあるから、それも憶えやすい一因なんでしょうね。とにかく台詞がいったん頭なり体なりに入ったら、音や意味やイメージの流れをその場でもう一度掘り起こせばいいわけだから、忘れにくい。私の場合は、ある時これは憶えやすそうだぞと思ってやってみたら、うまくいって、これはいちど入ると、もう大丈夫なんですよ。To-morrow, and to-morrow…

——いつ入れたんですか、その台詞。

えーとね、いつだったかな。もともとは学会で発表したんです。河合祥一郎さんたちとシェイクスピア劇翻訳のパネルディスカッションをしたときに。シェイクスピアの台詞は memorable（憶えやすくて、忘れにくい）、その代表がトゥモロウ・スピーチだという話を。そこで、憶えやすいということを実地に証明するために、自分でちょっとやってみますって、諸先生を前におそるおそるやってみせた（笑）。だから、ちょうど十年くらい前かしら。

——いまの話でとてもおもしろかったのは、音と意味とイメージのつながりというのも勿論《もちろん》そうなんですが、もうひとつ凄いなと思ったのは、前後関係の呼応ですね。明日と今日と昨日の時間的な前後と、人物の背後と目の前という空間的な前後と、そして光と人体と影の前後関係と、この三つが絶妙にフィットしている。

そうなんですよ。

――この場面では、役者はどうしたって動きたくなると思うのですが、実際の舞台ではどうなんでしょう。やはり、歩きながらしゃべるんですか？

それはいろいろです。たとえば蜷川さんの安土桃山マクベス（「NINAGAWA・マクベス」）、平（幹二朗）さんがマクベスを演じた舞台では、無数の蠟燭に囲まれたマクベスは坐《すわ》っていたし。デイヴィッド・ルヴォー演出の松本幸四郎さんも床に坐り、傍らの椅子《いす》に置いた蠟燭を「消えろ、消えろ」と言って素手で消しました。だいたいこの場面のマクベスは止まっているみたいですね。

――でも、あの五行目で Out, out と言うときは、振り返るほうが自然ですよね。

そうですね、すくなくとも意識のなかでは、くるっと。でもやっぱり実際に振り返らないと、昨日が後方にあって、自分が立っているところが今日で、明日が前方にあって……という感じは伝わりづらいかな。

――で、前方のずっと先には、死がある。

この五行目の death は、三行目の the last syllable of recorded time と一致する。たいした台詞だと思いますよ、これはほんとうに。音と意味とイメージのつながりがパーフエクト！　それと……あともう一言だけ、いいですか（笑）。私、声に出していて、実に気持ちがいいところがあるのね。八行目なんだけど。その前に Out, out の繰り返しとか、struts and frets みたいに短くパ、パーンと短音節で畳みかけるような言葉があって、その後で And then is heard no more って言うと、その heard と no more の長音節が縹渺《ひょうびょう》とたなびいて、なんだかもうほんとうに死んで、横たわって、という感じになってくる。でもね、シェイクスピアの原文がいかに素敵かとか、いかに憶えやすく忘れにくいかということを、こうやって私はついつい熱をこめてしゃべってしまうんだけど、その裏では、だから大変なんだよ、これを日本語でも同じようにできるかよ、っていうのが常にあるわけです。そんなことはもうほとんど不可能、というところから出発しないと、やってられない。

——詩の翻訳に近いような。

そうです。詩ですよ。

ブランク・ヴァースについて

——詩について伺いたいと思います。まず形式的なことでいうと、シェイクスピアの戯曲のなかで、詩で書かれている部分は、日本語でも行分けにするのですか?

それが通例ですね。詩で書かれている台詞は一行ずつ行分けにして、散文で書かれている部分はそうしない。このお芝居はご存じのとおり、

魔女1　いつまた会おう、三人で?
　雷、稲妻、雨の中?
魔女2　てんやわんやがおさまって
　闘い、負けて勝ったとき。
魔女3　ということは、日暮れ前。
(中略)
三人　きれいは汚い、汚いはきれい。
　飛んで行こう、よどんだ空気と霧の中。　(退場)

という魔女たちの掛け合いで幕をあける。魔女1と魔女2の台詞などは、そうしようと思えば一行に収められるわけですけど、この一幕一場は詩で書かれているので、原

文にならって行分けにする。一方、散文のほうは、たとえば二幕三場の門番の台詞、

門番 やけにどんどん叩《たた》くじゃねぇか！ 地獄の門番だったら、千客万来で鍵《かぎ》の回しっぱなしだぜ。（ノックの音）どん、どん、どん。誰だ、こちとらにゃ地獄の閻魔《えんま》大王がついてんだ、名を名乗れ。——ほほう、百姓だな、豊作貧乏を苦に首くくったか。通れ、（以下略）

というふうに流していく。ですから、日本語で読んでも、シェイクスピアがどの部分を詩で書き、どの部分を散文で書いているかは、ほぼ見当はつくわけです。もっとも、英語と日本語では語順がちがうから、原文と翻訳で行分けがぴったり合うわけではないけれど。それと、行分けにはもうひとつ利点がある。つまり、原文と対照しやすくなる。私が行分けにするのは、このメリットが大きいから。できれば読者に原文と対照してもらいたいの、翻訳だけ読んでそれでおしまいにするんじゃなくて。もちろん、舞台上演にむけて日本語台本を提供するため、というのを第一優先にして私は訳していますけれども、本にするからには読む人のことを考える。で、翻訳を読んだ人が、この台詞ステキねって思ったときに、原文はどうなのかしらって、そちらにも手を伸

ばしてもらえたらうれしい。そのときに、該当箇所が見つけやすいという、非常に即物的な配慮のもとに、私は行分けにしています。

――詩の場合、韻が厄介ですよね。

これはさっきも言ったように、もう不可能だと思ったほうがいい。原文とまったく同じように韻文を移すというか、日本語でも頭韻や脚韻を踏むのは。もちろん、それなりの努力はしますよ。うまく出来たときは、「やった！」と思ってうれしいから、それはそのまま使って、ひとつ踏めたら、その前後もうまくできないかなって訳語を考えなおしたりすることもある。でも私は、脚韻についてはそんなにこだわらない。なかにはとても律儀《りちぎ》に、さぞ大変だっただろうと同業者として想像しちゃうくらい、日本語で脚韻を踏ませている訳者もいらっしゃるけれど。

――ところで、たとえば『マクベス』の場合だと、韻文と散文の量的な割合はどうなっているのでしょう。

えーと、その前に……これは自分でもさっきから使っていたわけですが、シェイクスピアの戯曲について語るときは、「詩」とか「韻文」という言葉は、もしかしたら使わないほうがいいのかもしれない。だって「韻文」というと、文字通り「韻を踏んだ文」でしょう？　ちょっと誤解を招くというか、イメージがずれるんですよ。

——かわりに、どんな言葉を？

ブランク・ヴァース。これは専門家が使うカタカナ言葉ですが、やっぱりブランク・ヴァースと散文、そして韻文、というふうに三つに分けたほうがいい。ブランク・ヴァースとは、日本語で「無韻詩」と訳されることからも分かるように、韻は踏まない。だから「韻文」という言葉はまずい。押韻《おういん》が必要条件ではないから。じゃあ「詩」でよいのでは、と思われるかもしれないけど、日本語で「詩」というと、たとえば朔太《さくた》郎《ろう》とか中也とか、あるいは谷川俊太郎さんとか、そういう作品をつい連想してしまうのではないか。でも、ブランク・ヴァースは、いわゆる自由詩ではないんですよ。

——規則はあるわけですね。

ええ。それは一言でいうと、アクセントのペア。アクセントの弱い音節と強い音節がペアになって、弱強、弱強と五回くりかえされて一行になるのが、ブランク・ヴァースの基本的なパターン。たとえば『リチャード三世』の冒頭の名台詞は「さあ、俺たちの不満の冬は……」と始まりますよね。原文では、

Now is/the win-/ter of/our dis-/con-tent

となっていて、見ての通り（下線を付した音節が強いアクセント）、弱強のペアが五つで一行になっている。これを iambic pentameter（弱強五歩格）と言いますが、弱強五歩格のあとにもうひとつ、「弱」が来るものも多い。『ハムレット』の To be/or not/to be/that is/the ques-/tion が典型ですね。さらに細かいことを言うと、ブランク・ヴァースではない形式の詩で書かれている箇所もたくさんあります。さっきお話しした『マクベス』冒頭の魔女の掛け合いの場合が一例で、あそこは脚韻でいくんですね。「きれいは汚い、汚いはきれい」とその次の行、Fair is foul, and foul is fair./Hover through the fog and filthy air. の行末の fair と air のように。『ロミオとジュリエット』で二人が舞踏会で初めて出会うくだりはソネット形式（abab/cdcd/efef というふうに一行おきに韻を踏み、最後の二行を gg と押韻する十四行詩、シェイクスピアの『ソネット集』が有名だが、当時の恋愛詩はこの形式で書かれた）です。

——先の質問に戻りますが、『マクベス』の場合、ブランク・ヴァースと散文はどちらが多いんですか？

圧倒的にブランク・ヴァースが多い。トゥモロウ・スピーチもそうです。そうそう、さっき言い忘れたんだけど、この一行目はね、To-mor/row, and/to-mor/row,/and ... というふうに、and が「強」になっている。だからほんとうに「よっこらしょ」という感じでまた明日＝朝に向かってゆく感じがして、ブランク・ヴァースの効果は絶大です。対照的に、たとえば『から騒ぎ』なんかはほとんど散文で書かれています。

――そんなに違うものですか。

違います。ジャンルによって違う。大まかに言って、悲劇や歴史劇はブランク・ヴァースの割合が多くて、喜劇は散文が多い。また、悲劇でも喜劇的な場面にはよく散文が使われる。登場人物でいうと、貴族の台詞はブランク・ヴァース、市井《しせい》の人たちの台詞は散文という違いもある。たとえば『マクベス』の門番の台詞は一貫して散文で書かれているし、『ヘンリー六世』第二部の叛徒《はんと》ジャック・ケイドの台詞も、彼は職人だから散文ですね。

――ブランク・ヴァースと散文の使い分けに関していうと、シェイクスピアの場合、年代による傾向の違いは？

いや、それはないですね。シェイクスピアの書いた作品は、最初期から最晩年まで、すべて基本はブランク・ヴァース。そこに、ところどころ散文が混じる。ところどころ以上に散文が多かったら、それは喜劇。あるいは喜劇的な場面。そう腑分《ふわ》けしておいて、まず間違いはないと思います。そもそもブランク・ヴァースの始まりは、シェイクスピアが生まれる直前、サリー伯ヘンリー・ハワードが一五四〇年ごろ『アエネーイス』の第二巻と四巻を英訳したときに用いたのが最初だそうです。十六世紀半ばからは詩でも戯曲でも使われだして、それをクリストファー・マーロウが確立したというのが学界の定説ですね。で、シェイクスピアがこの技法を継承して、完成させた。詩の世界ではミルトンが『失楽園』（一六六七）をブランク・ヴァースで書いて、その後も英語詩ではそれなりに命脈を保つけれど、演劇の世界ではジョン・ドライデンの悲劇『すべて恋ゆえに』（一六七七）はあるものの、すっかり廃《すた》れてしまって、それを二〇世紀に復活させようとしたのがT・S・エリオットで、わざわざヴァース・プレイ、つまり「詩劇」と銘打って『寺院の殺人』（一九三五）を書きました。

——現代のイギリスの役者がシェイクスピアを演じるときは、台詞がブランク・ヴァースであることを踏まえて、弱強のアクセントにはそうとう神経を払うわけですか？

そのことについては、いろいろあって……一九六〇年代かな、ピーター・ブルックの出現によって、いったん大きく変わったんですよ。それまではきちんとヴァース・リーディングの稽古を皆やっていたのに、ブルックがそれをやめたというか、英語にはどの言葉にも弱強のアクセントがあるのだから、必要以上にそれを意識しなくていいし、ブランク・ヴァースの弱強の規則にあわせるために、現代英語とは違うアクセントで台詞をしゃべるような、そんな不自然なことはやめようと言い出したらしい。

――日常の会話のやりとりで行くと。

そうなの。で、ブルック以後、シェイクスピアの台詞が日常の英語にとても近くなった。でも、それにもまた揺り戻しがあって、うるさいシェイクスピア原理主義者たちは「そんな台詞まわしはシェイクスピアじゃない」とか、「だから役者もダメになる」とか言って、熱い論争があったようですけど、そのへんのことは私も現場にいたわけではなくて、高橋康也先生からよくお話をうかがいました。最近のロイヤル・シェイクスピア・カンパニーの舞台でも、きっちりブランク・ヴァースを言おうという傾向があって、でも、そういう役者を見てると、「ああ、わかった、わかった。ブランク・ヴァースきれいに言うよね」って、このガイジンの私ですらですよ、聴いていて興ざめすることがある。もっとも、ブランク・ヴァースを尊重する観客は少なくない。たとえば一九八八年に新大久保に東京グローブ座がオープンして、ロイヤル・シェイクスピア・カンパニーをはじめとして英語圏の劇団が一九九〇年前後に続々と来日して、シェイクスピアを上演しましたよね。あの頃、たまたま初日に観《み》に行ったりすると、駐日英国大使館の関係者とか、イギリス人の大学教授とその奥様がいらしてたりして、終演後のロビーでよく小耳にはさんじゃうわけですよ。「今日のお芝居、いかがでした？」「ブランク・ヴァースがなってませんでしたわ」みたいな会話を。

——いかにもブランク・ヴァースらしい台詞まわしを、古くさいと取るか格調高いと取るか、観客によってずいぶん違う。

そう……。でもやっぱり、たとえブランク・ヴァースをきっちり言う役者でも、腹にその役が入っていると、ブランク・ヴァースだけが浮いて聴こえたりはしない。ちゃんとそのキャラクターの言葉になっているから。そういう場合はむしろ、ブランク・ヴァースだってことは意識させられません。きれいな言葉、きれいな響きとして快く耳に入ってくる。だから結局のところは、役者の技量の問題じゃないのかな。

「私たち」を訳す

——『マクベス』を翻訳することによって得た、最大の発見は何でしたか？

weですね、「私たち」。この当たりまえの単語をどう訳すか、どう読むかによって、作品全体にたいする見方が変わる。読み方が深まる。マクベス夫妻という、ある種異様なカップルの絆《きずな》がどの時点で断たれたのか。劇の真の転換点はどこなのか。それが分かってくる。翻訳するまでは、そんなことまったく思いもしませんでした。もう何十年とシェイクスピアに親しんできていたのに……。初めてweのことを意識させられたのは、一幕七場を訳していたとき。スコットランドの王ダンカンを城に迎えた将軍マクベスが、晩餐《ばんさん》の席から途中で退座し、国王暗殺をためらって「例のことはもう止《や》めにしよう」と妻に言うと、「怖いのね？」「自分を臆病《おくびょう》者と思い決めて生きるつもり？」などと激しく責められる。それに続くふたりのやりとり。

MACBETH　If we should fail?
LADY MACBETH　We fail?

これを最初は「もし、しくじったら？」「しくじる？」と訳した。そして次の行に進もうとしたとき、あの瞬間はいま思い返しても不思議なんだけど、なにかが引っかかったんですよ。次に進めなくて、「え？」と思って読み直したら、夫婦の台詞にはどちらにもweがある。あらー、これ、二人いっしょ、あくまで「私たち」なんだと、初めて気づいた。先ほどweを「どう訳すか」と言いましたけど、どうもこうもなくて、むしろ訳さないことのほうが多い。IやYouやWeをいちいち訳していたら日本語としてスムーズではないし、翻訳者としては人称代名詞が来たら半ば自動的にスルーしちゃうことが多い。私も基本的にはいちいち主語は入れないというふうに訳しているわけですが、でも、ダメ！　ここは主語を訳さないと絶対にダメだぞ、と。そう判断し、そう決意した。つまり、「もし、しくじったら？」「しくじる？」というふうに訳したなら、原文の主語がそれぞれ I と You だと誤解され、しくじるのはマクベス一人というふうに聞こえてしまう。「俺、もし失敗したら、どうしよう？」と夫が弱気になり、「失敗？　そんなことありえないわよ」と妻が励ますみたいな感じになってしまう。しかし、ここは微妙に、そして決定的に違うわけですよ。ふたりの関係はもっと、異様なくらい密着している。マクベス夫人は、原文でも役名は Lady Macbeth と書かれていて、名前がありません。シェイクスピアの全戯曲のなかで、名前のない主要登場人物は、彼女だけ。マクベスとレイディ・マクベスは、そのネーミングからして一心同体のカップルとして描かれている。ダンカン王暗殺計画に関しても夫婦はいわば共同正犯で、マクベスが事を成就《じょうじゅ》して王位に就くことを、二人とも同様に強く願っている。私は「一卵性夫婦」と呼んでいるんですが、そんな二人の絆の強さが、この we の使い方に端的にあらわれていると思う。だから、

マクベス　もし、しくじったら、俺たちは？

マクベス夫人 しくじる、私たちが？

と、weをはっきり訳した。それからはもう、私の頭のなかは「ウィ、ウィ」言っちゃって（笑）、この一幕七場以降でweが出てきたら、それをはっきり訳すべきか、訳さざるべきかをいちいち考えるようになって、もちろん一幕七場以前もさっそく見直しました。

――一幕七場以前で、翻訳上、問題になるようなweは？

それはなかったの。でも、かわりに、ふたつの言葉の含意にあらためて気がついた。partner（伴侶《はんりょ》）と、シェイクスピアの時代の古いスペルでmurther（殺人）。戦場から自分の城にもどる途中で、マクベスが手紙を書きますよね。荒野で三人の魔女に出会ったときの様子を。自分がやがてスコットランドの王位に就くことを、「万歳、いずれは王になるお方！」って魔女たちが予言したと、妻に手紙で報《しら》せる。一幕五場でマクベス夫人がそれを声にだして読みながら登場する。その手紙のなかで、マクベスは妻のことをmy dearest partner of greatnessと呼んでいます。「いとしいお前は大いなる地位を共にする伴侶」と訳しましたけど、直訳すると「私の最もいとしい、偉大さのパートナー」。この「パートナー」が気になって、例によって『シェイクスピア・コンコーダンス』を引いてみた。そうしたらpartner(s)という単語は、シェイクスピアの全戯曲のうち十本の戯曲で、計二〇箇所で使われていた。おもしろいのは、パートナーと呼ばれたり言われたりする対象が、ほとんど男であること。例外は『マクベス』と『ヘンリー八世』と『冬物語』の計三箇所しかない。あとはすべて、男のことを「パートナー」と言う。

——それは、女が男のことを?

ではなくて、男が男にむかって言うことが多い。バンクォーもマクベスのことを二箇所でpartnerと言っています。だからこれはもう、「恋人」や「愛し合っているカップル」というニュアンスよりも、むしろ「同志」という意味合いの強い言葉として、シェイクスピアは使っている可能性が高い。マクベスの手紙では「パートナー」のまえに「いとしい」という形容詞が付いているから、愛情とか男女の結びつきが連想されがちだけれども、実は「パートナー」と言ったときに、「行動と志を共にする相手」という側面を、ここで早くも打ち出していると読める。この同志的なパートナーシップが、のちにweとしてあらわされる。ちなみに『冬物語』でこの語を使うのはカミローという人物で、若いヒロインのパーディタのことをボヘミア王子フロリゼルにthe partner of your bed(あなたとベッドを共にする人)と言い、『ヘンリー八世』では、王ヘンリーがやがて妻にするアン・ブリンに向かって「ダンスのパートナー」という意味で使っています。
「殺人」のほうは一幕三場に出てきて、この芝居ではそこが初出です。マクベスが「心に浮かぶ殺人は、まだ空想にすぎないのに／俺の五体をゆさぶり」と傍白する。魔女の予言を聞いて、ダンカン王暗殺に思いを馳《は》せてしまう。一方、マクベス夫人は例の手紙を読んだ直後に、そこには魔女の予言のことしか書かれていないのに、つまりマクベスが殺人を心に浮かべたことなどひと言も書かれていないのに、夫が「大いなる地位」を得るための「一番の近道」をめぐって独白する。そして、you murth'ring ministers（人殺しの手先）と超自然の者たちに呼びかける。たとえ荒野とインヴァネスのお城とで離れ離れになっていても、まるでテレパシーみたいに、二人ともまったく同じことを思ってしまうわけですよ。この書き方が巧《うま》い。

――二人が一から十までweで行くってことの、巧みな伏線になっているというわけですね。weを発見していなかったら、たしかにそこまでは読み込めないかもしれませんね。ではそろそろ一幕七場以降に目を移しましょうか。劇はまだ始まったばかりです。

五幕九場の終わりまでの道のりは長い。頭のなかは「ウィ、ウィ」状態で、翻訳を進め、訳し終えました。念には念をいれました。にもかかわらず、大事な we をひとつ、見落としてしまった！

――You fail?

はい、私はしくじりました（笑）。二幕二場です。王位に就くための「一番の近道」、すなわちダンカン王殺しがマクベスによって実行に移された直後、こんなやりとりが交わされます。

マクベス夫人　そんなに思い詰めてはだめ。
マクベス　なぜひと言「アーメン」と言えなかったのか？
俺こそ神の慈悲が必要なのに、「アーメン」という言葉はこの喉《のど》に突き刺さったままだった。
マクベス夫人　こういうことはそんなふうに考えてはいけないわ。気が狂ってしまう。

私はこう訳して、それをそのまま本にしました。しばらくして、蜷川『マクベス』の新ヴァージョンのニューヨーク公演がありました。「アメリカ人はシェイクスピアを知らないから」（！）ということで、ニューヨークの観客のために英語字幕を作ることになったんです。役者は全員日本人で、台詞はすべて日本語なのだから必要だと言われて。原文のままの名台詞、原文を現代英語化した部分、私が意訳した箇所の英訳部分、という三種の英語がまざった字幕です。原文をあらためてチェックしました。そして、はじめて見落としに気づいた。マクベス夫人の台詞「気が狂ってしまう」にはweがあった。正確に言うと、weではなくて、目的語のかたちでusなんだけれど。つまり原文ではIt will make us mad.となっていて、直訳すると――そんなふうに考えてはいけないわ、そう考えること、「それは私たちを狂わせるだろう」。

――え、そうなんですか。それはちょっと、気持ち悪いですね。「私たち」が狂う……。

気持ち悪いですよ。

――いやあ、ここの「私たち」は大きい。べらぼうですね。ほとんどオカルトですね。

私もこのusに気づいたときは「えー！」と思いましたね。

――ここを読んで、「考えてはいけないわ。気が狂ってしまう」という訳で読んで、ふたりとも狂ってしまうと理解する人は、まずいないでしょう。マクベスが狂うか、マクベス夫人が狂うか、どちらにせよ、狂うのはひとりだけとしか読めない。ですから、ここは「私たち」が絶対に要りますね。

要るんです。絶対、要るんです。そうなんです。だから、字幕作成のときに気がついて、もうまっさおになって、マクベス夫人役の（大竹）しのぶちゃんに告白したの。「ごめん。実はここ、原文だと気が狂うのは『私たち』になってるんだけど、どうしよう、アメリカ人のお客には分からないだろうけど」って。そうしたら、彼女、「入れて！」って。「全然違うから、入れて！」って言われて、じゃあ、というわけで「私たち」と「二人とも」のどっちが台詞として言いやすいかを相談して、「考えてはいけないわ。私たち気が狂ってしまう」と訳し直した。そして、ニューヨーク公演が終わってから、次の増し刷りのときに本のほうも訂正してもらった。だから、ちくま文庫の四刷からは「私たち」が入っている。

——いま僕が持ってきているのはたまたま初刷ですけど……（頁《ページ》を繰る）ああ、たしかに「私たち」は入ってませんね。

そうなの。だからこれはもう、三刷までの文庫をお持ちの読者には、ほんとにごめんなさいを言わなくてはいけない。

——声を大にして言っておきましょう（笑）。ちくま文庫のシェイクスピア全集の第三巻『マクベス』をお持ちの方は、念のためご確認ください。五五頁の八行目です。もし「気が狂ってしまう」とだけあったら、その前に「私たち」を鉛筆で書き込んでください。あ、でも、そうか……松岡さんは we に注意をはらっていたぶん、ここは us だから、逆にそれで盲点になって見落としてしまったのかもしれませんね。

かもしれない。言いわけついでに言わせていただくと、私の手元にある先行訳（坪内逍遙、横山有策、森鷗外《おうがい》、福田恆存、木下順二、大山俊一、小津次郎、三神勲、小田島雄志、諸氏の訳）でも、三つしか us を訳出していません（横山訳では「私達は気狂ひになつてしまひますよ」、木下訳では「お互いが気違いになってしまう」、大山訳では「それではわたしたち気が狂ってしまいます」）。人称代名詞はいちいち訳さないというのが、これは翻訳者の習性みたいなものだから、やっぱり盲点になってしまうんでしょうね。

言葉の劇

というわけで、we の発見があり、「伴侶」と「殺人」のニュアンスや伏線の見直しがあり、us の見落としもあって……『マクベス』という作品を読むうえで、いかに

「私たち」が大事か、ということの一端が理解していただけたのではないかと思うのですが、でも実は、これからが本題です。

——もっと大問題になるような we が、他にある?

三幕二場です。マクベスがダンカンを殺し、ダンカンの二人のお付きの者も殺し、王位に就き、バンクォー殺しを刺客に命じたところで、この場面を迎えます。

——いや、もうすこし詳しく、ストーリーを整理しておきましょう。マクベスがダンカンの寝込みを襲って短剣で刺殺し、二人の従者をも刺殺します。それから、マクベス夫人が「短剣を貸して」と夫に言い、「二人を犯人に仕立てるおめかしよ」という凄い台詞を口にしてから退場。退場しますから直接描かれてはいませんけど、ダンカンの返り血を浴びたように見せかけるために、「お付きの顔にメッキをしてやる」と言っていたからには血を付けたはずで、要するに彼らに濡《ぬ》れ衣《ぎぬ》を着せるための下工作を夫人がする。その翌朝、二幕三場でダンカンの死体が発見され、マクベスは「下手人ども」が「血糊《ちのり》の鞘《さや》をつけたまま」の短剣を手にしているのを見つけたと言い、「ああ! それにしても早まったことをした、怒りに駆られ/その二人を殺してしまった」と偽る。事の真相を知っているのはマクベス夫妻だけ。二幕四場では「王位はマクベスのものになりそうだな」と噂《うわさ》されて、実際、三幕になるとマクベスはスコットランド国王になっている。三幕一場では、王位の存続を脅《おびや》かす将軍バンクォーを亡《な》き者にするべく、「晩餐までは一人でいたい」と人払いしたうえで、ひそかに二人の暗殺者を呼び寄せ、バンクォー殺しを命じる。そこで場面が変わって、三幕二場となります。

その三幕二場で、シェイクスピアはとても繊細に we を使います。we と alone という鋭い対比、「私たち」と「一人きり」のあいだの振幅のなかで、マクベス夫妻の言葉の劇を書いているのです。一卵性夫婦の、王位簒奪《さんだつ》にむけた野心の旅がここで終わり、狂死と戦死にむかう崩壊の旅がここから始まる。劇の進行からいっても、また夫婦の関係からいっても、ここが大きな転換点になるわけです。お話がすこし複雑になるかもしれないので、まず、この三幕二場の全体をざっと見ていただきましょうか。ちくま文庫だと八六頁から九〇頁まで。すこしずつ省略しながら見ていくとして、それでも長くなってしまいますけど、この場は最初にマクベス夫人と召使いの台詞のやりとりが五行あって、召使いが退場し、それからこうなります（傍線箇所はあとで話題になる台詞）。

マクベス夫人　虚《むな》しい、からっぽだ、
望みは遂げても満足がないのだから。
いっそ殺されたほうが気が楽、
殺して手に入れた歓《よろこ》びが、不安にまみれるのなら。

マクベス登場。

どうなさったの、あなた！　なぜいつも一人きりで
情けない妄想にとりつかれているの？
そういう気苦労は、気になる相手が死んだとき
一緒に消えたはず。取り返しのつかないことは
悔やんでも無駄。済んだことは済んだことです。
マクベス　俺たちは毒蛇に傷を負わせたが殺してはいない。
傷がふさがれば元どおりになる。へたに敵意を見せたばかりに
またもや毒牙《どくが》にかかる危険にさらされる。
万物の関節がはずれ、天も地も滅びてしまえばいい。

食事のあいだもびくびくし、眠っていても
夜ごと悪夢にうなされ、苛《さいな》まれるくらいなら。いっそ死人に添い寝がしたい。
（七行分後略）
マクベス夫人　もういいわ、
ね、あなた、険しい顔をやわらげて。
今夜は、お客様の前では明るく朗らかにしていらして。
マクベス　そうしよう、お前もだよ、いいね。
（四行分中略）
俺たちは二人とも顔を仮面にして心にかぶせ、
本心を偽らねばならないのだ。
マクベス夫人　もうそんな話はやめて。
マクベス　ああ、お前、俺の心はサソリでいっぱいだ！
分かるだろう、バンクォーは、それにフリーアンスも、生きている。
マクベス夫人　でも、自然の神から借りた命は期限つき、永遠ではないわ。
マクベス　そこに一縷《いちる》の望みがある。彼らも生身の人間だ。
（三行分中略）

夜の眠りを誘うころ、世にも恐ろしいことが
やってのけられる。
マクベス夫人　やってのけられる、何が？
マクベス　かわいいお前は何も知らなくていい、
あとでよくやったと褒めてくれ。来い、目蓋《まぶた》をふさぐ夜、
情けにもろい昼の目をすっぽりと包むのだ。
（七行分中略）
一旦手をつけた悪事、土台を固めるには悪事を重ねるしかない。
だから、さあ、一緒においで。
（二人退場）

——三幕二場はここで終わり、三場では舞台が野外に移って暗殺者たちがバンクォーとその息子フリーアンスを襲い、そして宮殿の大広間でマクベスがバンクォーの亡霊を幻視する有名な場面のある四場へとつながっていきます。

さて、そこで、「マクベス登場」の直後に、「どうなさったの、あなた！　なぜいつも一人きりで」というマクベス夫人の台詞がありますね。これは、彼女にとって、相当な衝撃を物語っているわけです。というのも、これまでは、二人はすべてをシェア

『マクベス』（蜷川幸雄演出、2001、彩の国さいたま芸術劇場）。三幕二場で、マクベス（唐沢寿明）は「ああ、お前、俺の心はサソリでいっぱいだ！　分かるだろう」と、マクベス夫人（大竹しのぶ）に縋りつく。撮影・江川誠志

してきた。魔女の予言を聞いたら「殺人」＝「一番の近道」を二人とも心に浮かべたし、「もし、しくじったら」の台詞では二人とも we と言うし、「気が狂ってしまう」のも us だったし、夫がダンカンとそのお付きの者を殺したら、妻はその凶器を借りてお付きの者の死体に血を付けにいった。なのに、三幕で王位に就いてからのマクベスは「いつも一人きりで」いる。原文は keep alone。これがマクベス夫人にはショックだった。マクベスが alone なら、妻である自分も alone になってしまう。これまでは完璧な we としてやってきたのに、どういうわけか夫はこのところずっと alone になってしまって、一人で物思いや「妄想」にふけっていて……それが「なぜ」なのか、妻にはわからない。そんな妻にむかって、夫は we を使う。We have scorched the snake, not killed it:（俺たちは毒蛇に傷を負わせたが殺してはいない）と言う。Why do you keep alone?（なぜあなたはいつも alone なの）と問う妻と、それに we で応《こた》える夫。シェイクスピアはこの we と alone の対置によって、二人の関係の距離感というか、現状認識のずれというか、置かれた状況の落差みたいなものをさりげなく、そして非常にあざやかに描き出していると思う。

――ずれや距離感というのは、それは直接には、バンクォー殺害のことですか？

そうです。バンクォー殺害に関しては、三幕一場でマクベスがひそかに刺客を呼んで暗殺を命じた。いわば独断専行で、マクベス夫人はその計画すら知らない。実際、三幕二場の最後の台詞で、マクベスは「かわいいお前は何も知らなくていい、／あとでよくやったと褒めてくれ」と言う。このふたりの共犯関係の絆がどこで断たれたか、ふたりがいつバラバラになっていったか、その転換点をあえてピンポイントで指し示すなら、それは alone と we のやりとり、この二つの言葉のすれ違いにあったと言うべきではないでしょうか。この作品は大まかに言うと、一幕と二幕が we で邁進《まいしん》する物語、転換点となる三幕が we と alone のすれ違いの物語、四幕と五幕が二つの alone の崩壊の物語、というふうに図式化することもできる。

――二つの alone というのは、マクベス夫妻が、それぞれ別個の孤独のうちに死んでいくということですね。そう言われると、たしかに四幕と五幕では……

二人がいっしょに登場する場面は一つもない。二人がいっしょに登場するのは三幕四場の晩餐会が最後です。マクベスはバンクォーの亡霊を見て怯《おび》えますが、ロスやレノックスをはじめとした貴族一同、そしてマクベス夫人にさえ、そんなものは見えない。マクベスはすっかり alone 状態に陥って、しだいに暴君化していく。たとえば四幕三場で、反マクベス派の貴族マクダフは「偽《にせ》ものの王の暴虐」と言い、ダンカンの息子マルカムなどは「悪魔のようなマクベス」と言う。一方、マクベス夫人は五幕一場で描かれるように、心身に失調をきたして「夢遊病」の症状があらわれ、血の染《し》みが取れないという妄想に苛まれて、例の、手をこするという有名な仕草をくりかえした挙句、自殺してしまう。五幕五場で従者から妻の死を知らされたマクベスはトゥモロウ・スピーチを語り、マルカムとマクダフに率いられた軍勢によって、最後は五幕八場でマクダフの手にかかって滅ぼされる。ですから、この作品は、we から alone へ、一つの we が二つの alone へと分解し、崩壊してしまう悲劇なんですね。

——we から alone へ。だとすると、妻が alone で問いかけ、夫が we で応じるというあの箇所の後では、we はまったく使われなくなるんですか?

いえ、そう簡単にはいきません。二人きりでしゃべっているわけだから、そんなにすっぱりとはいかない。「俺たちは毒蛇に傷を負わせたが殺してはいない」の後でも、「俺たちは二人とも顔を仮面にして心にかぶせ」とマクベスは言っています。ただし、その三行後には O, full of scorpions is my mind, dear wife!(ああ、お前、俺の心はサソリでいっぱいだ!)と、単数形が出てくる。our minds ではなく、my mind と言う。

——なるほど。無数のサソリに心を責め苛まれているのは、あくまでマクベス一人だけなんですね。これまではすべて we でやって来た。そんな二人のあいだに生じた距離感を、シェイクスピアは alone と we の対比によって描き出した。

以後、言葉としてweが使われることはあっても、二人ともaloneになって、たとえばマクベスが「心」について語るときには、「二人の心」ではなくて「俺の心」と言ってしまう。

基本的な流れ、流れの大枠はそれでいいと思うんです。ただね、マクベスがバンクォーの亡霊を見たあとにも素晴らしいweが出てきます。宴会の客がみな退出して、夫婦二人きりになる。「あなたに欠けているのは、命を保つ眠りよ」と言った夫人へのマクベスの返事、この場の最後の三行です。

おいで、眠ろう。奇妙な幻に惑わされるのは
新米の臆病風のせいだ、修業が足りない。
二人とも悪事となるとまだ青いな。
Come, we'll to sleep. My strange and self-abuse
Is the initiate fear, that wants hard use:
We are yet but young in deed.

「おいで、眠ろう」なら「一緒に」というニュアンスが出ると思い、ここはweを日

本語にしませんでしたが、最後の一行の We は泣けるでしょう？ それに、あとから振り返ってみれば、自分では眠っているつもりの夫人も実は眠っていないわけで、崩壊の象徴である「不眠」をも二人はシェアしていることになる。

もっとも、一つ一つの台詞をさらに細かく穿鑿《せんさく》しはじめると、いろんな問題が出てくるんです。ちょっと専門的な話になって申し訳ないのだけれど、そもそも「俺たちは毒蛇に傷を負わせたが殺してはいない」の We（俺たち）が、実は一筋縄ではいかない。というのも、シェイクスピアの時代の we には二種類あるんですよ。第三章でも触れましたが「私たち」という意味の we と、「私」という意味の we と。後者を専門用語では royal plural とか、royal 'we' と言います。「ロイヤルな複数形」、あるいは「君主の we」。つまりロイヤルな人、たとえば王様が臣下たちを前にして、「私は」と言うときに we を使うことがある。「朕《ちん》は」とか「余は」と訳す場合もあります。で、「俺たちは毒蛇に……」の「俺たち」は royal 'we' ではないか、という議論があるわけです。それと関連して、マクベス夫人の「どうなさったの、あなた！ なぜいつも一人きりで」という台詞も問題になってくる。原文は How now, my lord? Why do you keep alone? で、私は my lord を「あなた」と訳しました。直訳すると「私の主人」。マクベス夫人が夫を my lord と呼ぶのはここが初めてです。それまでは great Glamis（偉大なグラームズの領主)、my thane (私の領主)、my husband (私の夫) などです。

――それは、三幕でマクベスが王位に就いたから?

そう解釈したうえで、マクベスもそれに呼応して国王らしく royal 'we' を使った、ともも解釈できるわけです。でも、ここは夫婦二人きりの会話なので、その解釈にはちょっと無理があるのではないかと私は思っているんですね。ただ、my lord のほうは、微妙。夫が国王になったからというだけじゃなくて、むしろ王位に就いたことによって独断専行化というか alone 化してしまって、二人のあいだに溝《みぞ》ができて、だからこそマクベス夫人は他人行儀な my lord で夫を呼んだ。そんなふうにも読める。ですから、「どうなさったの、陛下!」と訳す手はあるんです。日本語としてはいかにも唐突で、言葉が浮いてしまうおそれがあるから「あなた」と訳しましたけれど、でも他人行儀な距離感を強調するために、あえて「陛下」という訳語を選ぶべきだったのかもしれない。ここは、いまでも悩みが尾を引いているところで……。それに、王族・貴族階級の夫婦の間では、妻が夫を my lord と呼ぶのは普通ですからね。デズデモーナはオセローをしょっちゅう my lord と呼んでいます。

距離感に関しては、ぜひ紹介しておきたい舞台があります。夫婦の心の離れ方に関して、あっと驚くような演出と演技を観たことがあるんです。『マクベス』を訳すより前のことですけど、二人のマイケル、つまり俳優のマイケル・ペニントンと演出家のマイケル・ボグダノフが中心になってつくった劇団イングリッシュ・シェイクスピア・カンパニーが、一九九二年の三月に東京グローブ座に『マクベス』を持って来ました。問題の場面は三幕一場、マクベスが人払いをするところ。「いまから七時まで／めいめい自由に時間を使ってくれ。／みなを迎える喜びがいっそう大きくなるよう／私も晩餐までは一人でいたい」、あ、ここも「一人」、alone だ。原文は We will keep ourself till supper-time alone. です。この we は明らかに royal 'we' ですね。そして「では、しばらくお別れだ。／(マクベスと従者一人を残して全員退場)／おい、ちょっと来い。／例の者たちは待たせてあるのか?」と続き、従者に言いつけてバンクォー殺しの刺客を呼び寄せる。このくだりで、ペニントン演じるマクベスが、妻にたいして「向こうに行け」って、はっきり示すの。何か言ったか、そういう身振りをしただけなのか、そこまではよく覚えていないんだけれど、とにかく、それが当然という顔で立ち会おうとする妻を、マクベスが追い払おうとしたのは確か。すると、それまでその場にいっしょに残っていたそうにしていたマクベス夫人が、その途端に顔色が変わって、体が硬くなるみたいなリアクションをして、それから去っていくという芝居を、しっかり入れたんです。つまり、マクベスがここで、みずから、自分たちの絆を断った。みずから切断して、同志的なパートナーだった妻を自分から引き離してしまったという、斬新《ざんしん》な解釈を打ち出した。

――念のための確認ですが、マクベスが戯曲にはない「向こうに行け」という意志を表した。そして、戯曲では「マクベスと従者一人を残して全員退場」としかト書きにないところで、夫人がその場に残りたいという態度を見せていたわけですね。

そうです。あの場面はふつう、バンクォーも貴族一同もマクベス夫人も、それこそ王様の命令だからというので、さっさと、みんな退場していくと思うんですが。

――そこで何かしている舞台は観たことがない？

うーん、ないよねえ。どう？

――そこで何か、つまり夫婦間のアクションがあるというのは、観た覚えがないですね。

だから、ちょっとあれは衝撃でしたね。

――意図がなければ、そんな芝居、しませんものね。

ええ。マクベス夫人はその場に残っていたそうな、いや、そうじゃないな、自分がそこに残るのは当然みたいな顔をして残ってるんだ。で、みんなが退場していく。まだぐずぐずしているのが一人か二人になったところで、マクベスが妻に、「お前も向こうに行け」と。

——しかも、従者は残っている。

そう。それでマクベス夫人は、キキッて、眉《まゆ》だけじゃなくて顔全体がつりあがるみたいな感じになって、それから、とぼとぼ無言のまま退場していくという……あの演出と演技はすごく印象に残っています。

——それは目の付けどころの冴《さ》えた舞台ですね。というのも、三幕一場でそういう芝居があると、三幕二場のやりとりがさらに際立《きわだ》ってくる。つまり、マクベス夫人が、一場で屈辱にちかいものを受けたと感じていたとしたら、二場では当然ながら夫にたいして他人行儀になる。

あ、なるほど。

——で、一方マクベスはというと、妻のそんな心のあり方には気づいていなくて、だから平気で we を使い続けているという可能性もある。

え、それ、どういうこと?

——つまり、夫よりも妻のほうが距離を強く意識しているってことです。夫が王様になったから妻は my lord という尊称を用い、夫は王様らしく royal 'we' で応じたと読むのでは単純すぎるし、つまらない。言葉の含みや、心の動きの綾《あや》がない。しかし、妻が夫との距離を強く意識していて、それで他人行儀な my lord を使ったと考えると、そこにはアイロニカルな底意さえうかがえる。一方、マクベスは妻のそんな心のあり方にはもう鈍感になっていて、あるいは言葉の真意をくみとるような余裕がなくて、なかば反射的に、相手が my lord で来たから royal 'we' で返してしまう。

それは考えてなかったな。でも、可能性はありますね。ただし、いまの話はあくまで「my lord 対 we」の視点から見た場合の読み方で、マクベス夫人の台詞は「なぜいつも一人きりで」と続くわけだから、「alone 対 we」の視点から見ると……

——それはもちろん、松岡訳のように「俺たち」になる。いずれにせよ、シェイクスピアがここで、二人のすれ違いを丁寧に、複雑に書いていることは間違いない。マクベスの言葉が普通の we なのか、royal 'we' なのか、どちらかに決め付けるのはむずかしいとしても。

だからこういうところなんですよ、またまたシェイクスピアを原文で上演する人をうらやましく思うのは。だって、このまま we って言えばいいんだもん（笑）。それで私も、普通の we か royal 'we' か、どちらかに決め付けないでぼやかした箇所もあるんです。「食事のあいだもびくびくし、眠っていても」は、主語を出さずに訳した。原文は Ere we will eat our meal in fear, and sleep... となっていて、主語は we です。

——we に二種類あると、その前後の台詞もふくめて、ニュアンスがすごく複雑になって、読み方が幾通りにも枝分かれしていく。でも結局、マクベスは「俺の心はサソリでいっぱいだ！」と言って、alone 状態になるわけですね。

この有名な台詞は味わいぶかい。次の行で「分かるだろう（Thou know'st）」と言いますからね。alone であるにもかかわらず、というか alone であるからこそ、妻に縋《すが》っているようなところがある。「お前の心にはサソリが一匹もいないけれど、俺の心にはうじゃうじゃ巣喰っていて、ああ、お前、俺はどうしたらいいんだろう」みたいな感じがある。『ハムレット』で国王クローディアスが妻に「ああ、ガートルード、ガートルード」と言う、あの縋り方ですよ。

——その直前、「俺たちは二人とも顔を仮面にして心にかぶせ」では、まだ「俺たち」と言っている。

このあたりは、二人の寄り添い方とすれ違い方が行ったり来たりして、すごく微妙に、繊細に書かれています。

——マクベス夫人が「今夜は、お客様の前では明るく朗らかにしていらして」と言ってておきながら、マクベスが「俺たちは二人とも顔を仮面にして心にかぶせ、／本心を偽らねばならないのだ」と言うと、「もうそんな話はやめて」と言うところも、いいですね。

あそこはよく考えると、矛盾している。「明るく朗らかにしていらして」ということは、仮面をかぶりなさい、ということですよね。なのに、マクベスが「そうだよな、明るく朗らかな仮面をかぶらなくては」と言うと、「もう、やめて」ですからね。可笑《おか》しい。本当におもしろい。

——このへんはもう、すれ違いっぱなしですね。でも、こんなふうに三幕二場の対話を味わえるのは、ひとえに we のおかげかもしれない。

一幕七場で we を発見したとき、あれはまさに衝撃でした。それから敏感になりました。でも、そもそもシェイクスピア自身が、過敏なくらいに言葉を選んで書いているわけです。たしかに『マクベス』という作品は、シェイクスピアの戯曲のなかでは分量的に短くてコンパクトな作りだし、夫婦のキャラクターは強烈だし、物語の起伏にも富んでいて、舞台を観ると観客は引きつけられる。しかし、舞台を観ているだけでは得られない感銘、戯曲を読まなければ得られない発見というのは、必ずある。だって、劇は言葉で書かれているのだから。

あとがき

『深読みシェイクスピア』という書名を裏切るようで、はなはだ恐縮なのだが、深読《み》みどころか、私はろくにシェイクスピアを読んだことがなかった。もっぱら舞台で観るばかりで、それも、行き当たりばったりな観客にすぎず、いまだに観たことのないシェイクスピアがいくつもある。そのような人間が、シェイクスピアについて松岡和子さんの話の聞き手になるというのは、偶然の行きがかりとしか言いようがない。

もっとも、では、松岡さんがシェイクスピアを「読んで」いるのかというと、もはや、そういう段階ではないだろう。翻訳するということは、シェイクスピアになりかわって日本語で書くということだから、うかうか読んでばかりはいられない。全戯曲を翻訳するという計画は着々とすすみ、訳す端から上演もされているのだ。おまけに、稽古場《けいこば》フリークの松岡さんは、公演によっては、上演台本を携えて稽古場で日々訳文を検討する。すなわち、稽古場で鍛えられるという演劇人に特権的な体験も加味されているのだ。最初に話をうかがったとき、様々な種類の知恵が稽古場に集まって来るところに、松岡さんは演劇を創《つく》る魅力と豊かさを見出《みいだ》し、それを翻訳に積極的に取り入れようとしていると感じたものだ。読むことは当然の基本としても、読むだけではたどり着けない世界がそこにはある。そこで、話をうかがうにあたっては、シェイクスピア訳者の芸談を聞くという心構えで臨むことにした。

稽古場を大きな糧《かて》として、加えて、松岡さんのあらゆる体験が、訳文を日々進歩させているだろうことは、本書を読めば、ご理解いただけるものと思う。ただ、その進歩の速度に、活字メディアは必ずしも追いついているとは言えない。本書に出てくる松岡訳によるシェイクスピアの引用は、ご自身の訳書と異なっている場合がある。そして、その場合は、本書の方が正しいのだ。誤記・誤植以外に、翻訳の刊行後にも訳文は進歩を続け、その改訂が追いつかない（訂正は最短で次の重版時となる）。私はつねづね不思議なのだが、インターネットの時代と言いながら、そして、多くの出版社が自社のウェブサイトを持ちながら、それらの出版社の大半が、自社出版物の訂正・改訂のデータバンクを作って公開しないのは、どういうことだろう。広く知恵を結集し逐次改良していけるのが、インターネットの最大の特性ではないのだろうか？

本書は、以前一度行ったインタヴューの拡大版として企画された。企画の実現にあたって、私は躊躇《ちゅうちょ》なく新潮社の長井和博さんを頼ることにした。パフォーミングアーツについて信頼できる目を持つ長井さんは、すべてのセッションに立ち会い、編集者であるばかりか、聞き手の半身として本書の完成に向けて尽力してくださった。ただ、感謝あるのみ。そして、松岡和子さん、お疲れさまでした。

二〇一一年一月三日

追記

約五年経《た》って、新潮文庫編集部の長谷川麻由さんから文庫化のお誘いをいただいた。喜んでお受けし、そう多くはない手入れで、新潮文庫版を送り出すことが出来た。息の長い本になってほしいと思う。

二〇一六年三月二〇日

小森　収

あとがき

始まりは『はじめて話すけど…』と題された小森収さんのインタヴュー集だった。二〇〇二年にフリースタイル社から刊行されたこの中身の濃い本で、小森さんがインタヴューしたのは和田誠、皆川博子、三谷幸喜といった各界の錚々《そうそう》たる創造者。思えばよく私を混ぜてくれたものだが、戯曲翻訳について語るというその機会にシェイクスピア劇のことも話した。特に『マクベス』を中心に（本書の内容が前掲書のそれとダブらないよう心がけた）。これを読んだ大学院時代の大先輩が、「面白かった。同じようにしてほかの作品もみんなやってみたら？」と言ってくれた。いつも情け容赦なく批判の矢玉をビシビシ投げてくる敬愛する先輩だから、びっくりすると同時に嬉《うれ》しかった。でも、「ほかの作品も、云々《うんぬん》」のほうはいつしか念頭から消えていた。ところが、またもや小森さんからの「続きをやりましょう」のひと声。ありがとう。

ゲラを読みながら改めて思ったのは、ここに至るまで私は何と多くの方々に助けられてきたかということだ。読むだけでは、私のアタマでは百遍読んでも分からなかっただろうシェイクスピア劇のあれこれが、翻訳作業のおかげで多少は分かるようになったのだから、まず、私に翻訳の機会を与えてくださったプロデューサーや演出家に「ありがとう」。とりわけ「埼玉のシェイクスピア・シリーズはぜんぶ松岡さんの翻訳でやるからね」と大英断を下された蜷川幸雄さんには足を向けて寝られない。一九九五年の『ハムレット』でチーム・ニナガワの一員に加えていただいてからもう十五年あまりになるのだ。

そして、稽古場で私の目を開かせてくれた役者のみなさん、ありがとう。「現場」の助けがなければ、私のシェイクスピア劇翻訳がどれほど貧しいものになっていたかと思うとゾッとする。実を言えば本書で語ったこと以外にも、稽古場で教えられたこと、気づかされたことは山ほどある。「稽古場」には、これからもよろしくと言いたい。考えてみればシェイクスピア自身が現場の人だったのだ。

いまの時点で、二三本のシェイクスピア劇を翻訳したが、そのすべてにおいて、数多くの原文テクストとその注釈、そして先達の訳業に助けられた。同じように、本書と私の訳がシェイクスピア劇の次の読み手や創り手にとって少しでも助けになれば望外の幸せである。

本書の準備段階では、テープ起こしが終わってもセッションを重ね、間違いや手落ちがないよう万全を期したつもりだが、それでも私の認識不足や思い違いがあるかもしれない。ご教示いただければ有り難い。

万全を期すに当たっての力強い味方は、三人目のセッション・メンバー、担当編集者の長井和博さんだ。セッションもまた本創りの実に楽しく豊かな「現場」だった。

ありがとう。

二〇一一年一月六日

松岡　和子

文庫版あとがき

「五年」と「四〇〇年」という二つの年数が私の頭のなかで明滅している。今年二〇一六年は東日本大震災から五年、シェイクスピアが没してから四〇〇年になる。

新潮選書版の『深読みシェイクスピア』の奥付を見ると、発行年月日は二〇一一年二月二五日。東日本大震災が起きた三月十一日のきっかり二週間前だ。

それから五年。

五年のあいだに私のシェイクスピア戯曲の翻訳は、選書の出版時点で二三本だったのが、九本増えて三二本になった。『アントニーとクレオパトラ』『シンベリン』『トロイラスとクレシダ』『ヘンリー四世』二部作、『ジュリアス・シーザー』『リチャード二世』『ヴェローナの二紳士』『尺には尺を』の九本である。

あと残っているのは『アテネのタイモン』、英国史劇の『ジョン王』『ヘンリー五世』『ヘンリー八世』、喜劇『終わりよければすべてよし』だ。

二〇一四年六月、本書の三人目の作り手である編集者・長井和博さんが定年退職なさった。同じ年の十一月半ばには、蜷川幸雄さんがさいたまゴールド・シアターの公演先である香港《ホンコン》で病に倒れた。だが翌二〇一五年の三月には車椅子《くるまいす》に乗って稽古場《けいこば》に登場し、さいたまネクスト・シアターの『リチャード二世』を演出、蜷川シェイクスピアのなかでも間違いなく五指に入る傑作を生み出した。その年の十月には、八〇歳の誕生日を迎えた。

それから程なくして、この上なく大切な友人が亡《な》くなり、暮れには大学時代の恩師がこの世を去った。私は敬愛する大きな支えと頼もしい導き手を失った。

時は容赦なく経《た》つ。

『深読みシェイクスピア』は、選書として世に出てから五年後のいま、こうして文庫化された。シェイクスピア没後四〇〇年を期して何か出せないかと発想し、本書に目を留めてくださった編集者・長谷川麻由さんのおかげである。

うっとりするような表紙絵を描いてくださった安野光雅さん、ありがとうございます。

身にあまる解説を書いてくださった渡辺保さん、お礼を申し上げます。

渡辺さんがいみじくもお能の「ワキ」になぞらえられた小森収さん、感謝します。

二〇一六年三月　　　松岡　和子

解説

渡辺保

シェイクスピアを翻訳する人には二つの大きな障壁があるだろうと私は思う。

一つはシェイクスピアの奥の深さ。およそ古典はシェイクスピアに限らず、ギリシャ悲劇でも「源氏物語」でも近松でも、時代により社会により人によってその解釈は多岐にわたる。その多様性に耐えて今日まで残ったのが真の古典なのであって、真の古典である限りその奥の深さはほとんど無限に近い。そこに正解などというものはない。さればこそ人々は古典の中に日々新しい発見をする。新しい発見が可能であることこそが古典の条件だといってもいい。

シェイクスピアを翻訳しようとすれば、この古典の底なしの淵《ふち》を避けて通ることが出来ない。むろんそれは苦難と試練の連続であり、同時にまた新しいものを発見する喜びにも満ちているだろうが、たとえいか程喜びに満ちていようとそれが大きな障壁であることにも変わりがない。

もう一つの障壁は、英語で書かれた戯曲を日本語に翻訳する難しさである。むろん翻訳の困難はシェイクスピアに限らない。あるいはまた戯曲の翻訳に限らない。全く違った文化の体系の中で使われた言語を他の言語に翻訳する作業は、単にヨコのものをタテにするのではなく二つの文化の体系を生きることであり、英語と日本語という全く違う体系の二つの言語を経験することである。

以上二点がシェイクスピア翻訳の難しさだろう。しかしここまでは書斎の中で文学的な活動として完結することが出来る。

ひとたびその翻訳が書斎を出て、あるいは出版社の手を離れて、劇場へ——つまり演劇の現場へ出るとどうなるだろうか。

一般的にいえば、翻訳者は活字化した戯曲の翻訳を制作者に渡す。ここから先が一般の観客には解《わか》り難いだろうが、それがそのまま上演されるわけではない。一般の人は劇作家の書いた戯曲、あるいは翻訳されたシェイクスピアが一字一句そのまま上演されていると思っているだろうが、そんなことは100パーセントない。それはシェイクスピアに限らず創作戯曲でも同じである。

「常陸坊海尊《ひたちぼうかいそん》」や「近松心中物語」を書いて有名な劇作家秋元松代は、自作のテレビ台本について私にこう漏らした。「私の書いた言葉を正確に喋《しゃべ》ったのは森光子たった一人よ」

多くの俳優が劇作家の書いた言葉を勝手に変更するのはもってのほかであるが、そういう場合を除いても、舞台の現場あるいは演出家の演出意図によって戯曲は改変される。これが演出家によるテキスト・レジというものである。舞台には数々の制約があるからで、この演出家がテキスト・レジによって修正したものを「上演台本」という。ほとんどすべての芝居には戯曲とは違う上演台本が存在する。これがなければ芝居は稽古《けいこ》に入れず、したがって幕を開けることも出来ない。

上演台本はまず演出家の演出意図によるが、演出家は当然のことながら自分の演出意図を実現するために多くの外的条件と闘わなければならない。公演時間、舞台転換、あるいはキャスティングした俳優の力量、それらの条件をうまくクリアするために、演出家は戯曲をカットし、改変するのである。

たとえば上演時間の問題。

今日シェイクスピアの戯曲を原作通りに上演することは全く不可能である。「ハムレット」でも「オセロ」でもシェイクスピアの書いた通りに上演されていると思われるかもしれないが、原文通り上演すればおそらく英語にくらべてスピードの遅い日本語のせいもあり、英語から日本語に翻訳すれば長くなるという事情もあって、五時間くらいかかってしまうのである。しかし今日の公演事情では公演を三時間前後に納めなければならない。それではシェイクスピアの戯曲をノーカットで上演することは不可能である。

上演時間は一つの問題に過ぎない。そのほかのさまざまな条件を加味して、演出家の手によって上演台本がつくられる。

そこで出来上がった上演台本は翻訳者の許可を得て、はじめて稽古が始まる。むろん稽古の途中でもさまざまな修正が行われる。そして稽古を経てようやく初日の幕が開く。

こういうケースで行けば、翻訳者は書斎を一歩も出ない。その活動は純粋に文学的な活動であって演劇の現場に関わることもないし、現場のほとんどすべては演出家の手に委《ゆだ》ねられる。したがって翻訳という文学的な営為と演劇の現場での営為は全く別れている。

本書の著者松岡和子はシェイクスピアの三十七本の全作品を個人で翻訳するという、坪内逍遥《しょうよう》、小田島雄志に次ぐ三人目の個人全訳の仕事に取り組んでいる。そのなかで松岡和子が多くのシェイクスピア翻訳者と違う点は、書斎を出て演劇の現場――すなわち稽古場に行って、稽古に立ち会い、上演台本を作る作業に参加して、さらにその体験によって翻訳原文の修正を行っている点である。

この体験には三つの意味がある。

第一に、シェイクスピアの書いた言葉を日本語に置き換えるにあたってその言葉を口ずさむ。自分の身体で確かめる。それは翻訳者に限らないだろう。大抵の劇作家もせりふを書くのに口ずさむ。声に出すかどうかは別にして。そうしなければせりふが登場人物の言葉としてフィットするかどうかを確かめることが出来ないからである。ここで英語から日本語に翻訳した言葉が身体化される。これが第一の体験である。

第二の体験はそれを聞くことである。自分が身体化した言葉を持って稽古場に行けば、そこでは自分の言葉を他人の俳優がしゃべっている。そこで起きることは、自分の言葉が他人の身体に移って身体化されることである。自分の言葉の相対化。自分の身体が他人に移る。移るは写る。すなわち松岡和子は己が姿を人の姿に見る。鏡によって自分を見る。これが第二の体験の意味である。

第三の体験は、この鏡の中で起こる。鏡がしゃべる。というのは冗談だが、稽古をしている俳優が質問する。ここはどういう意味か。あるいはこのせりふはどういうつもりでいえばいいのか。あるいは俳優のいうのを聞いていて、訳者自身がおかしいと思う。そういうことがあって再び彼女はシェイクスピアに立ち返る。自分の仕事を再

[illegible]にシェイクスピアの描いた人物の中に入り、作家の精神に入って行く。

[illegible]いいのか、いけないのか。そこで彼女は新しい発見をする。

たとえば「ハムレット」の中でのボローニャスの言葉は、息子レアチーズや娘オフイーリヤァにどういう影響を与えているか。

さらにハムレットは常になにかとなにかを比較するが、ボローニャスは比較しないという人間性を発見する。比較するというのは気持ちの動揺だから、この視点から見ると比較しないボローニャスは常に断定的であり、ハムレットの狂気にかられる行動の鍵《かぎ》が見える。ボローニャスとハムレットは対照的な人間であり、シェイクスピアはこの老人と青年の姿を通して人生を演じている二つの人間の姿を描こうとしたのだということがわかってくる。

あるいはまた「マクベス」。we というたった一語の使い方に着目して見るとはじめは一心同体であったマクベスとマクベス夫人夫妻が、ダンカン王暗殺から始まる悪行が進むにつれて段々その絆《きずな》が破れ、互いに孤独になって行き、ついには死を迎えるという、人間関係の状況の変化が鮮明になってくる。

これは翻訳者がシェイクスピアの身体に入って行くことによってはじめて可能になった新しい発見である。すなわち第三の体験の意味は、ここにある。

以上三つの体験は、シェイクスピア自身の言葉に始まり、それが翻訳者自身に身体化され、さらに稽古場で俳優によって身体化され、それがまた翻訳者自身の身体で再検討され、再びシェイクスピアの言葉に至る。そこで重要なのは、この三者の循環を通して新しい人間像、ドラマの新しい構造が発見されていくことである。その上さらに重要なのは、それが翻訳者自身の自己発見に繋《つな》がっているということである。稽古場の片隅で起こるこのドラマは三者の身体を経過して、相互補完的に一つの世界を形成している。

芝居は生き物。松岡和子はその生き物としての芝居の核心に近づいている。それは生きた芝居としてのシェイクスピアをとらえたいという彼女の信念によって展開する。伊達《だて》や酔狂で稽古場に行っているのではない。その生き物の実体がこの本の中には生きている。

この本を読みながら私はこの本そのものが一つの舞台、一つの劇場だと思った。そしてその舞台は私に遠く能楽を想像させる。

小森収という絶妙な聞き手がいる。彼は単なるインタビュアーではない。能でいえばワキである。能のワキはただシテに問いかけるだけの役ではない。物語の背景、シテの設定を語るだけでもない。観客——読者とシテを繋ぐ。しかしそれだけでもない。もっとも大事なことは事件の唯一《ゆいいつ》の目撃者として、シテを写す鏡になることである。この鏡の中には二つのものが写って一体になっている。すなわち登場人物その人と同時にその役を演じている能役者である。シェイクスピアの描いた人物と同時に松岡和子自身が映し出されている。そしてその自己発見のドラマが映っている。

この本は、一人の文学者の自己発見のドラマだからこそ美しい。

（平成二十八年三月、演劇評論家）

この作品は平成二十三年二月新潮社より刊行された。

深《ふか》読《よ》みシェイクスピア

新潮文庫　ま－47－1

平成二十八年五月一日発行

著者　松《まつ》岡《おか》和《かず》子《こ》

発行者　佐藤隆信

発行所　株式会社新潮社

郵便番号　一六二―八七一一
東京都新宿区矢来町七一
電話　編集部（〇三）三二六六―五四四〇
　　　読者係（〇三）三二六六―五一一一
http://www.shinchosha.co.jp

価格はカバーに表示してあります。

乱丁・落丁本は、ご面倒ですが小社読者係宛ご送付ください。送料小社負担にてお取替えいたします。

印刷・株式会社三秀舎　製本・憲専堂製本株式会社

© Kazuko Matsuoka
Osamu Komori　2011　Printed in Japan

ISBN978-4-10-120471-0 C0174